마운드 위의 절대자 2

디다트 현대 판타지 장편소설

WISHBOOKS MODERN FANTASY STORY

마운드 위의 절대자 3

디다트 현대 판타지 장편소설

초판 1쇄 찍은 날 | 2018년 11월 8일
초판 1쇄 펴낸 날 | 2018년 11월 15일

지은이 | 디다트
펴낸이 | 예경원

기획 | 위시북스
편집책임 | 이규재
편집 | 위시북스

펴낸곳 | 예원북스
등록번호 | 제396-2012-000132호
등록일자 | 2012. 7. 25
KFN | 제1-329호

주소 | 경기도 고양시 일산동구 호수로 646-24 위너스21 II빌딩 206A호 (우)10401
전화 | 031-819-9431 팩스 | 031-817-9432
E-mail | yewonbooks@naver.com

ISBN 979-11-89564-36-0 04810
979-11-89450-77-9 (set)

※ 이 도서의 국립중앙도서관 출판시도서목록(CIP)은 서지정보유통지원시스템 홈페이지(http://seoji.go.kr)와 국가자료공동목록시스템(http://www.nl.go.kr/kolisnet)에서 이용하실 수 있습니다.

디다트 현대 판타지 장편소설
WISHBOOKS MODERN FANTASY STORY
마운드 위의 절대자
3
Wish Books

마운드
위의
절대자

CONTENTS

1화 라스트 스탠드 7

2화 리볼버 65

3화 어린이날의 선물 127

4화 웰컴 투 헬! 179

5화 패왕(敗王) 이진용 235

6화 호우주의보 285

◆ 1화 ◆
라스트 스탠드

4월 23일 일요일.

평소보다 더 뜨거운 햇살이 내리쬐는 이천 챔피언스 파크 야구장.

그런 야구장 어느 한구석에 마련된 시계가 오후 2시를 향해 가까워지기 시작하자, 조금 전까지 몸을 푸는 선수들로 어수선했던 그라운드에 고요함이 깔리기 시작했다.

한편 경기장을 채우는 숫자는 점차 늘어나고 있었다.

개중에서도 유난히 평소보다 많이 보이는 건 다름 아니라 기자들이었다.

"지금 박준형 성적이 어떻지?"

"타율이 5할에 벌써 5홈런 기록 중이지. 타점도 14타점이 넘어가고 있고."

"아주 2군을 씹어 드시는군. 이 기세면 5월 1일에 곧바로 정식선수 등록해서 1군에 갈 수 있겠어."

"올라가는 건 당연한 거고. 중요한 건 어떻게 올라가느냐, 그거지."

그런 기자들의 이야깃거리는 박준형에 대한 것이었다.

애초에 기자 중 상당수가 박준형을 꾸미기 위해 이곳에 온 셈이었기에 이상한 일은 아니었다.

"다 좋은데, 뭔가 확! 타오를 만한 스토리가 없어. 안찬섭 상대로 홈런 치거나 그런 게 필요한데 말이야."

"그러고 보니 안찬섭은 언제 복귀하지?"

"5월 중으로 기사 뿌린다고 하던데?"

"5월 중에 2군 들어가고, 그럼 1군 콜업은 6월쯤에 이루어지겠군."

"만약 박준형이 안찬섭 상대로 다시 홈런을 친다면 스토리 만들기는 좋겠지."

때문에 평소 때라면 여기서 이야기는 멈췄을 터.

하지만 오늘은 달랐다.

"그보다……."

오늘 기자들의 관심선상에는 새로운 선수 한 명이 더 있었다.

"쟤가 이진용인가? 작다는 이야기는 들었지만 멀리서 보니까 더 작게 보이네."

"다른 건 몰라도 1군에 올라가면 별명 붙이긴 좋겠어. 최단신 투수가 될 테니까."

지금 마운드에 올라온 작은 체격의 투수가 바로 기자들이 관심을 가지는 그 한 명이었다.

"H트리오를 한 번에 잡았다면서?"

"문혁이랑 이야기해 봤는데, 투심이 괴상하다더군."

"괴상? 표현이 이상하네. 뭐, 표현이 뭐든 간에 H트리오를 잡았다면 확실히 뭔가 있긴 있다는 거겠지."

이진용.

화성 레인저스 3차전의 마지막 경기를 앞두고 엔젤스의 선발투수로 올라온 그는 이제 더 이상 무명의 투수가 아니라, 그 경기를 보는 이들의 주목을 끌 만한 선수가 되어 있었다.

H트리오에게 기꺼이 도전하고, 그들로부터 승리를 쟁취해 낸 대가였다.

당연한 말이지만 지금 마운드를 향해 쏟아지는 주목과 관심, 시선은 이진용이 그토록 바라던 것이었다.

그러나 그 시선 속에서 마운드를 제 발로 툭툭 다지는 이진용의 표정은 좋지 못했다.

-진용아, 봐봐. 기자들부터 관중들까지 전부 널 보고 있어! 이제 너도 프로로 인정받고 있다고!

그 이유는 이진용의 옆에 있었다.

"그게 아니라 내 엉덩이에 팬티 자국이 있나 보는 거겠죠."

김진호, 그의 장난으로 인해 이진용은 한순간에 검은색 티팬티를 입는 이상한 취향을 가진 놈이 되어버렸다는 것.

이진용이 지나갈 때마다 엔젤스 선수들이 이진용의 엉덩이를 슬그머니 바라본다는 것.

"믿은 내가 등신이지."

-걱정하지 마. 1년만 참고 내년에 메이저리그로 가버리면 문제 될 거 없잖아? 안 그래? 아니, 솔직히 티팬티 입는 게 불법도 아니잖아? 차라리 이럴 땐 정공법으로 가는 게 답일지도 몰라. 티팬티 열풍을 일으켜보자고!

"닥쳐요."

김진호의 말에 이진용은 대답 대신 그로부터 고개를 돌렸다.

그러자 자연스레 3루 쪽 더그아웃이 눈에 들어왔다.

당연히 그 3루 더그아웃을 가득 채운 화성 레인저스 선수들의 모습도 보였다.

그리고 화성 레인저스 타자들의 머리 위를 채우고 있는 숫자들도 보였다.

"후우."

그 숫자들을 확인한 이진용이 숨을 골랐다.

그런 이진용의 곁으로 김진호가 다가와 말했다.

-진용아, 티팬티 때문에 기분이 나쁘겠지만, 그것 때문에 오늘 경기를 망치면 기분이 나쁜 수준에서 그치지 않을 거야.

그 말에 이진용은 고개를 끄덕였다.

'정신 차려야지.'

김진호의 말대로 오늘 경기는 단순한 경기가 아니라 이진용의 운명이 결정되는 경기였다.

그런 경기를 티팬티 때문에 망친다면, 그건 그냥 이진용의 깜냥이 그것밖에 안 된다는 의미다.

'티팬티 때문에 이 경기를 망치면 쪽팔려서라도 은퇴해야지.'

그리고 솔직히 티팬티 때문에 멘탈이 흔들려서 오늘 경기를 망치는 것만큼 우스운 일도 없을 터.

어쨌거나 프로는 성적으로 말하는 법.

무슨 이유가 있든 간에 성적이 나오지 않으면 프로의 운명은 그것으로 끝이고, 이진용은 그런 식으로 자신의 프로 인생에 마침표를 찍을 생각이 없었다.

"머리는 차갑게, 가슴은 뜨겁게 그리고 이빨은 날카롭게."

그렇게 주문을 외운 이진용의 눈빛이 날카롭게 번뜩였다.

그와 동시에 대기타석에 있던 타자가 몸을 가볍게 풀며 타석을 향해 움직였고, 자신이 가지고 있는 시계를 확인한 주심이 소리쳤다.

"플레이볼!"

그와 동시에 베이스볼 매니저의 알림이 들렸다.

[선두타자를 상대합니다.]

[선두타자 보너스가 적용됩니다. 포인트 획득량이 20퍼센트 증가합니다.]

[선발로 출전합니다.]

[선발투수 보너스가 적용됩니다. 포인트 획득량이 15퍼센트 증가합니다.]

[첫 타자를 상대합니다.]

[첫 타자 보너스가 적용됩니다. 포인트 획득량이 15퍼센트 증가합니다.]

[일일특급 효과에 의해 포심 패스트볼의 구질 랭크가 B랭크로 상승했습니다.]

게임이 시작됐다.

화성 레인저스의 1번 타자 이제성.

오른쪽 배터 박스에 올라선 그는 마운드 위의 투수를 보는 순간 생각했다.

'생각했던 것보다 더 작네.'

마운드 위의 투수가 자신의 상상보다 더 작게 보인다는 것을.

그것은 타자에게 기꺼운 일이었다.

재능이 전부인 세상, 육체적 능력이 무엇보다 중요한 무대에서 왜소하다는 것, 작다는 것은 장점이 될 수 없었으니까.

'아니지.'

그 순간 이제성은 스스로에게 말했다.

'방심은 금물.'

방심하지 말라고.

'저래 보여도 데블스 상대로도 세이브를 2개나 거둔 투수.'

이제성의 생각대로 마운드 위의 투수는 겉으로 보이는 것과는 전혀 다른 모습을 보여준 투수였고 결과를 만드는 투수였다.

'H트리오도 잡았고.'

그 사실을 화성 레인저스의 타격코치도 연거푸 언급했다.

구속이 느리고, 체격이 왜소하다고 해서 이진용을 무시하고 그 앞에서 방심하지 말라고.

물론 그렇다고 해서 이진용을 대단한 괴물로 포장한 건 아니었다.

'제아무리 높게 평가를 하더라도 이진용의 스펙은 보잘것없다. 투심 패스트볼이 특별하다지만 투심은 마구가 아니야. 무엇보다 이진용의 투심 패스트볼 구속은 120대 중반에 불과한데 그걸 못 친다면 프로 자격이 없는 거지.'

객관적으로 봤을 때 이진용의 스펙을 두려워할 이유는 없었다.

'쉽게 말하면 이진용이란 투수는 괴물이 아니다. 부족한 능력으로 어떻게든 결과를 만들기 위해 발버둥 치는 투수일 뿐. 그뿐이다. 단순한 기량 대 기량, 힘 대 힘, 기술 대 기술로 붙어서 너희들이 질 이유는 없다.'

때문에 타격코치는 선수들에게 말했다.

'그러니까 상황을 어렵게 볼 필요가 없다. 애매한 공은 버리고, 존에 들어오는 공을 적극적으로 공격해라. 단, 방심은 하지 마라. 그러면 충분히 점수를 낼 수 있다.'

이진용이 수싸움을 시도할 경우 그 수싸움에 일일이 대응하다 휘말리지 말고 자기 자신의 타격을 하라고.

'코치님 말이 정답이지.'

이제성은 그 사실을 되새김질했다.

'굳이 수싸움에 휘말려 줄 필요는 없다. 존에 들어오는 공을 노린다. 무슨 공을 던지든 힘과 기술에서 내가 밀릴 이유는 없으니까.'

그 되새김질이 끝났을 때, 마운드 위의 이진용이 왼발을 뒤로 뺐다.

그 순간 이제성은 생각했다.

'정면승부는 없다. 분명 존에 걸치는 아슬아슬한 공을 던질

거야. 어설픈 공은 그냥 보내자고.'

이진용이 자신을 상대로 정면승부를 할 리가 없다고.

저런 피지컬을 가진 투수가 정면승부라는 선택지를 고른다는 것 자체가 말이 안 되는 거라고.

이진용이 초구를 던진 건 이제성의 생각이 거기까지 닿았을 무렵이었다.

'온다.'

다리를 들고, 제 몸을 회오리처럼 만든 이진용의 오른손 끝에서 떠난 야구공이 이제성의 스트라이크존을 향해 정직하게 날아왔고, 이제성은 이렇다 할 고민 없이 배트를 휘둘렀다.

빠악!

그러자 경쾌한 소리와 함께 타구가 멀리, 저 멀리, 좌측 펜스를 향해 힘차게 날아갔다.

그렇게 날아간 공은 펜스를 넘어갔다.

"아깝군."

"파울 홈런이네."

파울라인도 같이 넘어갔다.

"좀만 더 타이밍이 맞았으면 홈런이 나왔겠어."

이진용 입장에서는 천만다행.

"그래도 저 정도 날아가는 걸 보면 역시 구위가 정말 보잘것없는 모양이군. 이제성이 강타자도 아닌데 말이야. 1군에서 홈런 친 적도 없잖아?"

"아무리 특별한 게 있어도 구속이 안 나오는 투수가 할 수 있는 건 한계가 있지. 어쩌면 그동안 정말 운이 좋았던 것일 수도 있고. 솔직히 3이닝을 던진 게 전부잖아?"

하지만 이 순간 경기를 보던 모든 이들은 생각했다.

"그보다 초구를 던졌는데 이런 타구가 나왔으니…… 등골이 오싹해지겠군."

"아마 스트라이크존에 공을 집어넣는 것도 쉽지 않을 거야. 아무렴. 존에 넣는 게 마치 폭탄 속에 손을 집어넣는 기분일 테니까."

마운드 위의 이진용이 안도의 한숨을 쉬는 대신 등골이 오싹해지는 느낌을 받았을 거라고.

'오케이.'

이제성의 생각도 마찬가지였다.

'방심만 안 하면 돼.'

이제성은 자신이 이진용의 공을 못 칠 이유는 눈 씻고 찾아봐도 없다고 생각했다.

'그보다 머릿속이 복잡해지겠군.'

동시에 이제성은 마운드 위의 투수가 이 순간 심각하게 고뇌에 빠졌으리라 예상했다.

'초구부터 이런 거 나오면 투수는 미치지.'

스트라이크존 안에 넣은 공이, 그것도 초구가 홈런이 될 뻔했으니까.

이진용의 구위로는 이제성을, 화성 레인저스 타자 중에서도 힘이 없는 쪽에 속하는 그조차도 압도하지 못한다는 것을 깨달았으니까.

실투를 던지는 순간 무조건 홈런을 맞을지도 모른다는 공포를 마주했으니까.

때문에 일반적인 경우라면 마음을 추스르기 위해서 심호흡이라도 크게 해야 하는 상황이었다.

실제로 이런 상황에서는 투수가 만약 그대로 공을 던지고자 한다면, 포수가 나서서라도 투수를 향해 숨을 돌리라는 사인을 보낼 때도 있었다.

'응?'

그러나 그런 이제성의 예상과 다르게 이진용은 포수와 사인을 나눈 후 곧바로 투구 자세를 취했다.

'뭐야? 왜 이렇게 빨라?'

고민은커녕 조금 전 공에 대한 회상을 할 시간조차 두지 않은 채 이진용이 2구째를 던졌다.

그리고 그렇게 던진 공은 조금 전 던진 공과 같았다.

스트라이크존 안으로 들어오는 포심 패스트볼이었다.

펑!

그 공 앞에 이제성은 아무런 반응도 하지 않았다.

쉼 없이, 갑작스럽게 들어온 이진용의 공을 상대로 몸이, 머리가 반응하지 못한 탓이었다.

"스트라이크!"

그 공에 주심은 당연히 조금의 주저함도 없이 스트라이크를 줬다.

'젠장!'

이제성의 머릿속에 경고등이 켜지는 순간.

그 순간 포수는 서둘러서 미트 안에 들어온 공을 이진용에게 던졌다.

그 공을 잡은 이진용이 곧바로 이제성의 모습을 본 후에 투구 자세를 취했다.

그 모습에 이제성은 저도 모르게 입을 다문 채 타격 자세를 취하고 말았다.

그건 실수였다.

'아차! 타임!'

타임을 외쳤어야 했는데! 라는 생각이 이제성의 머릿속을 스쳐 지나갔지만 이미 지나간 일이었으니까.

'젠장!'

그렇게 머릿속이 복잡해진 이제성을 향해 이진용이 세 번째 공을 던졌다.

이번에 던진 공의 구질은 역시 포심 패스트볼.

코스는 스트라이크존 안.

그 공을 향해 이제성의 몸이 저도 모르게 움직였다.

스트라이크존에 들어오는 패스트볼은 무조건 노린다!

사전에 여러 번 되새긴 각오의 표현이었다. 그리고 그 스윙은 나쁘지 않았다.

최소한 펜스 정도는 맞출 수 있는 위력적인 타구를 만들어 낼 만한 스윙이었다.

빽!

이진용이 던진 그 공이 덜 가라앉지만 않았다면.

그렇게 선두타자로 나와 내야 뜬공으로 물러나게 된 이제성.

그러나 그 순간 그는 자신이 내야 뜬공으로 물러났다는 사실을 신경 쓰지 않았다.

'저 투수, 설마 저 구속으로 정면승부를 할 생각인가?'

그보다 더 놀라운 사실이 있었기에.

"이진용 투수 말입니다…… 우리를 상대로 정면승부를 할 모양입니다."

1회 초, 이진용이 던진 3구째 공에 내야 뜬공으로 물러난 1번 타자 이제성이 벤치로 돌아오며 그 말을 했을 때, 그 사실을 진지하게 받아들이는 이는 없었다.

"정면승부를 한다고? 저 투수가? 저 구속으로?"

일부는 고작 120대에 불과한 공을 던지는 투수가 정면승부를 해준다는 사실이 가소로웠다.

"뭐, 알아서 덤벼주겠다는데 마다할 건 없지."

그리고 일부는 굳이 어렵게 머리 굴릴 필요 없다는 사실이 기꺼웠다.

당연히 벤치에서도 굳이 준비한 작전을 바꾸지 않았다.

이진용을 상대하는 타자들은 공격적으로 나오는 이진용을 상대로 공격적으로 나갔다.

스트라이크존 안으로 들어오는 이진용의 패스트볼에 적극적으로 배트를 휘둘렀다.

"안타다!"

"혁이가 쳤어!"

2번 타자인 임혁이 곧바로 안타를 쳤을 때만 해도 그것이 정답이라고 생각했다.

"아, 병살!"

"쳇."

이후 3번 타자 오동수가 병살타를 쳤을 때도 아쉬움을 느낄지언정 자신들의 선택이 정답이라는 사실에 레인저스의 타자들 누구도, 코치들 누구도 의심하지 않았다.

무언가 이상함을 느낀 건 엔젤스 역시 득점 없이 1회 말을 보내고, 2회 초가 됐을 때였다.

이진용이 4번 타자와 5번 타자를 연달아 유격수 앞 땅볼로 처리했을 때.

6번 타자가 중견수 앞 안타로 출루했지만, 이후 7번 타자가 외야 플라이로 물러났을 때.

"지금까지 포심하고 투심만 던진 거지?"

"그렇지. 패스트볼만 던졌지."

"전부 존 안으로 던졌어."

"그러고 보니 빠지는 공조차도 없었네."

그 무렵에 몇몇 이들이 이상함을 느끼기 시작했다.

"정리하면…… 지금 패스트볼을 전부 존 안에 넣고 있다는 거잖아?"

이진용이 2회까지 7명의 타자를 상대하면서 오로지 투심과 포심만을 던졌고, 모든 공을 스트라이크존을 향해 던졌다는 것을.

그 사실은 3회가 됐을 때도 마찬가지였다.

이진용은 똑같이 던졌다.

쉼 없이, 망설임 없이 타자가 타석에 서면 그 타자의 스트라이크존을 향해 투심 혹은 포심만을 던졌다.

"젠장!"

"씨발!"

그리고 그런 이진용의 너무나도 단순한 피칭 앞에서 8번과 9번 타자가 물러났을 때.

"뭐야 이거? 왜 저걸 못 쳐?"

"고작 120대 패스트볼이잖아! 투심이고 나발이고 존 안에 들어오는데 당연히 쳐야지!"

화성 레인저스 더그아웃으로 무언가 알 수 없는 불길함이 흐르기 시작했다.

"제성아, 이번에는 쳐라! 한 번은 몰라도 두 번째는 쳐야지!"

그 불길함 속에서 이제성이 이진용을 상대로 두 번째 타석에 섰고, 그 무렵 화성 레인저스의 타격코치가 이진용의 피칭 내용을 기록한 기록표를 감독에게 보여주며 말했다.

"감독님, 이진용이 3이닝 동안 던진 구질과 구속 그리고 코스입니다."

"이건……."

그제야 화성 레인저스는 알 수 있었다.

"타자를 상대로 똑같은 패스트볼을 던진 적이 없습니다. 코스가 다르고, 구속이 다르고…… 심지어 공의 움직임도 다릅니다. 똑같은 120짜리 패스트볼인데도 어느 건 덜 가라앉습니다. 이게 정말 의도한 거라면 이진용은…… 패스트볼이 네 종류나 있는 셈입니다."

이진용의 피칭이 단순히 스트라이크존에 패스트볼을 집어넣는 피칭이 아니라 고도로 계산된 그리고 준비된 피칭이라는 것을.

"아! 또 땅볼!"

"젠장, 이게 대체 뭐야?"

그리고 이제성이 다시 한번 유격수 땅볼로 물러났을 때, 그제야 화성 레인저스는 들을 수 있었다.

"호우!"

이진용, 그가 지금 자신들을 사냥감으로 취급하는 소리를.

구속이 아주 느린 투수가 프로의 무대에서 타자들을 상대로 정면승부를 한다면?

대부분의 이들이 미쳤다고, 비상식적인 행동이라고, 타자들에게 아주 난타를 당할 거라고 할 것이다.

당연히 구속이 느린 투수라면 다른 재주를 부려야 한다고, 정면승부가 아니라 도망치면서 유인구를 던져 상대의 정신을 분산시키고, 허를 찌르는 기습과도 같은 공을 던져야 한다고 할 것이다.

-모든 투수는 공격적으로 피칭해야 해. 그게 기본이고, 상식이야.

하지만 김진호는 그 사실을 부정했다.

-당장 네가 이름을 기억할 만한 투수 중에 도망가는 피칭을 하는 투수가 있었어? 그렉 매덕스가 구속이 느리다고 도망가는 피칭을 했나? 페드로 마르티네스는? 놀란 라이언은? 로저 클레멘스…… 아, 약쟁이는 제외해야지. 여하튼 살아남아 이름을 남긴 투수 중에 도망자는 없다.

김진호는 도망가는 피칭 따위는 그저 패배자들을 분류하기 위해 만든 표현이라고 생각했다.

당연히 그런 김진호에게 가르침을 받은 이진용은 단 한 번도 도망가는 피칭을 한 적이 없었다.

-중요한 건 어떻게 공격하느냐.

화성 레인저스를 상대로도 이진용은 이제까지 그러했듯 적극적으로 싸울 속셈이었다.

-그렉 매덕스는 말했지. 나는 마운드에서 똑같은 공을 던지지 않는다. 80구를 던지라고 하면, 80가지의 공을 던질 것이다. 이게 바로 선발투수가 가져야 할 정답이지.

그런 이진용에게 김진호는 조언을 해주었다.

-내가 왜 그동안 보다 느린 공을 던질 수 있는 훈련을 하라고 했는지 알겠지?

그리고 동시에 김진호는 훈련도 시켜줬다.

말 그대로였다.

-구속의 완급 조절, 더 나아가 공의 궤적인 로케이션마저 컨트롤이 된다면 장담컨대 11시즌 뛰고 자동차 사고로 죽지 않는 이상 쿠퍼스 타운에 이름을 올릴 수 있을 거다.

김진호는 이진용의 옆에서 그가 더 느린 패스트볼을 던질 수 있도록 훈련시켜 줬다.

보다 빠른 공은 노력한다고 던질 수 있는 게 아니지만, 보다 느린 공은 노력을 통해 어느 정도 던질 수 있었으니까.

이진용이 공을 던질 때마다 그의 투구폼을 교정해 주고, 조언해 줬다.

즉, 지금 이진용이 이룩한 건 그 모든 것에 대한 결과물일 뿐이었다.

[65포인트를 획득하셨습니다.]

[삼자범퇴에 성공하셨습니다. 보너스 포인트가 지급됩니다.]

[30이닝 무실점 피칭 중입니다.]

[현재 누적 포인트는 1,545포인트입니다.]

"호우!"

그리고 그렇게 얻은 결과물에 이진용은 당연히 기쁨을 표출했다.

-야, 너무 좋아하지 마! 타순 한 바퀴 돌았으니까 네 공이 어느 정도 눈에 익었을 거다. 그리고 이제 화성 레인저스 애들도 작전을 바꾸겠지. 아웃당하더라도 지금처럼 그냥 막 때리려고 덤벼들다가 아웃당하진 않을 거야. 악착같이 달라붙을 거야.

"압니다."

하지만 그렇게 얻은 결과물에 만족하지는 않았다.

"그래서 2단계 작전을 준비했잖습니까?"

그렇게 배웠으니까.

-젠장, 너무 많은 걸 가르쳐 줬어. 개고생하는 꼴을 보면서 조금씩 가르쳐 주는 건데…….

"제가 스승님 은혜 덕분에 삽니다."

-언제는 동생이라며?

"아, 제 동생하고 싶으시구나? 어쩔 수 없지. 진호야, 이제부터 형이라고 부르렴."

-꺼져!

그 누구도 아닌 가장 위대한 투수에게!

"호우!"

이진용이 마운드에서 아홉 번째 호우를 내지르는 순간, 경기를 보던 기자들 몇 명은 말했다.

"아웃 잡을 때마다 저 지랄을 하네, 완전 또라이야."

"아주 자길 죽여 달라고 도발을 하는군."

이진용이 지금 아주 도발적인 행동을 하고 있다고.

"구속도 느린 놈이 대체 무슨 배짱인 거야?"

"똥배짱이지, 무슨 배짱이겠어?"

"아주 그냥 매를 버네, 벌어."

무례한 짓을 하고 있다고.

'그래, 저거지.'

하지만 경기를 보는 황선우의 생각은 달랐다.

'메이저리그도 아니고, 배트 플립이 허용되는 한국 야구에

서 투수가 저 정도 퍼포먼스는 보여줘야지. 애초에 서로 치고 받는 거 보려고 보는 게 야구인데.'

그는 이진용의 모습이 마음에 들었다.

'잘하고 얌전한 놈보다 좀 못해도 지랄 맞은 놈이 더 화제가 되는 법이고.'

이진용의 인간성을 떠나서 이진용 같은 선수야말로 기자들에게는 보물이었으니까.

말 그대로였다.

기사들에게 필요한 건 다른 그 무엇도 아닌 이슈였고, 이진용 같은 선수는 이슈를 만들기에 꽤 괜찮은 조건을 여럿 가지고 있었다.

'그리고 헛소리를 지껄이는 미친놈은 아니었고.'

동시에 황선우는 이진용이 꽤 훌륭한 피칭을 하고 있다는 것도 놓치지 않았다.

'공격적으로 존에 공을 넣고 있어.'

사실 지금 이진용이 3회까지 보여준 피칭 자체는 독특함과는 거리가 먼, 오히려 아주 정석적인 피칭이었다.

공격적으로 스트라이크존에 공을 넣는 건, 투수가 가져야 할 기본이자 전부였으니까.

하지만 막상 그 사실을 알면서도 그것을 실행에 옮기는 투수들은 많지 않았다.

'보통 멘탈은 아니야.'

무서우니까.

애초에 스트라이크존이란 개념은 타자가 그 공을 제대로 칠 수 있는 범위를 말함이다.

즉, 스트라이크존에 공을 넣는다는 건 타자가 칠 수 있는 공을 넣어준다는 의미.

당연히 구속이 느린 투수일수록, 구위가 부족한 투수일수록, 가진 변화구가 좋지 못한 투수일수록 공포감은 더 커진다.

'가슴 하나는 내가 보기에 엔젤스 2군에서…… 아니, 1군까지 통틀어서 제일 단단할 것 같군.'

심지어 마운드는 고독한 장소다.

대화를 나눌 누군가도 없고, 오로지 눈빛과 수신호 몇 가지만으로 대화를 나눠야 하며, 그 대화마저도 상대팀 코칭스태프, 타자들에게 들키지 않아야 한다.

이런 종류의 공포감은 무서운 영화를 보는 것과는 전혀 다르다.

폭탄 속에 손을 넣거나, 절벽 위에 매달릴 때 느끼는 공포에 가깝다.

'뭐, 어떻게 보면 또라이는 또라이지.'

그런데 그런 상황에서 이진용은 겁에 질리기는커녕 오히려 보잘것없는 공을 던지며, 도발까지 하고 있었다.

'문제는 4회부터인데…….'

물론 황선우가 보기에 이진용의 진짜 위기는 4회부터 올 것이 분명했다.

그 순간 황선우는 이진용이 한 말을 떠올렸다.

라커룸에서 이진용이 마치 당연하다는 듯이 준비했다는 듯이 해주었던 말을.

'이천까지 온 보람이 있군.'

그 생각을 떠올리는 순간 황선우는 자신의 키보드 위에 손을 올렸다.

타닥타닥!

새로운 소리가 그라운드를 장식하기 시작했다.

그리고 3회 말이 시작됐다.

빠악!

경쾌하다 못해 청아하기까지 한 소리가 그라운드를 넘어 펜스까지 반으로 갈랐다.

"아!"

그 소리에 모든 이들이 짧은 감탄을 내뱉었다.

오로지 한 명, 지금 이 소리를 만들어낸 타자만이 감탄 대신 침묵을 머금은 채 그라운드를 달리기 시작했다.

박준형, 그가 0 대 0 균형을 깨는 2점 홈런을 쏘아 올리는 순간이었다.

"엄청난 놈이군."

홈런을 치는 건 어렵다.

"박준형, 확실히 물건은 물건이야. 단순히 홈런을 치는 게 아니라 중요할 때 쳐준다니까."

그리고 0 대 0 상황에서 승부를 기울게 하는 홈런을 치는 건 훨씬 더 어렵다.

"클러치 히터의 재능이 있는 거지."

그것이 박준형을 향해 많은 이들이 감탄과 찬사 그리고 높은 점수를 주는 이유였다.

하지만 오직 한 명만은 그 사실에 감탄과 찬사, 기쁨을 표현하지 않았다.

-진용아, 점수 나왔다.

"예."

-그럼 어떻게 해야지?

이진용은 이 상황에 오히려 담담함을 넘어 무미건조한 표정으로 그라운드를 바라봤다.

알고 있었으니까.

"어떻게든 이 점수를 지켜야죠."

-모든 수단과 방법을 동원해서 이 점수를 사수(死守)해라.

오늘 승리를 위해서는 자신의 역할이 더 중요해졌다는 사실을.

"예."

2 대 0.

이제는 지고 있는 입장이 된 채 4회 초를 마주하게 된 화성 레인저스는 두 가지 선택지를 놓고 고민을 시작했다.

"점수를 내야 하니까 더 적극적으로, 공격적으로 나가!"

선발투수를 상대로 점수를 내는 것에 주력할 것인가?

"일단 선발투수를 무너뜨린다. 적극적으로 공격하지 말고 최대한 공을 봐라. 투수의 투구수를 갉아먹어!"

아니면 선발투수를 지치게 만드는 것에 주력할 것인가?

물론 가장 좋은 건 그냥 쉴 새 없이 투수의 공을 난타해서 투수를 강판시키는 것이었지만, 그것이 가능했다면 1회부터 3회까지, 10명의 타자가 나와 고작 하나의 안타만을 치는 일 자체가 일어나지 않았을 터.

그 고민 속에서 화성 레인저스는 결단을 내렸다.

"혁아."

"예, 코치님."

"일단 선발부터 끌어내린다. 공격적으로 가기보다는 최대한 많이 보고, 최대한 많이 걷어내."

화성 레인저스가 내린 선택은 이진용에게서 점수를 뽑기보다는 그를 지쳐 내려가게 하는 것이었다.

'최대한 길게 승부한다.'

4회 초 선두타자로 나온 2번 타자 임혁은 그런 오더를 기꺼이 수행할 생각이었다.

그는 이진용이 최대한 많은 공을 던지게 만들 속셈이었다.

'일단 초구를 보자.'

그런 그가 이진용의 초구를 지켜보겠다는 선택을 하는 건 조금도 이상한 일이 아니었다.

문제는 그런 그가, 그런 의지를 타석에서 보여줬다는 것이었다.

-첫 번째 타석 때보다 홈플레이트에 더 가깝게 붙었군. 거기에 배트는 짧게 쥐었고.

누가 보더라도 공격적인 타격이 아니라, 기나긴 승부를 준비한다는 모습을 보여줬다는 것.

-이제는 초구는 그냥 볼 거 같은데? 어떻게 할래?

그리고 마운드 위에 있는 투수가 정상적인 투수가 아니라는 것.

"도발 한번 해보죠."

-느린 공 던지다가 맞으면?

"저렇게 배트를 짧게 쥐었는데 설마 홈런이 나오겠어요?"

-그래도 나오면?

"그럼 제가 김진호 선수 형이라고 부르죠."

-야, 내가 원래 형이야!

"사실 정확히 말하면 아저씨죠."

-아, 아저씨?

이진용이 결코 맞는 것을 두려워하지 않는 투수라는 것.

"김진호 아저씨, 그럼 2단계 작전 시작하겠습니다."

그런 이진용이 임혁을 상대로 초구를 던졌다.

스트라이크존 낮은 곳을 향해 들어오는 포심 패스트볼.

펑!

구속은 110킬로미터.

'어?'

임혁에게는 마치 공이 멈춘 듯한 느낌이 들 정도로 느린 공.

"스트라이크!"

그 공이 임혁의 머릿속을 뒤흔들었다.

4회 초 이진용이 자신의 초구를 스트라이크존에 들어가는 110킬로미터짜리 패스트볼로 던졌을 때, 그 누구도 이진용이 힘이 빠져서 그런 공을 던졌다고 생각하지 않았다.

"허허허, 미치겠군."

지금 이진용이 화성 레인저스 타자들을 얕보고 있다고, 화성 레인저스 타자들을 조금도 무서워하지 않는다고 생각했다.

"완전 우리를 밥으로 보네."

화성 레인저스 타자들 입장에서는 화가 날 수밖에 없는 일이었다.

고작 패스트볼 구속이 120대에 불과한 투수에게 얕보이는 일은, 고교 시절에도 경험한 적 없는 일이었으니까.

'아오, 빡쳐!'

'확 벤치 클리어링 한 번 일으켜?'

당연히 화성 레인저스 타자들의 인내심은 부글부글 끓기 시작했다.

하지만 당장 폭발하는 이들은 없었다.

'릴렉스, 침착하자. 괜히 휘말릴 필요는 없어.'

'도발에 넘어가서 좋을 건 없어. 내 타격대로 하면 되는 거야.'

프로 선수였으니까.

상대가 도발한다고, 자신들이 얕보인다는 이유로 분노하고 흥분해서 게임을 망치는 건 아마추어들이나 하는 짓이었으니까.

하지만 그런 그들의 마음가짐은 이진용이 선두타자인 임혁을 땅볼로 잡는 순간.

"호우!"

이진용이 마운드 위에서 보란 듯이 오늘 열 번째 호우를 외치는 순간.

"저 자식……."

그 순간 사라지고 없었다.

"죽여 버리겠어."

그저 이진용에 대한 분노와 적개심만이 남아 있을 뿐.

"호우!"

임혁을 상대로 열 번째 아웃카운트를 잡는 순간, 이진용은 언제나 그랬듯 환호를 내질렀다.

그리고 그 환호를 내지름과 동시에 이진용은 김진호를 향해 스윽 눈빛을 줬다.

그런 김진호의 시선은 이진용이 아니라 3루 쪽 더그아웃, 화성 레인저스 벤치를 향하고 있었다.

"분위기 어때요?"

-뭐, 특별한 건 없어. 오늘 경기 끝나고 밤길 좀 조심해야 하는데, 대한민국이 총기휴대가 합법화되지 않았으니, 총 맞을 걱정은 하지 않아도 될 정도? 뭐, 그 정도 분위기다.

"후우."

이윽고 나온 김진호의 대답에 이진용은 작은 소리로 속에 있던 숨을 내뱉었다.

그 숨과 함께 글러브로 입을 가린 채 탄식도 같이 토해냈다.

"아, 체력만 넘치면 이따위 짓을 할 필요도 없는데."

말과 함께 이진용은 머릿속으로 11명의 타자, 10개의 아웃카운트를 잡느라 소모한 체력을 떠올렸다.

'이제 남은 체력은 30포인트.'

이진용의 최대 체력은 78포인트.

당연한 말이지만 이 체력은 선발투수로 이닝을 소화하기에는 너무나도 부족한 체력이었다.

당장 라이징 패스트볼을 서너 개만 던져도 10포인트가 넘는 체력이 추가로 소모되는 상황에서 이진용은 그런 라이징 패스트볼을 적지 않게 던졌다.

오히려 그런 상황 속에서 11명의 타자를 상대로 체력을 48포인트밖에 소모하지 않은 게 대단한 일이었다.

그리고 그런 게 가능했던 건 이진용이 공격적인 피칭을 하고, 화성 레인저스가 그 공격적인 피칭에 기꺼이 공격적인 타격을 해준 덕분이었다.

손바닥이 서로 부딪쳐준 덕분이었다.

달리 말하면 이진용 입장에서는 화성 레인저스 타자들이 자신을 상대로 끈질긴 승부를, 투수의 투구수를 갉아먹기 위한 승부를 하는 것만큼은 피해야 했다.

'어떻게든 레인저스 타자들이 날 죽이려고 덤벼들게 만들어야 해.'

그게 도발을 하는 이유였다.

-그보다 효과 죽이긴 하네. 나도 메이저리그에서 던질 때 너처럼 할걸. 생각해 보면 너무 신사답게 행동했어.

이진용에게 있어 도발은 자신의 선택이 아니라, 자신이 살아남기 위해 해야 할 행위였으니까.

"더그아웃에서 자기 보고 뭐라고 하는 타자에게 양손으로 더블 퍽유를 날려서 주심에게 경고받고, 1만 달러 벌금을 내는 게 신사가 갖춰야 할 매너이긴 하죠."

-내가 그랬어?

"예, 그러셨어요."

-기억이 잘 안 나네.

"기억날 수 있도록 지금 눈앞에서 보여드릴까요?"

-그것보단 일단 이제부터 널 때려죽이고 싶어 안달이 난 타자들부터 상대하는 게 먼저 아닐까?

물론 그냥 도발만 하는 것은 멍청한 짓이고 위험한 짓이다.

맹수를 도발할 때는 언제나 그 맹수를 잡을 준비와 함정을 파놓아야 하는 법.

당연히 이진용은 도발만 준비하지 않았다.

"예, 이제 체인지업을 쓸 때가 왔죠."

이진용, 그가 4회에 자신이 가진 세 번째 무기인 체인지업을 꺼냈다.

그게 이진용이 준비한 2단계 작전, 작전명 '나 이것도 있지롱!'이었다.

패스트볼을 어떻게든 치고 싶어 안달이 난 타자에게 좋은 공은 무엇일까?

이 질문에는 많은 대답이 나온다.

변형 패스트볼을 답으로 적는 이도 있을 것이고, 뚝 떨어지는 스플리터나 포크볼을 답으로 적는 이도 있을 것이다.

그리고 적지 않은 이들은 그 공을 말할 것이다.

"패스트볼로만 머릿속이 가득 찬 타자에게 체인지업은 아킬레우스의 뒤꿈치와 같지."

체인지업.

그 혼자서는 나약하지만, 패스트볼과 함께라면 감히 마구조차 될 수 있는 공.

실제로 이진용은 이제까지 출전한 경기에서 체인지업을 자주 사용했다.

그게 아니더라도 이진용이 살아남았다는 사실 자체가 체인지업을 가지고 있을 수밖에 없다는 증거이기도 했다.

체인지업은 구속이 느린 투수가 프로의 무대에서 살아남기 위해서 꼭 습득해야 하는 구질이었기에.

그러나 화성 레인저스 타자들이 그 사실을 깨달은 건 경기가 시작되고 좀 더 시간이 흐른 다음이었다.

딱!

"아!"

"젠장, 이번에도 체인지업에 당했어."

4회가 되었을 무렵.

"저 체인지업에 세 명이나 당했어."

"젠장, 대비하고 있었어야 했는데……."

"그보다 체인지업도 장난이 아니야."

그 체인지업에 세 명이나 되는 타자가 제물이 되었을 무렵.

"미치겠군. 결국 5회에도 점수를 내지 못했잖아?"

어느덧 5회 초 공격마저 득점 없이 끝났을 무렵이었다.

그 덕분이었다.

[45포인트를 획득하셨습니다.]

[5이닝 무실점 피칭 중입니다.]

이진용이 5이닝 3피안타 무실점 피칭으로 누구도 부정할 수 없는 승리투수 요건을 갖추는 데 성공할 수 있었던 건.

그리고 그 덕분에 이진용은 드디어 마주할 수 있었다.

-진용아, 축하한다!

[현재 남은 체력은 8입니다.]

-드디어 지옥문이 열렸구나! 으하하! 그래 이걸 보고 싶었어!

이진용, 그의 앞에 드디어 벽이 등장했다.

그건 갑작스러운 일이었다.

5회 말, 엔젤스 타자들이 연속 안타로 2점의 추가 득점에 성공한 덕분에 4 대 0, 4점 차 리드로 시작된 6회 초.

빠악!

"어?"

"응?"

5이닝 3피안타 볼넷 하나 없는 놀라운 피칭을 보이며 6회 초에도 마운드에 올라온 이진용이 선두타자를 깔끔하게 땅볼로 처리한 후 두 번째 타자를 상대했을 때.

"홈런?"

이진용은 그날 처음으로 실점을 했다.

"뭐야, 갑자기?"

그리고 그게 시작이었다.

빠악!

1사 상황에서 솔로 홈런을 내준 이진용은 다음 타자를 상대로 안타를 내주었다.

빠악!

그리고 그다음 타자를 상대로도 안타를 내주었다.

"3연속 안타?"

5이닝까지 고작 3개의 안타만을 내주었던 이진용이 갑작스레 홈런을 포함한 3연속 안타를 내주며, 1실점 그리고 1사 주자 1, 3루 상황을 마주하는 순간이었다.

그라운드의 분위기는 당연히 바뀌었다.

"갑자기 왜 저래?"

개중에서도 분위기가 가장 급격하게 바뀐 건 다름 아니라 화성 레인저스였다.

"구위가 급격하게 하락했군."

"패스트볼 구속이 110킬로미터도 안 나옵니다."

이제까지 이진용에게 당하기만 하던 화성 레인저스는 반격을 넘어 복수를 할 수 있는 이 기회를 놓칠 생각이 없었다.

"이 기회를 놓치지 말고 공격적으로 간다!"

"예!"

반면 엔젤스 벤치는 분위기의 변화가 없었다.

변화고 자시고 이 순간 모든 결정권을 가진 우지욱 2군 감독은 아무것도 하지 않고 있었으니까.

그는 투수코치를 올려보내 이진용에게 조언이나, 충고를 하지도 않았다.

'구속이 떨어지면서 구위도 떨어졌다.'

결코 이진용에 대한 무관심 때문이 아니었다.

'그리고 거기에 맞게 피칭을 하고 있다.'

오히려 반대, 지금 이진용은 타자들에게 맞고 있을지언정 정답에 가까운 피칭을 하고 있었다.

말 그대로였다.

'구속을 억지로 끌어올리기보단 오히려 힘을 더 빼더라도 제구에 신경 쓰면서 계속 존에 공을 넣고 있어.'

이진용은 구속이 떨어졌다고 해서 도망가는 피칭을 하지 않았다.

여전히 공격적인 피칭을 했다.

'그리고 넣는 코스는 타자의 타율이 높은 코스, 핫존을 최대한 피하고 있고.'

동시에 스트라이크존에 공을 넣더라도 상대적으로 그 타자의 타율이 약한 코스를 노렸다.

핫존(Hot zone), 스트라이크존 안에서도 유독 타자의 타율이 높은 코스를 피하고 있었다.

'그리고 볼넷은 여전히 제로.'

결정적으로 이진용은 맞을지언정 볼넷을 남발하지 않고 있었다.

볼넷을 주지 않는 피칭, 볼넷을 줄 바에는 차라리 안타를 주는 피칭, 타자가 상대적으로 타율이 좋지 못한 코스를 노리는 피칭.

이 피칭에 과연 무슨 조언이 더 필요할까?

'훌륭하군.'

도리어 감탄이 나올 지경.

'마운드 위에서 죽을지언정 도망칠 생각은 없다, 이거군.'

때문에 오히려 우지욱 2군 감독은 이런 이진용의 피칭을 더욱더 보고 싶었다.

개인적으로도 보고 싶었고, 지금 2군에 있는 투수들이 이진용을 보고 깨닫기를 소망했다.

'1군은 승자들이 올라가는 무대. 그럼 일단 싸워야지.'

물론 그런 생각 속에서 우지욱 2군 감독은 다음을 준비했다.

제아무리 이진용이 열심히 싸운다고 해도 모든 것이 바닥나 버린 투수를 마운드에 올릴 수는 없었으니까.

'아직 4대1. 일단 1점 차까지는 봐주지.'

그렇게 우지욱 2군 감독은 커트라인을 정했고, 그것을 정하는 순간 투수코치에게 말했다.

"이진용이 3실점을 하는 순간 교체다."

"예."

빠악!

그 순간 그라운드에서 다시 한번 강렬한 타격음과 함께 타구가 외야로 뻗기 시작했다.

"크다, 커. 넘어가나?"

"아니, 좀 부족할 것 같은데?"

그렇게 날아간 타구는 펜스 근처까지 이동한 우익수의 글러브 속에 들어갔다.

"뛰어!"

그 순간 3루에 있던 주자가 홈을 향해 질주했다.

여유 넘치는 질주였고, 화성 레인저스가 희생 플라이로 두 번째 득점에 성공하는 순간이었다.

"오케이."

그리고 이제까지 굳어 있던 표정을 짓고 있던 이진용의 얼굴이 환하게 펴지는 순간이었다.

이진용의 표정을 본 이들이라면 고개를 갸웃할 수밖에 없는 상황.

그런 상황에서 이진용이 6회에 마주한 여섯 번째 타자를 상대로 아웃카운트를 잡았을 때.

"후우!"

이제까지의 이진용이라면 오늘 내지른 환호성 중 가장 큰 호우! 를 외쳤어야 하는 상황에서 하늘을 바라보며 긴 한숨을 내뱉었다.

그런 이진용의 귀로 목소리가 들렸다.

[55포인트를 획득하셨습니다.]

[무실점 피칭이 5이닝에서 종료됩니다. 보너스 포인트가 지급됩니다.]

[현재 누적 포인트는 2,232포인트입니다.]

베이스볼 매니저의 목소리.

[무쇠팔 효과가 발동됩니다.]

[체력이 30증가합니다.]

그 목소리에 이진용이 미소를 지으며 대답했다.

"3단계 작전, 작전명 쇼타임 시작합니다."

그리고 김진호는 언제나 그렇듯 푸념했다.

-빌어먹을 물빠따 자식들, 그렇게 던져줬는데 2점밖에 못 내고 지랄이야. 이러다가 진용이가 완투라도 하면…… 진용아, 수고했다. 오늘 여기까지 하지 않을래?

그렇게 두 투수가 마운드를 내려갔다.

여전히 만족하지 못한 채.

6회 초 화성 레인저스가 이진용을 상대로 드디어 득점에 성공하면서 점수 차가 4 대 2가 됐을 때 그들은 생각했다.

"막힌 혈이 뚫린 기분이야."

"좋아, 이대로 가자! 역전하자고!"

드디어 게임이 풀리기 시작했다고.

막연한 착각이나 망상은 아니었다.

야구는 점수가 안 나올 때는 한없이 안 나오지만, 제대로 나오기 시작할 때는 끝없이 나온다.

하물며 2점 차 점수는 타자 두 명만으로 충분히 따라잡을 수 있는 점수 아닌가?

화성 레인저스의 분위기가 달아오르는 건 당연했고, 불길처럼 타오르던 엔젤스의 기세가 상대적으로 줄어드는 것 역시 딱히 크게 이상한 일은 아니었다.

'맙소사.'

그러나 엔젤스 더그아웃의 분위기는 예상할 수 있는 것보다 훨씬 더 차가웠다.

'이거 리얼?'

'진짜?'

그 중심에는 이진용이 있었다.

물론 이진용이 6회에 급속도로 무너지며 무기력한 모습을 보인 게 이유는 아니었다.

오히려 이진용이 6회 초를 마치고 마운드를 내려왔을 때 엔젤스의 선수들은 그런 이진용에게 격려의 말을 던졌고, 박수를 쳤다.

6이닝 2실점, 퀄리티 스타트를 기록한 선발투수에 대한 예의를 갖추었다.

문제는 그다음.

'설마 7회에도?'

마운드를 내려온 이진용은 투수코치와 몇 마디 대화를 나눈 후에 점퍼를 입었다.

엔젤스의 상징이라는 유광의 점퍼, 그 점퍼를 좌우로 정확하게 반으로 자른 점퍼는 오른쪽만 혹은 왼쪽만 입을 수 있는 점퍼로 투수의 어깨가 식는 걸 막기 위한 것이었다.

즉, 그건 명명백백한 증거였다.

'이진용으로 계속 간다고?'

이진용이 7회에도 마운드에 오를 것이라는 명백한 증거.

그리고 그게 이유였다.

꿀꺽!

엔젤스의 벤치 분위기가 예상 이상으로 차갑게 식어버린 이유.

'우리 감독님이 장난 없는 건 알았지만…… 이 정도일 줄이야.'

그런 이진용을 바라보는 엔젤스 선수단의 얼굴에는 이진용을 향한 동정심과 우지욱 2군 감독에 대한 두려움이 깃들었다.

당연히 벤치에 대기 중인 엔젤스 선수들에게 6회 말 공격 같은 건 눈에 들어오지 않았다.

그들의 눈에는 이진용만이 들어왔다.

동시에 선수들은 의문을 품었다.

과연 이진용의 심정이 어떠할까?

'나라면 그냥 못 한다고 말하고 말지. 어차피 7회에 올라가 봤자 난타만 당할 텐데.'

적어도 이 순간 이진용의 심정이 좋을 리 없는 건 분명할 터.
'……뭐여?'
그렇기에 그들은 그것을 보고도 믿을 수 없었다.
'바나나?'
'콧노래?'
마치 피크닉에 온 것마냥, 바나나를 꺼낸 후에 그것을 쩝쩝 먹으며 콧노래를 부르는 이진용의 모습을.

6회 말, 2점 차로 추격을 당하기 시작한 엔젤스는 그 추격을 뿌리치지 못했다.
삼자범퇴.
오히려 허무하게 6회 말을 마무리한 엔젤스의 모습에 경기를 보던 이들은 생각했다.
"잘하면 레인저스가 뒤집겠는걸?"
"이번에 올라오는 투수의 활약에 달렸지."
7회가 오늘 경기의 승자와 패자를 가르는 분수령이 될 거라고.
때문에 7회 초에 엔젤스의 마운드에 올라온 투수의 피칭이 무엇보다 중요할 것이라고.
"어, 뭐야?"

그렇기에 그들은 그것을 믿을 수 없었다.

"저, 저거!"

프로로 뛰는 그 어떤 투수와도 구별될 수 있는 작은 체격을 가진 투수가 마운드에 올라오고 있었다.

"이진용?"

이진용, 그가 7회 초 마운드에 올라왔고 그 사실에 모두가 기겁했다.

"쟤가 또 올라와?"

그건 화성 레인저스 역시 마찬가지였다.

"아이싱 안 하고 점퍼 입고 있어서 혹시나 했는데, 진짜 올라오네?"

물론 조짐은 있었다.

이진용이 아이싱을 하는 대신 점퍼를 입은 모습은 화성 레인저스 벤치에서도 충분히 볼 수 있었다.

하지만 그렇다고 해도 이진용이 올라오리란 생각은 누구도 하지 않았다.

오히려 그것이 엔젤스 벤치가 부리는 작전이라고 생각하는 이들이 많았다.

이진용이 7회에도 올라오는 것처럼 연기를 하면서 막상 다른 투수를 올리기 위한 작전.

그런데 이진용이 정말 올라왔다.

6회를 끝으로 퇴장해야 마땅한 선수가 마운드에 올라왔다.

"이거 무슨 좀비도 아니고……."

그것을 마주하는 화성 레인저스 선수들에게 그런 이진용의 모습은 움직이는 시체와 다를 바 없었다.

물론 화성 레인저스는 그 사실에 마냥 놀라고 있지만은 않았다.

"점수를 낼 수 있는 기회다!"

더 나아가 그 사실에 겁을 먹지도 않았다.

"다들 정신 차리고 적극적으로 공격해!"

타격코치는 이것을 최고의 호재로 받아들였고, 이진용을 상대하게 될 타자들 역시 마찬가지였다.

'그래, 알아서 점수를 주겠다는데 마다할 게 뭐 있어?'

6회, 이미 밑바닥을 드러낸 이진용이 올라와 줬다는 사실에 이제는 놀람을 넘어 감사를 표했다.

특히 7회 초 선두타자로 나오게 될 레인저스의 6번 타자 장석영은 이 기회에 감사했다.

'2점 차. 충분히 따라잡을 수 있어. 그리고 오늘 부진도 충분히 만회할 수 있고.'

그는 앞서 이진용을 상대로 보여준 부진을 깔끔하게 씻을 수 있는 기회라고 생각했다.

'아무렴. 110짜리 공을 못 치면 옷 벗어야지.'

그렇게 시작된 7회 초.

"플레이볼."

주심의 선언이 이루어졌고, 곧바로 그라운드는 경기를 치르기 위한 준비를 했다.

야수들이 긴장된 표정으로 마운드의 투수와 타석의 타자를 바라봤고, 타자는 마운드 위의 투수만을 바라봤다.

그런 무대 위에서 이진용이 초구를 던졌다.

던진 공의 구질은 투심 패스트볼.

코스는 언제나 그랬듯 스트라이크존.

펑!

"응?"

"어?"

구속은 125킬로미터였다.

과거 메이저리그에서 마무리투수를 비롯해 불펜투수들은 그저 구속이 빠른 투수를 세워두는 것으로 충분하다고 생각했었다.

그게 무슨 역사적인 전통이라서 그런 건 아니었다.

"메이저리그 선발투수들의 한 경기 패스트볼 평균 구속이 90마일 정도 나오는 상황에서, 9회에 95마일이 넘는 투수가 나오면 타자 입장에서는 그 공이 마치 100마일처럼 보이지. 하물며 9회에 나온 투수가 100마일을 던진다면? 욕은 그때 지껄이라고 있는 거야."

상대성.

90마일 초반대의 공을 8회까지, 수백 개 넘게 보던 타자들에게 갑자기 튀어나온 95마일 공은 더 빠르게 느껴질 수밖에 없었으니까.

그런 상대성은 모든 것에 적용됐다.

110킬로미터짜리 공을 노리던 타자들에게 125킬로미터짜리 공은 생각보다 훨씬 더 빠른 공일 수밖에 없었다.

하물며 그런 짓을 이미 시체나 다름없는, 좀비나 다름없는 이가 보여준다면?

'미친!'

새벽의 저주와 같은 호러 영화가 시작되는 셈이다.

당연히 그 호러 영화의 조연이 되어버린 화성 레인저스 타자들의 반응은 호러 영화에 나오는 그대로였다.

'젠장, 이게 대체 무슨 일이야?'

지금 타석에 선 화성 레인저스의 타자, 박주운의 심정이 그러했다.

'대체 저 새끼 정체가 뭐야?'

일단 그는 지금 이 상황 자체를 제대로 받아들이지 못했다.

이 상황을 이해하기는커녕 머리를 굴릴 때마다 머릿속 뇌가 실타래 뭉치처럼 엉키는 기분이었다.

'미치겠네.'

그야말로 패닉 상태나 다름없는 상황에 빠졌다.

'코치님!'

당연히 그는 호러 영화에 나오는 배우들이 누군가에게 도움을 요청하듯, 벤치에 있는 코치에게 도움을 요청하는 눈빛을 보냈다.

그리고 호러 영화에서 도움 요청을 받은 이들이 실상 제대로 된 도움을 주지 못하는 것처럼, 화성 레인저스의 타격코치 역시 박주운에게 제대로 된 도움을 주지 못했다.

점수가 필요하니까, 공격적으로 타격을 할 것!

그런 내용의 사인만을 보냈다.

'씨발.'

박주운에게는 알아서 해! 그런 의미를 가진 사인, 그 이상도 이하도 아니었다.

'에라, 모르겠다.'

결국 박주운은 자포자기했다.

그런 타자를 향해, 이제는 더 이상 발버둥조차 치지 않는 사냥감을 향해 이진용은 보다 사납게 몰아쳤다.

공격적으로 타자의 스트라이크존에 패스트볼을 집어넣었고 기습적으로 체인지업을 던졌다.

때로는 슬라이더와 커브를 대충 던지며 상대방을 혼란스럽게도 만들었다.

그리고 마운드 위에서 소리쳤다.

"호우!"

자신이 이 마운드의 주인이라는 것을 그라운드의 모든 이들에게 적극적으로 선포했다.

그렇게 8회 초가 끝났을 때, 화성 레인저스 더그아웃은 그야말로 무덤이 되어 있었다.

'아, 미치겠다.'

'진짜 이러다 완투패 당하는 거 아니야?'

'그냥 빨리 경기가 이대로 끝났으면 좋겠다.'

타자들은 고개를 숙인 채 바닥을 보고 있었고, 바닥을 향해 절망감이 담긴 한숨을 토해냈다.

그러나 그들은 알지 못했다.

모든 호러 영화는 마지막에 아주 강렬한 하이라이트가 준비되어 있다는 사실을.

8회 말, 4 대 2로 리드하고 있는 엔젤스에게는 마지막 공격이 될 수도 있는 이닝.

그리고 마지막 공격이 되기를 바라야 하는 이닝.

그런 그 마지막 기회를 엔젤스 타자들은 제대로 살리지 못했다.

"아웃!"

"스윙, 스트라이크 아웃!"

"아웃!"

세 명의 타자들이 순차적으로 유격수 내야 땅볼, 헛스윙 삼진 아웃, 외야 플라이 아웃으로 물러났다.

그 과정에서 치열한 무언가도 없었다.

엔젤스의 타자들은 무기력한 모습으로, 타석에서 제대로 된 집중력을 발휘하지 못한 채 아웃카운트를 헌납했다.

그들을 상대로 아웃카운트를 잡은 투수가 도리어 허탈함을 느낄 정도로.

그러나 그것은 결코 그들이 경기에 집중하지 못해서 나오는 결과물이 아니었다.

오히려 반대, 그건 그 타자들이 남아 있는 집중력을 타격에 쓰지 않고 아껴두기 위한 선택이었다.

"모두 집중해라!"

그리고 그렇게 아낀 집중력을 9회 초에, 타자가 아닌 야수가 됐을 때, 그라운드의 수비수가 됐을 때 소모할 속셈이었다.

"이번만 막으면 완투승이니까!"

9회 초.

이진용의 완투승이 걸린 그 이닝에서 야수들은 자신들의 모든 것을 토해낼 생각이었다.

-진용아.

그렇기에 이진용이 마운드에 올라서는 순간, 김진호는 타자를 상대할 생각으로만 가득 찬 이진용에게 말해줬다.

-인사해.

"예?"

-오늘 널 위해 8회 내내 그리고 9회까지 최선을 다해주는 야수들에게 최소한의 예의를 표해라.

그 말 그대로였다.

-오늘 그들이 아니었으면 진작 강판당한 다음에 화장실에 가서 질질 짰을 테니까.

오늘 이진용이 잡은 삼진의 개수는 8이닝 동안 고작 2개에 불과했다.

달리 말하면 그가 잡은 24개의 아웃카운트 중 22개는 야수들이 잡아줬다는 의미.

매일 입에서 단내가 나도록 수비 훈련을 하는 야수들의 도움이 아니었다면 이진용은 지금 이 마운드에 올라오는 건 불가능한 일이었다.

-언제나 명심해. 선발투수가 혼자 모든 것을 이루는 건 불가능하다는 것을. 야수들에게 충분한 예의와 존경을 표해라. 물론 나처럼 한 경기에 삼진을 막 15개씩 잡으면 좀 무례해도 상관없지만.

그렇기에 이진용은 기꺼이 모자를 벗은 후에 그라운드를 둘러보며 고개를 숙였다.

1루수에게 인사를 한 뒤 2루수를 향해 인사를 했고, 유격수를 향해 인사를 하고, 3루수에게 인사를 했다.

마지막으로 포수를 보면서 인사를 했다.

그 사실에 야수들이 옅은 미소를 지었다.

'그래도 마냥 또라이는 아니었군.'

'알고 보면 좋은 놈일지도 몰라.'

'티팬티가 정말 효과가 있나? 빌려달라고 해볼까?'

사실 엔젤스의 옷을 입은 지 채 한 달조차 되지 않은 이진용을 엔젤스 선수들은 잘 모르고 있었으며 동시에 거부감도 가지고 있었다.

드래프트가 아니라 독립 구단을 통해서 구단에 뽑힌 그를 박힌 돌인 자신들을 빼내려는 굴러온 돌이라고 생각했었다.

그러나 지금 이 인사 한 번에 이제 더 이상 그 누구도 이진용을 굴러온 돌이라고 생각하지 않았다.

'그래, 악착같이 잡아주마.'

동료.

'강제로라도 완투하게 만들어주마.'

인사 한 번에 벽이 허물어졌다.

물론 이진용이 예의를 갖추는 건 거기까지였다.

화성 레인저스의 타자가 타석에 들어오는 순간 이진용은 더 이상 예의 따위를 생각하지 않았다.

그는 사냥감을 보듯 눈빛을 불태웠고, 입맛을 다시듯 혀로 입술을 적셨다.

그리고 식사를 앞두고 기도를 하듯 주문을 외웠다.

"마법의 1이닝."

[마법의 1이닝 스킬을 사용하셨습니다.]

[모든 스킬이 소모값을 요구하지 않습니다.]

그것은 1회부터 8회까지 이루어진 힘겨운 나날의 마침표였다.

힘겨운 체중 감량 끝에 계체량을 통과한 격투기 선수가 만찬을 앞에 둔 것과 같았고, 마라톤 선수가 결승 지점을 눈앞에 둔 것과 같았다.

기쁨, 그런 단어로 쉽사리 설명할 수 없는 일.

그러나 그 사실에 이진용은 흥분하지 않았다.

'야구는 끝날 때까지 끝난 게 아니다.'

계체량을 끝난 격투기 선수에게는 본 시합이 남아 있고, 결승 지점을 앞에 둔 마라톤 선수에게는 여전히 뛰어야 할 거리가 남아 있듯이.

그러하듯이 이진용에게는 여전히 9회가 남아 있기에.

'선두타자를 내보내면 분위기는 바뀐다. 그러니까 투구수가 몇 개가 됐건 선두타자부터 확실하게 잡는다.'

그렇기에 이진용은 표적을 제대로 보고, 그 표적을 향해 자신이 가진 총구를 정확하게 겨누었다.

"라이징 패스트볼."

그렇게 모든 준비가 된 후에야 이진용은 방아쇠를 당겼다.

펑!

9회 초를 장식한 초구는 그런 공이었다.

구속은 고작 125킬로미터에 불과하지만, 그 기세만큼은 그 어느 투수의 공보다 위력적인 공.

더 나아가 그 공을 던지는 이진용의 뒤에 배치된 야수들의 눈빛 역시 남달랐다.

마운드 위에는 호랑이가, 그라운드에는 늑대 무리가 포진된 채 타석을 노려보는 듯했고, 그런 무리를 배터 박스라는 좁은 곳에서 홀로 외로이 상대해야 하는 레인저스 타자들이 내놓을 수 있는 결과물은 정해져 있었다.

"스윙, 스트라이크 아웃!"

삼진.

빡!

"땅볼!"

"1루 커버!"

땅볼.

딱!

"떴다!"

그리고 투수의 머리 위로 솟아오른 뜬공.

"마이 볼!"

그렇게 이진용이 마지막 아웃카운트를 잡아냈을 때.

[65포인트를 획득하셨습니다.]

[삼자범퇴에 성공하셨습니다. 보너스 포인트가 지급됩니다.]

[승리투수가 되었습니다. 보너스 포인트가 지급됩니다.]

이진용이 마운드에서 숨을 크게 들이마시기 시작했고, 그것을 본 김진호가 고개를 절레절레 흔들었다.

-이제 지랄할 일만 남았군.

그런 김진호의 모습에 이진용이 미소를 지었고, 그 모습에 김진호가 피식 웃었다.

-오냐, 공식 대회 첫 승이니까 이번에는 같이 해주마.

[완투에 성공했습니다. 보너스 포인트가 지급됩니다.]

[최초로 완투에 성공했습니다. 플래티넘 룰렛 이용권이 지급됩니다.]

[현재 누적 포인트는 5,122포인트입니다.]

이윽고 베이스볼 매니저의 알림이 마저 끝나는 순간 그 둘은 함께 마운드 위에서 소리쳤다.

-호우!

"호우!"

4월 23일 일요일.

이진용이 한국프로야구 역사에 분명하게 기록될 첫 번째 승리를 완투승으로 장식했다.

◆ 2화 ◆
리볼버

투수에게 완투는 마라톤의 완주와 같다.

이닝이 거듭될수록 체력과 정신은 한계에 내몰리며, 9회에는 한계를 넘는 극한에 이르게 된다.

그런 상황 속에서 9회 마지막 아웃카운트를 잡는다면?

긴장이 풀리는 정도를 넘어, 마치 몸이 녹아내리는 듯한 느낌을 받을 정도.

"진용아, 고생했다. 그리고 축하한다."

그렇기에 그건 결코 이상한 일이 아니었다.

"저, 저기 감독님……."

"응? 말하게."

"……화장실 좀 다녀와도 되겠습니까?"

마지막 아웃카운트를 잡고 마운드를 내려오는 순간 긴장이 풀리면서 아주 급한 신호가 이진용의 뇌리를 두드리는 일은.

"……다녀오도록."

그렇게 이진용은 감독의 허락이 떨어지는 순간 부리나케 화장실로 달려갔고, 사람 하나 없는 그 적막한 화장실 속 칸막이 하나를 굳건하게 닫은 후에 볼일을 봤다.

그리고 급한 불을 끄는 순간 이진용은 두 손으로 얼굴을 감싼 채 말했다.

"아, 미치겠다. 아아……."

그런 이진용의 입에서 그 어느 때보다 절망으로 가득 찬 목소리가 흘러나왔다.

-나도 미치겠다.

이진용의 그런 한숨에 화장실 문 앞에 있던 김진호가 고개를 절레절레 흔들었다.

-완투승 거둔 이후에 감독하고 한 첫 말이 화장실 보내달라는 말이라니…… 내 살다 살다 이런 경우는 또 처음이네.

"젠장, 누군 좋아서 이럽니까? 갑자기 긴장이 팍 풀리자마자 신호가 오는데 어떻게 합니까?"

-너 혹시 조절 안 되고 그러는 건 아니지? 기저귀 필요하거나 그런 건 아니지?

"뭐라고요?"

으르렁!

사납게 울부짖는 듯한 이진용의 반응에 김진호가 슬쩍 말을 돌렸다.

-아, 아니야. 아무것도 아니야.

물론 여기서 그냥 넘어갈 김진호가 아니었다.

-그냥 열심히 볼일 봐. 잘 안 나오면 내가 심호흡 좀 도와줄까? 호! 우! 따라 해봐. 그럼 잘 나올 거야.

"됐습니다."

-I say 호! you say 우! 호!

"젠장!"

-에이, 진용아. 그럼 여기서 넌 우! 해야지. 네가 힙합을 좀 모르는구나. 내가 본토 힙합을 좀 가르쳐 줄까?

"닥쳐요!"

그 말을 끝으로 얼굴을 감싸고 있던 이진용이 제 얼굴에서 손을 치웠다.

'아.'

무수히 많은 종류의 감정들이 태풍이 되어 이진용의 가슴속을 채우고 있었다.

기쁨, 분노, 초조함, 절망, 부끄러움…… 온갖 종류의 감정의 태풍들이 서로 부딪치며 결국 가장 강렬한 하나만이 남았다.

'더 잘할 수 있었는데.'

그렇게 남은 건 다름 아니라 아쉬움이란 감정이었다.

'6회에 점수를 내주지 않았다면 완봉도 가능했겠지.'

6회 초.

모든 체력이 바닥을 드러내며 결국 실점을 하긴 했지만, 만약 실점을 하지 않았다면 완봉승을 거뒀을 것이다.

'그리고 안타를 주지 않았다면…….'

그리고 만약 오늘 단 하나의 안타도 주지 않았다면 이진용은 퍼펙트게임을 달성할 수 있었을 터.

거기까지 생각이 미쳤을 때 이진용은 더 이상 복잡한 감정을 얼굴 위로 드러내지 않고 있었다.

'아!'

결국 아쉬움을 느끼는 건 이진용의 부족한 능력 때문이며, 그런 이진용에게는 그런 자신의 부족함을 당장 채워줄 방법이 있었으니까.

'플래티넘 룰렛!

고민하고 자시고 할 문제가 아니라는 것.

이진용은 최초의 완투승 보상으로 얻은 플래티넘 룰렛 이용권을 사용해 룰렛을 활성화했다.

'와!'

이진용의 눈앞에 백금색으로만 가득 찬 룰렛이 보였다.

그야말로 무엇이 걸리든 황홀할 수밖에 없는 룰렛.

그러나 이진용은 그 황홀함 속에서도 가장 황홀하기 그지없는 것만을 바라봤다.

-스킬 [리볼버]

-스킬 [에이스]

-파이어볼러

세 칸.

다이아몬드, 그 무엇보다 굳건한 아름다움을 가진 그것을 바라보던 이진용은 생각했다.

'왜 여자들이 다이아에 환장하는지 알겠군.'

동시에 이진용은 고소를 머금었다.

'너무 과한 욕심이지만.'

이진용의 심정대로 다이아몬드 칸의 것들이 아니더라도 지금 백금색 칸에 있는 것 중에 좋지 않은 건 하나도 없었다.

모두가 이진용에게 보다 높은 꿈을 꾸게 해줄 정도로 값지고, 가치 있는 것들이었다.

그런 상황 속에서 세 개밖에 없는 다이아몬드 등급을 노린다는 건 분명 과한 욕심일 터.

"후우."

결국 이진용은 한숨과 함께 가슴을 가득 채운 욕심을 내뱉었다.

'무엇이든 좋다.'

그러고는 조금은 편안해진 마음으로 룰렛을 돌렸다.

이윽고 룰렛이 멈추는 순간.

“우아아아아아!”

이진용이 화장실을 흔드는 괴성을 내질렀다.

그런 이진용의 외침에 김진호가 피식 웃었다.

-새끼, 똥 한 번 요란하게 싸네. 진용아! 그러다가 똥이 아니라 순대가 나오는 수가 있어!

김진호의 그 놀림에 이진용은 대답 대신 재차 소리쳤다.

“총! 총! 총 나왔어요!”

-뭐?

그 순간 김진호의 머릿속에서는 몇 가지 상황과 단어들이 조합되기 시작했다.

변을 보기 위해 화장실에 앉은 청년, 갑자기 괴성을 지르는 청년 그리고 총이 나왔다고 말하는 청년.

-그게 무슨 개소리야?

“총이 나왔다고요!”

-아니, 그러니까 지금…… 미치겠네. 그러니까 항문에서 진짜 총이 나왔다는 거야 아니면 총 같은 변을 쌌다는 거야?

말을 하고도 김진호는 대체 그게 무슨 상황인지 감히 상상조차 할 수 없었다.

“총 나왔다고요!”

-미친 새끼!

결국 김진호가 문 너머를 향해 그대로 자신의 머리를 집어넣었다.

-젠장, 이제는 남자 똥 싸는 것까지 내가 봐야…….

그제야 김진호도 볼 수 있었다.

-씨발, 진짜 총이네…….

이진용, 그가 새롭게 습득한 다이아등급의 스킬 리볼버를!

[리볼버]

-스킬 랭크 : 없음

-스킬 효과 : 구속을 5㎞ 증가시킨다.

-일일사용 가능횟수 : 6회

리볼버.

이진용이 화장실 변기 위에서 최초로 얻은 다이아 등급의 스킬인 이 스킬은 너무나도 단순한 스킬이었다.

스킬 표시대로 하루에 6회, 자신의 구속보다 5킬로미터 더 빠른 공을 던질 수 있었다.

그게 전부였다.

조건은 6회만 던질 수 있다는 것, 그 외에는 그 어떤 제약이나 조건은 없었다.

즉, 150킬로미터의 패스트볼을 던지는 투수라면 155킬로미터를, 165킬로미터를 던지는 투수라면 170킬로미터를 던질 수 있는 스킬이었다.

-와, 진짜 이 게임 개쓰레기 게임이네. 이 정도면 경고가 아니라 게임 정지시켜야지!

메이저리그 투수 중에서도 강력한 패스트볼을 던졌던 투수 중 한 명이었던 김진호는 그것이 의미하는 바가 무엇인지 잘 알았다.

시속 5킬로미터.

마일로 계산하면 약 3마일.

이것이 투수의 운명을 바꾸기에 부족하다 못해 넘칠 정도의 단위라는 것을.

-아, 부럽다!

심지어 이 스킬에 처음으로 김진호가 푸념이 아닌 부러움을 표현했다.

-나한테 이런 거 있었으면 내가 진짜 메이저리그의 지배자가 아니라 김진호 상 같은 걸 만들었을 텐데!

구속이란 투수에게 그런 것이었다.

보다 빠른 공을 던질 수만 있다면야 악마에게 영혼의 반절 정도는 충분히 줄 수 있는 것.

실제로 무수히 많은 투수가 보다 빠른 공을 던지기 위해 제 몸을 혹사하다 부상으로 은퇴하고는 했다.

-여섯 번이 어디야.

그렇기에 조건이 있다는 건 중요하지 않았다.

하루에 여섯 번밖에 던질 수 없다는 사실 같은 건 전혀 중요하지 않았다.

물론 짚고 넘어갈 건 있었다.

-아, 진짜 이런 스킬은 나한테 줘야지 이진용이 같은 허접한 놈한테 주면 의미가 없는데!

리볼버는 말도 안 되는 스킬이지만, 이진용에게 있어 그 스킬의 효용성은 크지 않다는 것.

말 그대로였다.

-구속이 5킬로미터 더 빨라져 봐야 132킬로미터, 돼지 목의 진주 목걸이가 따로 없군.

이진용에게 있어서 리볼버 스킬로 얻을 수 있는 최고 구속은 132킬로미터에 불과했으니까.

"아니, 꼭 비유를 그렇게 돼지로 하셔야겠어요?"

물론 졸지에 돼지가 된 이진용의 기분이 좋을 리는 만무했다.

-그래, 돼지라기에는 네가 너무 작긴 하지. 다른 좋은 표현을 찾아보자고. 음, 뭐가 좋을까…… 아주 작고, 성질 더럽고, 괴상망측하고, 지랄 맞고 못생긴 동물이 뭐가 있을까? 치와와? 아니야. 치와와는 귀여우니까 제외. 어, 그럼 이진용은 개만도 못한 건가?

하지만 김진호의 말에 구겨진 이진용의 표정은 리볼버 스킬을 보는 순간 다시 환하게 바뀌었다.

"돼지고 나발이고 뭐든 좋습니다."

이진용에게 중요한 건 자신이 돼지인지 아닌지, 그게 아니었으니까.

"어차피 중요한 건 이 스킬이 진주 목걸이를 뛰어넘는 다이아 목걸이라는 거랑……."

이진용의 말대로 리볼버 스킬이 이진용의 야구 인생에 절대적인 도움이 될 보물이라는 것.

"이제 제 구속이 조건부이나마 130대를 넘었다는 사실이죠."

그리고 이제 이진용은 마운드 위에서 130대 공을 여섯 개 던질 수 있다는 것.

그 사실에 여전히 변기 위에 앉아 있는 이진용의 눈빛이 활활 불타올랐다.

'좋아, 이대로 1군만 가면…….'

"이진용!"

그 순간 화장실 안으로 이진용을 찾는 목소리가 들어왔다.

슬쩍 화장실 칸막이 밖으로 몸을 통과시킨 김진호가 외부 인물을 확인했다.

-투수코치다.

"이진용, 여기 있냐?"

"예, 있습니다. 죄송합니다. 빨리 정리해서 나가겠습니다."

이 순간 이진용은 자신의 처지를 망각하지 않았다.

그는 오늘 완투를 한 투수이며, 게임은 끝났지만, 아직 정리는 끝나지 않았다는 사실을 잊지 않았다.

"아니다, 괜찮다. 서두를 필요 없다. 그보다 이거. 네 폰으로 전화가 왔다."

그때 투수코치가 화장실 칸막이 아래로 이진용의 스마트폰을 건네줬다.

"아버지한테 온 것 같다. 중요할 것 같아서 가져왔다."

"감사합니다."

그렇게 스마트폰을 받고, 부재중 통화 목록에 아버지란 단어를 확인한 이진용의 표정이 굳었다.

'설마?'

그 순간 이진용의 머릿속으로 고교 시절 자신이 야구를 포기했던 이유 중 하나가, 아버지가 경험한 비보가 떠올랐다.

-야, 별일 없을 거야.

김진호도 이 순간만큼은 이진용을 놀리지 않았다.

-좋은 소식일지도 몰라. 어쩌면 이진용, 네가 완투한 기사가 지금 포털 사이트 메인에 올라오는 걸 보고 확인해서 너한테 전화를 한 것일 수도 있어. 완투했으니까 기사 정도는 올라갔을 거야.

그런 김진호의 가능성은 한없이 낮지만, 달래주는 말에 이진용이 고개를 끄덕인 후 곧바로 전화를 걸었다.

대기 시간은 짧았다.

-마!

"아버지, 무슨 일이에요?"

-완뚜다, 완뚜!

"예?"

-진용이, 마! 완뚜 축하한데이!

그 말에 이진용이 굳은 표정으로 질문했다.

"아니, 아버지가 그걸 어떻게 아십니까?"

이진용이 완투한 건 조금 전 이야기.

더불어 이진용은 오늘 아버지에게 자신의 선발 등판 소식을 알리지 않았다.

대부분의 2군 선수들이 그러하듯, 가족들에게는 좋은 결과만을 알려주고 싶었으니까.

-기사 떴데이! 마, 네 기사가 스마트폰에 떴데이!

그 순간 이진용이 놀란 눈으로 김진호를 바라봤다.

그리고 그 이야기를 실시간으로 들은 김진호가 구겨진 표정으로 이진용을 바라봤다.

-이제 게임 내적으로 퍼주는 걸로 모자라서 외적으로도 퍼주는구나. 에이, 나 안 해! 이 게임 안 해! 보이콧이다, 보이콧!

4월 23일 일요일 오후 2시.

전국 5개 구장에서 한국프로야구 일요일 경기가 시작됐다.

당연히 야구팬들은 모두가 자신이 응원하는 팀의 야구 경기를 켜고 보기 시작했다.

그런 그들의 손에는 당연히 그것이 들려 있었다.

"아, 병신 새끼들. 거기서 점수를 못 내고 지랄이야. 이 새끼 타율이 몇이야?"

스마트폰.

야구팬들은 이제는 인류의 신체 일부나 다름없는 그것을 이용해 보다 적극적으로 야구를 즐겼다.

"2할 2푼? 이럴 줄 알았어! 감독은 눈깔이 삐었나, 2할 치는 새끼를 올리고 지랄이야!"

"다른 구장 경기는 어떻게 됐으려나? 쉬리, 잠실구장 검색해 줘."

"올.해.는.다.르.다."

선수들의 기록을 실시간으로 확인하거나, 다른 구장의 경기를 실시간으로 살피거나, 커뮤니티 사이트에 자신의 의견을 올리며 실시간으로 다른 야구팬들과 소통을 하거나.

특히 야구의 이닝과 이닝 사이, 광고가 나오는 사이사이 스마트폰은 시간을 보낼 수 있는 아주 고마운 도우미였다.

그 기사가 올라온 건 그 무렵이었다.

오후 4시 무렵.

각 구장에서 치러지는 경기가 이제는 중반을 지나면서 몇몇 경기는 승패가 가려질 무렵.

"에이, 진짜! 안 봐! 내가 야구를 보면 성을 간다, 성을 갈아!"

"젠장, 그러면 그렇지. 올해는 다르긴 개뿔!"

"이 팀은 지구가 멸망할 때까지 안 돼."

몇몇 이들이 자신이 응원하는 팀의 패색이 짙어졌다는 사실에 야구 경기가 아닌 다른 것을 찾을 무렵.

"응?"

그 무렵 대한민국 사람들이 가장 많이 이용하는 포털 사이트의 메인에 퓨처스리그 선수의 기사가 등장했다.

"박준형? 어디서 본 이름인데?"

[박준형, 팀을 승리로 이끄는 결승 홈런!]

그건 파격이었다.

다른 것도 아니고, 퓨처스리그의 단순한 승패 보고도 아니고, 퓨처스리그에 있는 한 선수만을 집중한 기사가 올라오는 일은 무척 보기 드문 일이었으니까.

[신고선수 신화, 박준형이 이끌어간다!]

심지어 기사는 그것 하나가 아니었다.

메인에 올라오지만 않았을 뿐, 박준형에 대한 기사가 인터

넷 뉴스 카테고리에 넘쳐나기 시작했다.

그게 시작이었다.

오후 4시가 됐을 때, 마치 기다렸다는 듯이 엔젤스와 돌핀스의 경기 도중에 해설과 캐스터가 박준형의 이름을 언급했다.

-지금 엔젤스는 나름 화려한 타선을 가지고 있지만 1루수가 약합니다.

-그러고 보니 지금 엔젤스 2군, 퓨처스리그에서 대단한 선수가 뛰고 있지 않습니까?

-박준형 선수 말이군요. 대단한 선수지요.

그것을 본 야구팬들은 당연히 박준형에 대한 이름을 뇌리에 각인시켰고, 검색을 시작했다.

이윽고 박준형이란 이름이 포털 사이트 검색어 10위에 올라왔을 때.

"운영팀장님, 됐습니다! 검색어 순위에 올라왔습니다!"

엔젤스의 홍보팀장 장병헌이 구은서를 향해 소리쳤다.

그 말에 구은서는 대답 대신 자신의 조부가 이끄는 기업, 현성 그룹이 만든 스마트폰으로 상황을 확인했다.

"수고했어요."

그리고 짧게 대답했다.

하지만 그 짧은 대답에 장병헌을 비롯해 사무실에 모여 있던 홍보팀 소속 직원들의 입에서 안도의 한숨이 흘러나왔다.

'이제야 됐다.'

'드디어 끝났다!'

그건 기획이었다.

엔젤스가 박준형이란 스타를 만들기 위해 준비한 기획.

5월 1일을 기점으로 육성선수에서 정식등록선수로 신분을 바꾼 박준형이 바로 1군 무대에 데뷔하자마자 최고의 스포트라이트를 받을 수 있도록 꾸미기 위한 기획이었다.

'그보다 돈 어마어마하게 썼네.'

'어휴, 이제 간 좀 쉬게 해주겠구나.'

당연히 이 작업을 위해 홍보팀이 쓴 비용과 노력은 적지 않았다. 기자들을 접대하느라 사용된 접대비를 비롯해 홍보팀 직원들의 간이 한계까지 혹사를 당했다.

'박준형이란 놈 복 받았구나.'

그만큼 효과는 확실했다.

'이렇게 스포트라이트 받으면서 1군에 올라오는 애는 아마 한국프로야구 역사상 이놈이 처음일 거야.'

이것으로 이제 박준형의 인지도는 크게 상승할 것이며, 그가 1군에 올라오는 순간 그리고 그가 1군에서 성적을 내는 순간 그의 역사는 곧 신화가 될 것이다.

그리고 그게 구은서가 원하는 바였다.

정확히는 지금 병상에서 야구를 보는 것만이 누릴 수 있는 유일한 낙이 되어버린 구은서의 조부, 현성 그룹의 구정범 회장이 원하는 것이었다.

더불어 그런 구정범 회장이 과거 엔젤스 야구의 영광을 가져왔던 젊은 타자들을 유독 좋아했다는 것이 구은서가 투수가 아닌 타자를 중심으로 기획을 짠 이유였다.

"장 팀장님."

그때 스마트폰을 보던 구은서가 장병현 홍보팀장을 불렀다.

"예, 무슨 일이십니까?"

"이진용 기사도 홍보팀에서 기획한 건가요?"

"예?"

"이진용이 완투승을 거두었다는 기사 타이틀이 박준형 기사 바로 하단에 노출됐는데, 이것도 홍보팀이 준비한 건지, 그걸 묻고 있는 거예요."

그런 구은서의 말에 홍보팀 직원들의 머릿속에 가장 먼저 떠오른 건 의문이었다.

'이진용? 그게 누구야?'

'누구지? 그런 선수가 있었어? 그보다 완투승이라니?'

반면 이진용이란 이름을 들어본 장병현 홍보팀장은 곧바로 스마트폰을 켰다.

[이진용, 화성 레인저스 상대로 완투승!]

그리고 곧바로 기사 타이틀을 확인한 장병현 홍보팀장이 기사를 클릭했다.

그러나 그는 기사 내용에는 눈길을 주지 않았다.

그가 찾는 건 그 기사 내용이 아닌 기사를 쓴 기자였으니까.

이윽고 기자를 발견한 장병현 홍보팀장이 스마트폰을 조작하며 보고했다.

"……황선우 기자에게 연락해 보겠습니다."

사람들이 스포츠에 열광하는 이유 중 하나는 언제, 어느 순간에 영웅이 등장할지 알 수 없다는 점이다.

어제까지 무명이었던 선수가 하루아침에 유명인이 되는 경우는 얼마든지 일어날 수 있다는 것.

박준형이 그러했다.

화성 레인저스와의 경기가 끝났을 때, 그는 자신의 이름을 포털 사이트 검색 순위 7위에 올려놓을 수 있었다.

한편 그런 박준형에 비하면 태양 옆의 반딧불 수준이긴 하지만, 어쨌거나 하루 전과는 전혀 다른 유명세를 누리는 이가 있었다.

"어디 보자…… 어때요?"

이진용.

화성 레인저스를 상대로 완투승을 거둔 그 역시 나름의 유명세를 누리는 중이었다.

더불어 그는 그 나름의 유명세에 대비하고 있었다.

"이 정도 사인이면 괜찮죠? 멋지죠?"

-미친놈, 고작 기사 하나 나온 거 가지고 사인을 연습하고 자빠졌네.

그 대비란 다름 아니라 사인 연습이었다.

"유비무환이란 말도 모르십니까? 언제 어느 순간 팬들이 절 알아보고 사인을 요청할지 모르는데 준비해 둬야죠."

계약서에 하는 사인이 아니라, 팬들에게 해주기 위한 사인.

야구 선수들이라면 누가 보더라도 멋진 사인을 한두 개쯤 가지고 있게 마련이니까.

-유비무환 모르겠고, 대신 지랄염병이란 단어는 알고 있다.

"갑자기 신경이 날카로워진 거 같으신데, 뭐 안 좋은 일 있어요?"

-없어.

"없긴, 아주 그냥 혓바닥이 날이 서셨구먼. 아!"

그 순간 사인 연습을 하던 이진용이 자신의 능력치 창을 활성화시켰다.

[이진용]

-최대 체력 : 80

-최고 구속 : 129

-보유 구질 : 포심 패스트볼(E), 투심 패스트볼(A), 스플릿 패스트볼(D), 체인지업(B), 슬라이더(F), 커브(B)

-보유 스킬 : 심기일전(D), 일일특급(E), 라이징 패스트볼(E), 마법의 10이닝, 무쇠팔(F), 리볼버

[일일특급 효과에 의해 커브의 구질 랭크가 B랭크로 상승했습니다.]

"이거 때문에 그러시는구나."

이진용이 자신의 새롭게 변한 능력치를 김진호에게 보여주며 깊은 미소를 지었다.

"제자가 쑥쑥 성장하는 모습에 절로 미소가 나오시죠?"

-닥쳐.

이진용, 그는 리볼버 스킬을 습득한 후에 곧바로 획득한 5천 포인트로 브론즈 룰렛을 다섯 번 돌렸다.

[구속이 1증가합니다.]

[체력이 1증가합니다.]

[구속이 1증가합니다.]

[체력이 1증가합니다.]

그중 네 번의 룰렛이 브론즈 칸에 걸렸고, 구속과 체력이 2씩 상승하는 결과를 얻을 수 있었다.

[체력이 80에 도달했습니다. 더 이상 브론즈 룰렛으로 체력이 증가하지 않습니다.]

[구속이 130에 도달하면 더 이상 브론즈 룰렛으로 구속이 증가하지 않습니다.]

물론 안타까운 통보도 받았지만, 그 통보에 대한 아쉬움은 다섯 번째 룰렛을 돌리는 순간 사라졌다.

[구질 습득 비약(D랭크)을 획득하셨습니다.]

[스플릿 패스트볼(D랭크)을 습득하셨습니다.]

다섯 번째 룰렛에서 걸린 실버 칸에서 엄청난 대박을 얻을 수 있었으니까.

-진짜 쓰레기 같은 게임이야.

김진호는 그 사실에 이번에도 언제나처럼 푸념을 뱉었다.

-신이시여, 이러다가 애 망칩니다. 고생 좀 시킵니다, 고생 좀!

"고생이야 김진호 선수가 대신하는데 제가 고생을 할 필요가 있습니까?"

그리고 이진용은 그런 김진호를 언제나처럼 놀렸다.

-뭐 인마?

"일심동체나 다름없는데 역할 분담하면 좋은 거죠. 제가 꿀을 빠는 역할을, 김진호 선수가 고생하는 역할을. 환상의 듀엣 아닙니까?"

-아오! 이놈이 날 상대로 애걸복걸하면서 질질 짜는 걸 죽기 전에 봐야 하는데!

"그건 불가능할 겁니다."

-그걸 네가 어떻게 장담해?

"장담하고 자시고 이미 죽으신 분이 죽기 전에 뭘 볼 수 있을 리 없잖아요?"

-에이, 진짜!

결국 제 분을 이기지 못한 김진호가 이진용을 향해 신나게 주먹을 휘두르기 시작했다.

-아오, 얄미워! 아오! 한 대만 때리고 싶다, 한 대만!

물론 그 주먹은 그저 이진용을 통과할 뿐, 이진용에게 그 어떤 위해도 주지 못했다.

오히려 이진용은 그 주먹세례 속에서 여유를 가진 채 오히려 질문을 던졌다.

"그보다 이제 1군 콜업 되겠죠?"

-무슨 근거로?

"아니, 2군에서 완투하면 끝난 거 아닙니까?"

그 순간 김진호가 주먹을 멈춘 후에 이진용을 지그시 내려다봤다.

-일단 대기자 명단에는 올라가겠지.

“대기자 명단이요?”

-사실 엔젤스 1군 입장에서 베스트 시나리오는 선수 교체가 없는 거야.

이진용은 반문하지 않았다.

반문하고 자시고 할 문제가 아니었으니까.

‘틀린 말은 아니지.’

한국프로야구의 로스터 숫자는 27명이다. 27명만이 1군 선수로 경기 출전이 가능하다.

당연한 말이지만 각 구단 감독, 코칭스태프 그리고 선수 본인들은 이 27인 로스터에 변동이 없기를 소망하고 동시에 노력한다.

로스터에 변동이 생겼다는 건, 누군가는 2군으로 내려갔다는 거고 그건 곧 그 누군가가 기대 이하의 모습을 보여줬다는 의미이니까.

-뭐, 그래도 누군가는 다치고, 누군가는 부진하니까 기회는 언젠가 오겠지.

물론 로스터 변경 없이 한 시즌을 치르는 경우는 절대 없다.

당연히 누군가 2군으로 내려오거나, 1군에서 이탈하게 되고 그럼 그 자리는 당연히 2군으로 채워지게 된다.

그래서 만들어진 게 2군 아닌가?

대기자들은 1군에 자리가 났을 경우 바로 기회를 얻을 수 있는 자들을 의미했다.

그리고 이진용은 저번 완투로 그저 2군 선수 중 한 명이 아니라, 대기자 명단에 이름을 올릴 선수가 된 상황이었다.

-문제는 자리가 어디에 나느냐, 이거지.

문제는 이게 은행처럼 대기표를 뽑으면 그 순번대로 1군에 올라가는 게 아니라는 것.

-만약 공이 빠른 불펜투수가 이탈하면 너한테 기회가 올 가능성은 제로지.

공이 빠른 투수가 이탈하면 1군은 당연히 공이 빠른 투수를 2군에서 뽑는다.

-좌완 투수가 빠져도 마찬가지. 좌완이 빠진 자리에 우완을 넣는 경우는 없지.

그게 아니더라도 기본적으로 1군 코칭스태프는 2군 투수들 중에서 공이 빠르거나 좌완인 투수를 선호한다.

좌완으로 145킬로미터 이상 되는 패스트볼을 던질 수 있으면 성적이 어지간히 개판이 아닌 이상 1군에 어떻게든 자리를 보전한다.

괜히 좌완 파이어볼러를 지옥에서도 데려온다는 말이 있는 게 아니다.

달리 말하면 우완에 구속이 느린 이진용은 솔직히 대기자 명단에 이름을 올려도 뽑힐 가능성은 낮았다.

"그럼 제가 올라가려면 어떻게 해야 합니까?"

-글쎄, 네가 2군에서 3경기 연속 완봉을 하는 정도?

"예?"

-그럼 궁금해서라도 콜업해 줄 거 아니야.

"젠장, 완투도 아니고 완봉을 세 번이나 하라고요? 귀신 씨나락 까먹는 소리를 하지 말고 말이 되는 소리를 하세요."

이진용은 김진호가 자신을 놀린다고 생각했다.

실제로도 그랬다. 3경기 완봉을 해야 한다는 건 개소리였다.

진심은 그다음에 나왔다.

-그게 아니면 팀 내 3선발 혹은 4선발이 이탈하는 경우가 네게 유리하겠지.

"선발이 이탈하는 게 저한테 유리하다고요?"

-3선발이나 4선발이 이탈하면 보직 전체가 이동하게 되니까. 무엇보다 중요한 건 대충 끼워 맞출 수 없다는 거지. 예를 들어 좌완 원포인트가 이탈하면 좌완으로 공 빠른 애들을 넣으면 어느 정도 땜빵이 되지만, 선발은 그게 아니잖아? 2군에서 콜업을 하든 스윙맨을 하던 애를 넣든 누구를 넣는다고 해서 땜빵이 될지 안 될지 모르니까.

"그럼 그 자리가 비면 제가 당장 선발로 가는 겁니까?"

-그럴 리가 있냐? 너 같으면 이제 프로 1년 차인 놈을 4선발 자리에 넣을 수 있어? 그런 건 나 같은 규격 외의 괴물이나 가

능한 일이고, 중요한 건 엔젤스 1군의 투수 보직 전체에 균열이 일어나지 않는 이상 네게 기회가 올 가능성은 높지 않다는 거지.

그 말에 이진용이 짧게 한숨을 내뱉었다.

'잘해도 자리가 안 나면 답이 없구나.'

-그보다 일단 그 황선우 기자라는 사람한테 연락해서 고맙다고 해.

"황 기자님이요?"

-아마 네가 1군 콜업이 되면 그 기자가 써준 기사가 큰 도움이 될 테니까. 무엇보다 그 기자가 코치들하고 친하게 지내는 거 보니까 엔젤스랑 관계도 보통이 아닐 거야.

이진용이 눈빛을 바꾸었다.

"무슨 상관이 있나요?"

-1군에서 선수를 콜업할 때 2군 성적과 2군 코칭스태프의 조언만 보진 않아.

"왜요?

-무조건 믿을 수가 없으니까. 2군에서 4할 치는 놈을 콜업했는데 1군에서 1할 치다가 결국 일주일 만에 내려가는 경우는 얼마든지 있잖아?

"그렇죠."

-결국 1군에서는 보다 많은 이들의 의견을 듣고 싶어 하지. 하지만 그렇다고 해서 엔젤스 팬들 데려다가 의견을 물을 순

없잖아? 가족들에게 물을 수도 없고. 그럼 누구한테 물어보겠냐?

"기자군요."

그 말을 듣는 순간 이진용은 스마트폰을 꺼냈다.

그리고는 이미 저장해 둔 황선우 기자의 번호로 문자를 보냈다.

푸후, 푸후, 푸후!

마치 증기기관차처럼 툭 튀어나온 주둥이로 전자담배 연기를 뿜어대는 황선우의 표정은 누가 보더라도 불만으로 가득 차 있었다.

'아니, 기자가 기사 쓴 게 죄인가?'

그런 그의 머릿속으로 엔젤스 홍보팀장과의 통화 내용이 생생하게 떠올랐다.

엔젤스 홍보팀장은 말했다.

왜 이진용의 완투 기사를 썼냐고.

'완투를 했으면 기사를 내야지. 프로리그보다 완투 보기 더 힘든 게 퓨처스리그인데.'

물론 그냥 단순히 완투 기사를 썼다는 사실에 대해 화를 내는 건 아니었다.

중요한 건 그 기사를 왜 메인에 노출시켰느냐, 하는 점이었다.

당연한 말이지만 박준형 기사가 그냥 아무런 과정도 없이 메인에 노출된 건 아니었다.

로비를 통해 엔젤스는 메인에 노출되는 칸 중 몇 개를 얻어냈다.

박준형만을 위해 마련된 칸이었다.

그런데 그 칸에 황선우가 제멋대로 이진용 기사를 올린 것이다.

쉽게 비유를 하자면, 엔젤스가 만들어놓은 상품 진열대에 황선우가 제멋대로 자기 취향의 상품을 올린 셈.

그 사실을 이 바닥 생리를 잘 아는 황선우가 모를 리 없었다.

한 소리를 듣고 흡연실에서 뻑뻑 담배를 피울 각오는 기사를 올리기 전에 이미 했다.

당연한 말이지만 그런 각오를 한 건 그냥 이진용이 귀여워서 그런 게 아니었다.

'이렇게 투자했는데 꽝이기만 해봐.'

투자.

이진용이란 선수와 기꺼이 접점을, 그것도 다른 기자와 비교할 수 없는 끈적끈적한 접점을 만들기 위한 투자.

때마침 황선우의 스마트폰으로 문자가 도착했다.

[기자님 감사합니다. 앞으로 잘 부탁드립니다. 충성충성충성!]

발신자는 이진용.

'생각보다 눈치가 빠르단 말이야. 확실히 뭔가 있어.'

그가 보낸 문자 내용을 읽은 황선우는 미소를 지었다.

"선배님!"

그때 흡연실 안으로 후배 기자 한 명이 부리나케 들어왔다.

그 등장에 황선우가 후배를 보며 말했다.

"갑자기 무슨 일이야?"

"엔젤스!"

"엔젤스가 뭐?"

"큰일 났습니다!"

후배의 그 말에 황선우가 인상을 찌푸린 채 말했다.

"기자라는 놈이 의사 전달을 그렇게밖에 못 해? 언제 어디서 누가 무엇을 어떻게 왜! 이거 몰라?"

"엔젤스의 양윤섭이 지금 일본 요코하마로 떠났습니다."

"양윤섭이?"

"예."

"이유는?"

"모르겠습니다. 하지만 이 시기에 투수가 요코하마로 가는 이유야 뻔하지 않습니까?"

"요코하마면 미나미공제로 갔겠지."

그 순간 황선우는 표정을 바꾸고는 곧바로 스마트폰을 꺼냈다. 그러고는 무언가 이 상황에서 도움이 될 만한 이들의 이름을 찾기 시작했다.

그러면서 후배를 향해 나지막이 말했다.

"5월이 되기도 전에 팀의 토종 에이스가 수술이라니……."

"엔젤스, 어떻게 될까요?"

"어떻게 되긴 좆된 거지."

그 순간 무언가 이름을 찾은 황선우가 곧바로 전화를 걸었다. 그러고는 능숙한 일본어로 대화를 시작했다.

"기무라 상, 황선우 기자입니다. 예, 예. 다름 아니라 혹시 미나미공제 병원에서 서울 엔젤스의 투수 양윤섭이란 사람이 어느 의사분과 만났는지 알 수 있겠습니까? 예, 부탁드립니다."

그로부터 몇 시간 후 황선우가 후배 기자를 부르며 말했다.

"단독 달고, 기사 올려. 양윤섭 팔꿈치 부상으로 전반기 끝이라고."

양윤섭.

서울 엔젤스 소속으로 프로 8년 차.

우완 정통파 투수로 구속은 140킬로미터 중반대.

다양한 구종을 능숙하게 사용하며, 완급 조절과 제구가 좋으며 무엇보다 체력이 좋아 한국에서 손꼽히는 이닝이터로 불리는 그는 서울 엔젤스의 마운드를 7년 동안 지키며 무려 1,051이닝을 소화한 투수였다.

그러면서도 통산 방어율은 3.30에 불과한 그는 외국인 투수를 제외하고 믿을 수 있는 에이스, 일명 토종 에이스였다.

당연한 말이지만 어느 때보다 우승을 노리기 위해 적극적인 투자를 한 엔젤스에게 있어 그는 그 누구와도 대체할 수 없는 존재이자, 대체해서도 안 되는 존재였다.

"결과는?"

그런데 지금 그 양윤섭에게 문제가 생기고 말았다.

"팔꿈치에서 뼛조각이 발견됐습니다."

그가 선발 등판을 마친 이후 심각한 팔꿈치 통증을 호소하기 시작한 것이다.

"의사 소견은?"

이후 엔젤스는 그를 투수 수술과 재활로 유명한 일본 요코하마의 미나미공제 병원으로 보냈다.

"수술을 하는 게 좋다고 합니다. 재활해 봤자 결국 내년에 수술하게 될 거라고 하는군요."

그리고 그 병원에서 의사가 수술이 필요하다는 결론을 내린 게 조금 전, 20분 전의 일이었다.

"양윤섭 본인 의사는?"

"속내는 안 밝히는데 본인도 수술을 하고 싶은 모양입니다.

그동안 참고 던진 것도 던진 건데…… 아시다시피 윤섭이한테는 이번 시즌보다는…….”

“내년 시즌이 더 중요하겠지. FA자격을 취득하는 시즌이니까.”

더불어 작금의 상황을 보면 양윤섭이 수술대에 오를 확률이 어느 때보다 높았다.

상정할 수 있는 최악의 상황이 나온 상황.

“미치겠군.”

그러나 정말 최악은 이 상황 속에서 푸념만 내뱉을 여유조차 없다는 점이었다.

“일단 4선발부터 선발을 한 칸씩 앞으로 당기고.”

푸념을 뱉는다고 해서 양윤섭의 팔꿈치에 있는 뼛조각이 사라지는 기적 따위는 일어나지 않으니까.

무엇보다 문제가 되는 건, 양윤섭의 부재를 엔젤스를 제외한 9개 구단이 격렬하게 환영하는 건 물론 그 점을 아주 집중적으로 후벼 파내리란 점이었다.

“5선발은 재일이를 넣도록.”

“예.”

당연히 지금은 어떻게든 양윤섭의 틈을 메워야 할 때.

“그리고 이거, 2군에서 올려준 스카우팅 리포트입니다.”

“봤나?”

“예, 간단히 검토했습니다.”

"혹시 선발 자원으로 쓸 만한 선수가 있나?"

더 나아가 임시조치가 실패했을 경우에도 대비할 필요가 있었다.

"솔직히 말해서 있었으면 진작 뽑았을 겁니다. 선발이 넘치는 팀이 국내 구단 중에 없잖습니까?"

"그렇지."

"그래도 혹시 원하시는 기준이 있다면 기준에 맞게 선수들을 추리겠습니다."

투수코치의 말에 봉준식 감독은 잠시 고민했다.

일단 그는 지금 상황을 분석했다.

'여러모로 어려운 상황이다.'

현재 상황은 2군에서 올라오는 투수들이 마주하는 상황 중에서 가장 최악이라고 할 수 있을 정도로 어려웠다.

갑작스러운 토종 에이스 투수의 부재 속에서 2군 선수는 자기 보직이 어떻게 될지도 모른 채 콜업이 되는 상황이니까.

'특별히 신경 써줄 상황도 아니고.'

이런 혼란 속에서 솔직히 1군 코칭스태프가 올라온 2군 투수를 배려하고, 신경 써주기도 쉽지 않다.

또한 1군은 그런 곳이 아니다.

어르고 달래는 무대가 아니라, 올라온 이상 어떻게든 결과를 만들어야 하는 곳이지.

'새가슴은 안 돼.'

때문에 어느 때보다 강한 멘탈 그리고 단단한 심장을 가진 투수가 필요하다는 게 봉준식 감독의 판단이었다.

'음.'

그 순간 한 선수가 봉준식 감독의 머릿속에 떠올랐다.

"이진용도 혹시 있나?"

이진용.

그 이름이 언급되는 순간 투수코치의 표정이 굳을 수밖에 없었다.

"있습니다. 그런데 설마 정말 이 선수를 콜업하실 생각이십니까?"

이진용에 대해서는 투수코치도 잘 알고 있었다.

일단 퓨처스리그에서 완투한 투수라는 것 하나만으로도 기억할 가치가 있으니까.

그러나 문제는 이진용에게는 그것보다 더 인상적인 것이 그리고 부정적인 것이 있다는 점이었다.

"제아무리 완투를 했다고 해도 패스트볼 구속이 120대에 불과한 투수입니다. 2군 레벨, 그것도 이제까지 본 적 없는 타입이라서 먹힌 거지 1군에서는 하루조차 살아남지 못할 겁니다. 무엇보다 이제 1년 차 아닙니까?"

"구속이 꾸준히 오르고 있다고 하고, 저번 완투 피칭 기록을 보니까 7회 이후에 오히려 구속이 다시 회복됐다는 걸 보면 무언가 더 나아질 수도 있는 재목이지."

말을 한 봉준식 감독은 곧바로 자신의 말을 부정했다.

"물론 1군이 성장을 위한 무대는 아니지."

이진용을 콜업하는 게 정답이 아니라는 걸 봉준식 감독은 잘 알고 있었으니까.

그저 그 이름이 떠올라서 언급했을 뿐.

"일단 당장 급한 불은 꺼야 하니 정수호를 올리도록."

정수호.

현재 엔젤스 2군에서 뛰는 선수로 나이가 이제 서른하나가 되는 베테랑 중의 베테랑이었다.

구속을 비롯해 프로 레벨에서 뛰어난 건 없지만, 베테랑 취급을 받을 만큼 험난한 프로의 세계에서 살아남은 능력을 가진 선수.

급한 불을 일단 막기 위해서 뽑을 수 있는 가장 확실한 선수였다.

"예."

때문에 투수코치는 그 이름 앞에서는 군말을 붙이지 않았다.

"하지만 정수호가 무너질 경우도 대비해야지."

그러나 반대로 그 생존이 얼마나 오래 갈지는 몰랐다.

정수호가 정말 1군에서 오래 통할 만한 선수였다면 그런 선수가 2군에 있을 이유가 없었을 터.

더 나아가 정수호 자체가 어떻게 보면 위급한 상황에서 급하게 꺼내 쓰는 조커와 같은 카드였다.

한 번 쓰면 다시 쓸 때까지 시간이 필요한 조커.

그런 조커를 썼으니, 이제 새로운 조커를 마련해 둬야 했다.

"2군에게 전달하게. 대기조 중의 투수들 중에 1군에 통할 수 있으리라 생각되는 확실한 카드를 3장 뽑아달라고."

"바로 전달하겠습니다."

대화는 거기까지였다.

투수코치가 자리에서 일어났고, 봉준식 감독 역시 자리에서 일어났다.

"그럼 투수조에 이야기 정리해 주고, 내일 경기 준비하도록."

"예."

오늘은 4월 24일 월요일, 이제부터 그들이 준비해야 하는 건 바로 내일부터 시작되는 인천 샤크스와의 3연전이었으니까.

4월 24일 월요일.

해가 꺼지고, 밤이 짙게 깔릴 무렵.

"정수호 선배가 콜업됐데. 지금 인천으로 떠났데."

"정 선배가?"

이천 챔피언스 파크는 어느 때보다 긴 밤을 지새울 수밖에 없는 분위기였다.

"정수호 선배가 올라가는 건 당연하지. 급한 불 끌 만한 투수는 정 선배밖에 없잖아?"

"젠장."

"젠장은 무슨 젠장이야? 설마 콜업되기 바란 거야?"

"솔직히 이런 기회가 쉽게 오진 않잖아?"

"하긴, 그 누구도 양 선배를 대체할 수 없으니까. 누구든 콜업되도 이상할 건 없지."

양윤섭의 이탈은 그런 거였다.

2군 투수들 전부를 들뜨게 하는 일.

어찌 보면 비정한 일이었다.

타인의 고통, 그것도 팀의 기둥과도 같은 선수의 고통 앞에 들뜬다는 건 적어도 천사라는 단어와는 어울리지 않았으니까.

하지만 동시에 프로의 무대에서 살아남기 위해서는 가질 수밖에 없는 것이기도 했다.

"맞아. 난 1군에 올라갈 수만 있다면 뭐든 하겠어."

하물며 2군 선수들에게 있어 1군 무대는 무슨 짓을 하더라도 올라가고 싶고, 올라가야 하는 무대였다.

오로지 그것만을 위해 숨을 쉬고 있는 그들에게 1군에 올라가지 못한다는 건 이제까지 야구를 하며 살아온 나날 전부가 보잘것없는 것으로 변하는 셈이었으니까.

"그럼 여기서 콜업은 끝일까? 더 없으려나?"

"모르지. 하지만 최소한 정 선배가 빠졌으니까 이제는 그 정 선배 자리를 채울 누군가를 뽑아야겠지."

"다음 콜업 1순위 후보 말이군."

"그게 아니더라도 정 선배가 오래 버티지 못할 수도 있어. 솔직히 1군에서 오래 버틸 기량은 아니니까. 무엇보다 양윤섭 선배가 이탈한 걸 정 선배가 메울 수 있을 리 없잖아? 1군 투수조 전체에 과부하가 갈 테고, 그럼 또 누군가 이탈하겠지."

그렇게 엔젤스 2군 투수들이 뜬눈으로 밤을 지새울 무렵.

"골치 아프군."

그것은 2군 코칭스태프 역시 마찬가지였다.

"골치 아프지만 그래도 후보군을 꾸려야죠."

"그렇지."

양윤섭의 이탈은 곧 엔젤스의 위기인 상황 속에서 엔젤스 2군은 비상체제에 돌입할 수밖에 없었다.

"일단 당장 성적은 신경 쓰지 말고 1군에 올릴 선수를 선별하는 식으로 일정을 기획하도록."

가장 먼저 우지욱 2군 감독은 퓨처스리그 성적 자체를 포기했다.

앞으로 일정을 성적을 내기 위함이 아니라, 양윤섭을 대신할 투수를 발굴하기 위한 무대로 쓰고자 했다.

즉, 이제까지 계획했던 일정을 전면 폐기하고 새로운 일정을 짜야 한다는 의미.

"일단 커피부터 좀 마시고 시작하지."

"예."

당연히 코칭스태프들도 긴 밤을 뜬눈으로 지새울 준비를 했다.

그런 상황 속에서 긴 밤을 감은 눈으로 보내는 이는 그가 유일했다.

-진용아, 진용아?

"호……."

-너, 설마 진짜 자냐?

"우……."

-이 또라이 새끼, 진짜 자네?

이진용, 그만이 긴 밤을 꿀잠으로 지새웠다.

프로야구 개막 시즌이라고도 할 수 있는 4월.

[엔젤스의 에이스 양윤섭, 팔꿈치 수술!]

[양윤섭, 사실상 전반기 아웃!]

[엔젤스 비상사태!]

[엔젤스, 날개 잃은 천사가 되다!]

모두가 우승에 대한 가능성이 어느 때보다 높은 그 4월의 마지막을 장식한 건 엔젤스의 비보였다.

-양윤섭 부상 리얼?

-미치겠네, 여기서 양윤섭이 부상당하면 어떻게 하라고?

-전반기 아웃이면 후반기 복귀는 가능한 거야?

└팔꿈치 수술하면 재활 포함 최소 1년 걸린다던데?

└빨리 복귀해도 포스트시즌 정도일 듯.

└빨리 복귀가 중요한 게 아니라 제 기량으로 복귀할 수 있을지가 의문이지.

양윤섭.

한국프로야구를 대표하는 투수이자, 엔젤스를 이끌어온 그의 비보에 많은 이들이 충격을 받았고 동시에 관심을 가졌다.

-엔젤스가 그러면 그렇지. 초반에 어쩐지 잘하더라.

-엔젤스가 날아오른 건 추락하기 위함이었다!

-아낌없이 퍼주는 엔젤 모드 가나요?

네티즌들이 관심을 가지는 건 물론, 엔젤스 구단을 포함한 야구 구단의 선수와 코칭스태프는 물론, 기자들 역시 모일 때마다 양윤섭에 대한 이야기를 하고는 했다.

물론 가장 큰 충격과 변화를 맞이한 건 당연히 엔젤스 구단이었다.

4월 동안 우승을 노릴 만한 실력과 성적을 만들며 4월 23일까지 리그 3위를 유지했던 서울 엔젤스는 곧바로 비상사태에 돌입했다.

"줄 경기는 주더라도, 투수 과부하는 최대한 피한다."

1군은 양윤섭의 부재 속에서도 어떻게든 성적을 내기 위한, 하지만 한편으로는 양윤섭의 부재를 메우려다 오히려 더 큰 상처를 입는 것을 피하고자 했다.

"이제부터 1군에 콜업할 만한 투수를 선별한다."

그리고 2군은 그런 양윤섭의 부재를 메우기 위한 작업에 착수했다.

그런 상황 속에서 4월의 마지막 주를 맞이한 이천 챔피언스 파크의 분위기는 살벌했다.

"분위기가 무겁네요."

4월 23일 완투승을 거두면서 몸의 기량을 다시 회복하기 위해 이렇다 할 훈련에 참가하지 않은 채, 사실상 관광객이나 다름없는 처지가 되어 선수들의 훈련을 바라보던 이진용은 하루 아침에 달라진 2군의 분위기에 놀랐다.

머리로는 상황을 이해하고 있었지만, 이 정도까지 달라진 분위기는 이진용에게 처음 있는 일이었으니까.

-나는 네가 무섭다.

그리고 김진호는 그런 이진용의 반응에 놀랐다.

“제가 무섭다고요?”

-그래, 이런 상황에서 긴장은커녕 잠을 자는 네놈이 귀신보다 더 무섭다고.

“그게 무슨 소리예요?”

-긴장 안 돼?

“뭔 긴장이요?”

-앞으로 치러지는 2군 경기는 전부 시험대야. 이제까지가 모의고사였다면 이제부터는 진짜 본 시험이라고. 여기서 못하면 이제까지 잘했어도 콜업이 안 돼.

김진호의 말대로였다.

모의고사에서 아무리 점수가 잘 나왔다고 해도 본 시험을 망치면 아무것도 아닌 법.

즉, 이제까지 백점만점을 보여준 선수라도 앞으로 몇 경기를 부진하면 1군 콜업이 불가능했다.

당장 성적을 내야 하는 투수가 필요한 상황에서 2군에서 당장 성적을 내지 못하는 선수를 뽑을 1군도, 보낼 2군도 있을 리 없으니까.

-이제까지 진용이, 네가 뭘 했든 간에 이제부터 못하면 국물도 없다고.

이제까지 한 것이 무의미해지는 순간, 그저 오로지 당장의 결과만으로 모든 것이 갈리는 순간.

그동안 성적이 좋지 못했던 이들에게는 일발역전의 순간이었고, 이제까지 성적을 남긴 이들에게는 모든 것을 잃을 수도 있는 순간이었다.

-다들 스트레스 때문에 잠도 못 자. 봐봐, 다들 눈알이 토끼 눈이 되어 있잖아?

그것이 지금 이천 챔피언스 파크가 한계에 이른 긴장감으로 가득 찬 이유였다.

"뭐, 당연한 거죠."

그러나 이진용은 그런 김진호의 설명에도 별다른 반응을 보이지 않았다.

그는 여전히 담담했다.

-당연해?

그리고 담담할 수밖에 없었다.

"콜업 기회가 있든 없든, 저 같은 스펙을 가진 놈은 한 경기라도 망치는 순간 끝이죠. 이제까지도 그랬고, 앞으로도 그러겠죠."

이진용은 그 누구보다 냉정하게 자신의 사정을 파악하고 있었으니까.

때문에 이진용은 이런 상황을 굳이 눈여겨보지 않았다.

아니, 그의 눈에는 그런 것 따위는 보이지 않았다.

"그리고 당장 2군에서 잘한다고 해서 끝이 아니잖아요? 1군에 올라가서 털리면 일주일도 안 되어서 내려올 텐데."

오히려 이진용은 그다음을 봤다.

"결국 결과로 말해야 하는 무대이니까요."

1군이 됐을 때, 진짜 한국프로야구 선수들을 마주했을 때를.

-짜식.

그런 이진용의 모습에 김진호는 옅게 웃었다.

-누가 보면 네가 김진호인 줄 알겠네.

"아니, 왜 욕을 하고 그러세요?"

-욕?

"지금 저보고 김진호 선수 같다고 했잖아요?"

-야, 그게 욕이냐?

이진용이 대답 대신 어깨를 으쓱했다.

그 모습에 김진호가 정색했다.

-젠장, 내가 스플리터 쓰는 법 좀 가르쳐 주려고 했는데, 안 해! 안 해, 이 새끼야!

그리고 이어진 김진호의 말에 이진용이 잽싸게 양손을 비비며 말했다.

"그러니까 저를 김진호 선수와 비교하는 게 김진호 선수의 존엄과 위엄에 대한 모욕이다, 제 말은 그런 의미지요. 어찌 저 같은 투수에게 김진호 선수를 비교할 수 있겠습니까?"

-꺼져, 새꺄! 안 속아!

"에이, 제가 갈 데가 어디 있다고."

-아오, 이 얄미운 새끼.

"헤헤…… 그래서 스플리터는 어떻게 던지는 건가요?"

4월 30일 일요일.

엔젤스 2군과 샤크스 2군의 주말 3연전의 마지막 경기가 펼쳐지는 이천 챔피언스 파크의 오후 3시.

"후우, 후우."

태양 아래에서 이미 한계치까지 달구어진 그라운드의 가장 중심에 한 투수가 있었다.

그런 투수의 몸뚱이는 땀으로 범벅이었다.

주룩주룩.

거듭 흘리는 땀이 코끝과 턱 끝에 맺혀 떨어지며 마운드의 바닥을 적실 정도.

이쯤 되면 한 번쯤 얼굴의 땀을 훔쳐야 할 정도.

그러나 투수는 그러지 않았다.

아니, 그러지 못했다.

"후우, 후우, 후우."

마치 귀신에게 쫓기듯 혹은 괴물에게 쫓기듯 아니면 악몽을 꾸고 있는 중인 듯.

마운드 위의 투수는 지금 땀으로 범벅이 된 자신의 몸뚱이를 돌볼 여유가 없었기에.

이윽고 투수는 땀으로 범벅이 된 채 공을 던졌다.

빠악!

그리고 곧바로 터진 뇌성 앞에서 마운드 위 투수의 흐르던 땀이 식어버렸다.

"이진……."

그 모습을 벤치에서 바라보던 우지욱 2군 감독이 옆에 있는 투수코치를 보며 말했다.

"……혁. 교체하도록."

"예."

보고를 받은 투수코치가 곧바로 심판을 향해 사인을 보냈다.

그리고 그라운드가 정리된 후에 벤치를 나와 그라운드로 향했다.

"아!"

이진혁.

엔젤스 2군의 투수인 그는 마운드로 올라오는 투수코치를 보며 말했다.

"코, 코치님, 더 던질 수 있습니다!"

"수고했다."

"코치님."

"진혁아, 수고했다."

그 말에 이진혁은 고개를 푹 숙였다. 그런 그의 눈가로 땀방울로 보이는 것이 흘러내렸다.

그 광경을 보는 우지욱 2군 감독은 담담한 표정을 지은 채, 대신 주먹을 꽉 쥐었다.

'최악이군.'

양윤섭이 수술과 함께 1군 로스터에서 제외된 지 6일째.

현재 엔젤스 1군의 상황은 세간이 예상했던 것보다는 나쁘지 않게 돌아가고 있었다.

새롭게 바뀐 선발 로테이션은 양윤섭이 있을 때만큼은 아니지만 승리를 이어갔고, 빈자리를 채우기 위해 올라간 정수호는 기대치만큼, 급한 불을 끌 수 있을 만큼의 능력을 보여주고 있었다.

시즌 초반에 보여줬던 것만큼은 아니지만, 치고받는 와중에 무너지지 않는 모습을 보여주고 있었다.

'이 정도일 줄이야.'

그러나 2군 사정은 달랐다.

4월 23일 이진용의 완투승 이후 엔젤스는 4월 25일부터 4월 29일까지 치른 다섯 경기를 전패했다.

5연패.

물론 우지욱 2군 감독은 그 패배에 엄청난 의미를 부여할 생각이 없었다.

그럴 상황도 아니었다.

문제가 되는 건 그 패배의 결과가 아닌 패배의 내용들이었다.

5경기 42이닝 동안 49실점, 팀 방어율은 10.50.

'이 정도 압박도 못 이기고 무너지다니.'

이제부터 시작되는 피칭의 결과에 따라 1군 콜업의 유무가 가려진다는 압박감 앞에서 엔젤스 2군 투수들은 참담할 정도로 고꾸라지고 말았다.

'아무리 의도적으로 몰아붙였다지만…….'

사실 우지욱 2군 감독은 의도적으로 엔젤스 2군 투수들에게 보다 큰 압박감을 줬다.

그게 할 수 있는 전부이기도 했다.

'그래도 이 정도일 줄이야.'

2군 선수들에 대한 기량이나, 능력은 이미 파악이 다 끝난 상황이었고, 그런 부분은 당장 어떻게 할 수가 없는 것이었다.

갑자기 선수의 구속을 5킬로미터 정도 늘리거나, 못 던지던 변화구를 구사하게 만들거나, 제구력을 대폭 상승시키는 방법은 없으니까.

더불어 선수의 그런 육체적인 능력보다 더 중요한 건 정신적인 부분이었다.

제아무리 빠른 공을 던지는 투수도 정신이 약하면 무너질 수밖에 없는 곳이 마운드란 곳 아닌가?

하물며 2군 무대에서 멘탈이 약한 선수가 1군 무대에서 더 좋은 멘탈을 발휘할 리는 만무.

어쨌거나 엔젤스 2군 투수들은 그런 압박감 속에서 자신의 가치를 증명하지 못했다.

'내 잘못이다.'

이것을 가지고 우지욱 2군 감독은 선수들을 탓할 생각이 추호도 없었다.

어느 프로가 못하고 싶어서 못하겠는가?

그것도 그토록 바라던 1군 콜업이 걸린 무대에서 나약한 모습을 보이고 싶은 선수가 누가 있을까?

누가 눈물을 흘리고, 고개를 숙이고 싶을까?

'내 잘못이 커.'

이 순간 잘못이 큰 건 그런 그들을, 우수한 선수들을 보다 우수한 선수로 만들어주지 못한 우지욱 2군 감독이었다.

당연히 이후 선수들의 부진으로 문제가 생긴다면, 그 책임 역시 우지욱 2군 감독이 짊어져야 하는 것이었다.

"당장 문제가 생긴 것도 아니고, 다들 마음을 추스르면 좋은 모습을 보여줄 겁니다."

어느새 벤치로 돌아온 투수코치가 우지욱 2군 감독을 향해 나지막한 목소리로 말했다.

그 말에 우지욱 2군 감독은 고마움을 표현하는 모습, 나약한 모습 따위는 보이지 않았다.

감독이 나약한 모습을 보이면, 선수들이 기댈 곳마저 사라지는 셈이기에.

때문에 우지욱 2군 감독은 대답 대신 고개를 돌렸다. 더그아웃에 마련된 화이트보드를 바라봤다.

그 화이트보드에는 선수들의 이름이 가득 했고, 그런 선수들은 두 부류로 나뉘었다.

이름만 있거나, 이름에 줄이 그어졌거나.

우지욱 2군 감독은 그중에서 줄이 그어지지 않은 이름 하나를 언급했다.

"이진용 몸 상태는?"

이진용.

그 어떤 투수들보다 보이는 것은 부족하지만, 보이지 않는 심장만큼은 그 어떤 투수보다 강인한 투수.

"불펜에서 마지막으로 보고를 받았을 때는 좋다고 합니다."

"본인 의사는?"

사실 이진용은 굳이 더 이상의 테스트가 필요한 선수는 아니었다.

기량적인 부분은 이미 보여줄 수 있는 것 전부를 보여준 상황.

그리고 앞서 말했듯이 지금 우지욱 2군 감독이 보고자 하는 건 1군이라는 무대에서 제 실력을 발휘할 수 있는 심장을 가지고 있는 지, 그 부분이었다.

그런 관점에서 본다면 이미 심장이 완벽한 이진용은 테스트가 무의미한 투수였다.

그저 1군이 그를 필요로 하는 날을 기다리기만 될 뿐.

"진용이 성격 아시잖습니까? 아마 놈은 완투한 것 때문에 이럴 때 나오지 못한 걸 후회하고 있을 놈입니다."

"이진용을 9회에 올린다."

그럼에도 이진용을 올리고자 하는 이유는 간단했다.

'보고 배워야지.'

다른 투수들이, 절망과 후회로 고개 숙인 투수들이 그들보다 못하지만, 그럼에도 결코 마운드 위에서 주눅 들지 않고, 나약해지지 않으며 결국에는 결과를 만들어내는 이진용을 보고 반성하기를 바라는 마음으로.

이진용을 보고 배우라는 마음으로.

"예, 성 코치에게 알리겠습니다."

그렇게 이진용의 완투 후 첫 등판이 정해졌다.

이천 챔피언스 파크에서 치러지는 엔젤스 대 샤크스의 3연전 마지막 세 번째 경기.

5 대 10으로 엔젤스가 5점 차로 지고 있는 상황에서 맞이한 9회 초 엔젤스의 분위기는 참담함을 지나 담담함에 이르고 있었다.

투수들은 더 이상 그 누구도 이 참담한 경기의 제물이 되지 않아도 된다는 사실에 안도의 한숨을 내쉬었고, 사실상 역전이 불가능하리란 사실에 타자들 역시 비슷한 숨을 내쉬었다.

더 나아가 앞서 맞이했던 5연패가 오늘의 패배를 분하기보다는 무덤덤한 것으로 만들었다.

"아!"

그 상황 속에서 마운드에 올라오는 투수는 너무나도 이질적이었다.

"그래, 이거지."

그 투수는 일단 외형적으로도 이제까지 올라온 투수들과 비교해서 이질적이라고 할 만큼 작았으며, 누가 보더라도 그저 이닝을 막기 위한 착잡한 무대 위에 있음에도 들떠 있었다.

"반갑다, 운드야."

마운드에 올라서서 제 발로 마운드를 두드리는 모습이 마치 귀여운 애완동물을 쓰다듬는 것처럼 보일 정도였다.

-드디어 네가 정신이 나갔구나.

그런 투수, 이진용의 옆에 있는 김진호는 이진용의 모습을 보며 고개를 절레절레 흔들었다.

"애초에 귀신 볼 때부터 제정신은 아니었는걸요 뭐."

그런 김진호의 말에 이진용이 옅게 미소를 지으며 그리고 그 미소를 글러브로 감춘 채 대답했다.

하지만 시선은 김진호를 향하지 않고 있었다.

"제정신이든 아니든 그게 중요한 것도 아니고요."

이진용의 시선은 오로지 한 곳, 아직 배터 박스에 들어오지 않은 채 자신을 바라보는 타자를, 정확히는 그 타자의 머리 위에 뜬 55라는 숫자를 향하고 있었다.

이진용은 그 숫자를 바라보며 입맛을 다셨다.

오랜만에 사냥을 나선 맹수처럼.

"중요한 건 드디어 오늘 보여줄 기회가 생겼다는 거죠."

그런 이진용의 모습에 김진호가 허허허, 실소를 흘렸다.

-아마 지구상에 그리고 지구 역사상에 130킬로미터짜리 공을 던질 수 있게 됐다는 사실에 이 정도 자신감을 보이는 건 너밖에 없을 거야.

그 말에 이진용은 대답 대신 주문을 외웠다.

"마법의 1이닝."

김진호도 주문을 외웠다.

-신이시여, 이 성질 더럽고 사나운 키 작은 양에게 부디 고뇌와 시련을 주시옵소서.

그렇게 9회 초 게임이 시작됐다.

엔젤스 2군과의 경기를 위해 이천으로 내려온 인천 샤크스 2군.

주말 3연전 중 이미 2경기를 이기고, 세 번째 경기에서 5 대 10으로 5점 차 리드를 한 채 9회 초를 맞이한 그들은 당연한 말이지만 기분이 좋았다.

긴장감도 없었다.

이미 그들은 할 수 있는 모든 것을 했고, 보여줄 수 있는 모든 것을 보여줬으니까.

하지만 9회 초 이진용이 마운드에 올라오는 순간 샤크스의 분위기는 달라질 수밖에 없었다.

"놈이다."

"놈이야."

이진용, 그가 일주일 전 화성 레인저스를 상대로 완투승을 거두었다는 걸 모르는 2군 선수는 없었다.

여기에 하나 더, 샤크스는 이미 이진용을 상대해 본 적이 있었다.

이진용의 말도 안 되는 공에 수모를 당하는 건 물론, 가는 날이 장날이라고 백대동 스카우트의 불호령 속에서 어떻게든 승리를 해야 하는 날에 패배를 당한 대가로 한동안 고문이나 다름없는 훈련을 받아야 했다.

물론 여기서 그 사실만으로 이진용을 그저 두려워한다면 그건 2군이든 나발이든 프로 자격이 없는 법.

"오냐, 잘 걸렸다. 이번에는 제대로 박살을 내주마."

"야! 저 새끼 죽여 버려! 마운드에서 지랄하지 못하게 만들어 버려!"

샤크스 2군 타자들은 이진용에 의해 겪은 고욕을 분노의 재료로 써먹었다.

활활!

타석에 선 그리고 타석에 설 준비를 하는 샤크스 타자들의 눈빛이 타오르기 시작했다.

선두타자로 나온 8번 우타자 최기수 역시 마찬가지였다.

'어떻게든 출루한다.'

저번에 벤치에 앉아 이진용의 공을 봤던 그는 이진용을 상대로 전의를 다졌다.

'끈질기게, 하다못해 땅볼을 쳐서 물러나는 한이 있더라도 최대한 끌고 간다.'

일단 최기수는 이진용을 무시하지 않았다.

완투승을 거둔 투수를 무시하는 건, 프로의 자질 중 가장 중요한 상대의 능력을 냉철하게 가늠하는 능력의 부재를 증명하는 꼴이었기에.

'일단 스트라이크를 주더라도 초구를 본다.'

동시에 무리한 욕심을 부리지도 않았다.

하다못해 땅볼로 물러나는 한이 있더라도…… 그런 마음을 가진다는 것 자체가 최기수가 이진용을 충분히 자기 위의 투수로 인정하고 있다는 증거였다.

때문에 최기수는 이진용이 초구를 던지기 위한 투구 자세를 취했을 때 모든 집중력을 그의 공을 보는데 쏟았다.

타격을 할 생각 자체를 배제한 채 이진용의 움직임, 손의 위치, 팔꿈치 각도, 손끝을 바라봤다.

펑!

그렇게 공을 끝까지 봤다.

"스트라이크!"

때문에 스트라이크존에 꽉 차서 들어오는 그 공에 주심이 스트라이크 콜을 했을 때 최기수는 담담하게 전광판을 바라봤다.

'127.'

그곳에 뜬 127킬로미터라는 숫자를 봤다.

그 숫자 그리고 조금 전 본 공의 구위와 무브먼트를 떠올렸다.

'이건 칠 수 있어.'

칠 수 있으리란 자신감도 품었다.

'그래도 적극적인 승부는 피한다.'

물론 그렇다고 해서 그를 얕보는 일은 안 했다.

'존을 좁게 보자.'

최기수는 자신의 스트라이크존을 좁게 형성했다.

그 좁은 존 밖의 공을 무리하게 노리다가 아웃당할 바에는 그냥 스트라이크를 하나 더 줄 요량이었다.

'패스트볼이 들어오면 친다.'

물론 존에 들어오는 공에 대해서는 기꺼이 타격을 할 속셈이었다.

그 각오가 깃든 눈으로 최기수가 마운드 위를 바라봤다.

그런 최기수의 눈에 비친 이진용은 글러브로 입을 가린 채 무언가를 중얼거리고 있었다.

이윽고 중얼거림을 마친 이진용이 투구 자세를 취했고, 조금 전과 비슷한 코스를 향해 똑같은 구질의 공을 던졌다.

최기수의 스트라이크존 높은 곳을 노리고 들어오는 포심 패스트볼을 던졌다.

'아!'

그러나 그 공은 앞서 던진 포심 패스트볼과 달랐다.

'그거다!'

예의 그것, 이진용이 던지는 덜 가라앉는 패스트볼, 라이징 패스트볼이었다.

'으, 응?'

물론 여기까지라면 최기수는 당황하지 않았을 것이다.

이미 몇 번이나 본 공에 몇 번이나 놀란다면, 그는 프로에 입단조차 못했을 테니까.

'헉!'

달리 말하면 이진용의 그 공은 다른 공이었다.

단순히 덜 가라앉기만 하는 공이 아니라, 플러스 알파가 이루어진 공!

펑!

"스트라이크!"

그 플러스 알파가 무엇인지 깨닫는 데에는 오랜 시간이 걸리지 않았다.

"어?"

"아까보다 빠른데?"

"구속이…… 132?"

전광판, 그곳에 뜬 132라는 숫자에 좌중이 놀랐다.

물론 이진용을 잘 모르는 몇몇 관중들은 고개를 갸웃했다.

'왜 132에 놀라는 거지?'

'뭐야? 저게 그렇게 놀랄 공인가?'

일반적인 야구팬들 입장에서는 132킬로미터 포심 패스트볼은 오히려 느려서 놀랄 만한 공이었기에.

하지만 그런 좌중의 반응에 이진용은 친절한 설명이나, 생각할 시간 따위를 줄 생각이 없었다.

이진용은 최기수가 타임을 요청하지 않는 걸 확인하는 순간 곧바로 투구 자세를 취했다.

'헉!'

그 모습에 최기수가 기겁하며 타격 자세를 취했다.

'몰렸다!'

그와 동시에 최기수는 조금 전 주심이 스트라이크 콜을 했다는 것을 떠올렸다.

이제 스트라이크 하나면 삼진 아웃을 당한다는 의미!

'쳐, 쳐야 해.'

당연히 이런 최기수에게 공을 본다, 같은 여유 넘치는 선택지는 더 이상 없었다.

그런 그를 향해 이진용이 3구째를 던졌다.

스트라이크존을 향해 들어오는 듯한 패스트볼.

처음에 던진 127킬로미터짜리 포심 패스트볼과 비슷한 궤적, 그보다 좀 더 느린 듯한 패스트볼.

앞서서 최기수 본인이 충분히 칠 수 있다는 자신감을 표현했던 것과 비슷한 수준의 공이었고, 당연히 최기수는 그 공에 반사적으로 배트를 휘둘렀다.

후웅!

그렇게 배트가 움직이는 순간 공이 더 빠르게 가라앉기 시작했다.

가라앉는다기보다는 떨어지는 수준.

때문에 그 공이 무슨 공인지 한눈에 알아보는 건 어렵지 않았다.

패스트볼처럼 보이다가 떨어지는 구질은 그것밖에 없었으니까.

"스윙, 스트라이크 아웃!"

스플릿 핑거 패스트볼, 일명 스플리터가 이진용의 손끝에서 등장하는 순간이었다.

◆ 3화 ◆

어린이날의 선물

스플릿 핑거 패스트볼.

일명 스플리터.

1980년대 메이저리그에서 유행했으며, 누군가의 손에서는 마구라고 불리던 공.

이런 스플리터를 가장 잘 쓴 투수를 물어본다면, 대부분의 사람들은 당연히 1980년대 메이저리그를 풍미한 마이크 스캇과 브루스 수터라고 대답할 것이다.

물론 이런 종류의 이야기가 여기서 끝나는 일은 없다.

대답을 들은 질문자는 다시 한번 질문할 것이다.

그럼 그 둘 이후 1990년대와 2000년대에 스플리터를 잘 던진 투수가 누구냐고.

이 질문에는 대답이 나뉠 것이다.

누군가는 밤비노의 저주를 깬 커트 실링을 언급할 것이고, 누군가는 로켓맨 로저 클레멘스를 언급할 것이며, 그쯤 되면 누군가는 입방정이나 떠는 커트 실링하고 약쟁이 로저 클레멘스 같은 놈은 언급도 하지 말라면서 그 이름을 꺼낼 것이다.

-패스트볼을 노리는 타자에게는 체인지업을, 패스트볼을 두려워하는 타자에게는 스플리터를!

메이저리그의 지배자 김진호!

그가 1990년대부터 2000년대 최고의 스플리터를 던졌던 투수라고!

-그게 스플리터를 잘 던지는 비결이다.

김진호의 스플리터는 그런 공이었다.

최고 91마일까지 나오며, 메이저리그의 괴물들마저 허공을 배트로 가르는 춤을 추게 만드는 공.

물론 단순히 빠른 스플리터를 던지는 게 김진호의 스플리터에 찬사를 보내는 이유는 아니었다.

그저 좋은 공, 빠른 공, 위력적인 공을 던진다는 이유만으로 살아남기에 메이저리그에는 괴물들이 너무 많았으니까.

플러스 알파.

강력한 무기를 영리하게 써먹을 능력이 필요했다.

-무슨 의미냐고? 간단해. 타석에 타자가 투수의 패스트볼을 두려워한다고 가정해 보자고. 그럼 그 타자는 투수가 패스

트볼을 던진다고 생각할 때마다 움찔하겠지? 당연히 반응은 느리거나 혹은 빠르거나 둘 중 하나. 그런 상황에서 포심보다 덜 빠르고 더 가라앉으면 어떻게 되겠냐? 그래, 춤을 추게 되는 거지.

김진호에게는 그것이 있었다.

-뭐, 냉정하게 따지면 패스트볼을 두려워하는 타자에게는 체인지업도 잘 먹히지만 그럼 재미가 없잖아? 생각해 봐. 패스트볼을 치려는 타자에게 체인지업을, 두려워하는 타자에게 스플리터를 던진다는 게 무슨 의미인지. 오른손은 가위, 왼손은 바위를 쥔 채 가위바위보를 하는 거라고. 말 그대로 마운드에서 피칭이 아니라 놀이를 하는 거야.

그리고 지금 이 순간, 그런 김진호의 플러스 알파를 마운드 위에서 그대로 실현하는 투수가 등장했다.

펑!

"스윙, 스트라이크 아웃!"

[56포인트를 획득하셨습니다.]

[삼진을 잡으셨습니다. 보너스 포인트가 지급됩니다.]

'이제 남은 아웃카운트는 하나.'

이진용.

그는 김진호의 가르침을 전부, 그대로, 오롯하게 마운드 위에서 펼쳐냈다.

그건 단순히 스플리터를 던지는 것만을 의미하는 게 아니었다.

김진호의 가르침은 하나가 아니었으니까.

'어디 보자…….'

일단 김진호는 언제나 말했다. 타자가 서는 순간 타자의 낌새부터 파악하라고.

'벤치를 계속 곁눈질하네.'

그 가르침대로 이진용은 자신을 마주하게 된 타자가 타석에서 자신을 바라보는 눈빛, 몸짓을 예의주시했다.

'9회 초 2아웃. 이미 5점 차로 리드하고 있는 상황. 딱히 벤치에서 사인이 나올 일이 없음에도 곁눈질을 한다는 건…….'

타자가 자신을 앞에 두고 결의와 적의를 다지는지 아니면 자신을 귀신 보듯이 보는지.

'혼란스럽다는 거겠지. 그럼 패스트볼로 찔러줘야지.'

만약 자신을 귀신 보듯 본다면 이진용은 기꺼이 타자의 스트라이크존에 포심 패스트볼을 던졌다.

'치려면 빨리 쳐라. 투구수 낭비 없게.'

맞는 것에 대한 두려움은 없었다.

이 역시 김진호의 가르침이었다.

메이저리그의 위대한 투수인 자신조차도 안타를 맞고, 홈런을 맞고 실점을 하는데 개허접 운빨 뽀록 투수인 네놈이 맞는 건 당연하니까 그걸 두려워하지 말라고.

그런 두려움이 있다면 투수를 하지 말라고.

펑!

"스트라이크!"

그렇게 던진 포심 패스트볼이 스트라이크를 잡는 순간, 이진용은 2구째로 망설임 없이 그 공을 골랐다.

'포심이 먹혔으니, 2구는 투심으로 간다.'

투심 패스트볼.

이 역시 김진호의 가르침이었다.

초구로 스트라이크를 잡았는데 간을 보거나 도망치는 건 복권에 당첨됐는데 당첨금을 도둑맞을 게 두려워서 당첨금을 찾지 않는 거라고.

자신 있게 자신이 가장 자신 있는 공을 던지라고.

"라이징 패스트볼."

그 가르침대로 이진용은 자신이 던질 수 있는 가장 위력적인 패스트볼을 골랐고, 동시에 주문을 외웠다.

"리볼버."

한 번 그리고 두 번.

"심기일전."

마지막으로 세 번.

'이거 치면 인정.'

그렇게 주문을 외운 후에 보이는 노란 빛을 향해 전심전력으로 공을 던졌다.

펑!

"스트라이크!"

"아!"

그리고 그 공이 두 번째 스트라이크를 잡는 순간 이진용은 미소를 지었다.

'왜 김진호 선수가 그런 말을 했는지 알겠군.'

패스트볼을 치려는 타자에게 체인지업을, 두려워하는 타자에게 스플리터를 던지라는 게 무슨 의민지 알 수 있었으니까.

'이거 진짜 재밌네.'

그 순간 이진용은 더 이상 고민을 하지 않았다.

고민 대신 그는 마운드에서 놀이를 시작했으니까.

"라이징 패스트볼, 리볼버, 심기일전."

그렇게 모든 주문을 외운 후에 이진용이 세 번째 공을 던졌다.

그 역시 패스트볼이었다.

'아!'

그 공을 본 타자는 자신이 2스트라이크 상황에 몰린 상황에서 스트라이크존에 들어오는 세 번째 패스트볼마저 그냥 넋 놓고 볼 수 없다는 것을 깨달았고, 그 깨달음은 타자의 몸을 자동으로 움직이게 했다.

그리고 타자의 배트가 움직이는 순간 패스트볼은 본색을 드러냈다.

투심도, 포심도 아닌 스플릿 핑거라는 얼굴을 드러내며 포심보다, 투심보다 더 낮게 가라앉기 시작했다.

'젠장!'

후웅!

그 스플리터 앞에서 타자의 배트는 허공만 갈랐고, 그렇게 허공을 가른 타자에게 주심은 곧바로 심판을 내렸다.

"스윙, 스트라이크 아웃!"

[65포인트를 획득하셨습니다.]

[삼구삼진에 성공하셨습니다. 보너스 포인트가 지급됩니다.]

[현재 누적 포인트는 652포인트입니다.]

베이스볼 매니저는 빠르게 정산을 마쳤다.

"호우!"

당연히 승자인 이진용은 승자답게 환호성을 내질렀다.

-미치겠네, 뭘 좀 가르쳐 주면 구르고 고생을 하는 걸 보는 맛이 있어야 하는데…… 진용이 놈은 아주 그냥 다 쪽쪽 빨아서 제 것으로 만드네. 이진용, 무서운 아이.

마지막으로 김진호는 푸념을 뱉었다.

이진용, 그가 그렇게 자신의 새로운 무기를 모두에게 선보였다.

샤크스와의 주말 3연전을 끝으로 4월의 경기를 마무리한 이천 챔피언스 파크는 조용했다.

6연패, 힘겨운 한 주를 보냈다는 사실과 그 6연패 끝에 드디어 달콤한 휴일이 왔다는 사실이 모두를 고요하게 만들었다.

그런 고요함 속에서 조금은 소란스러운 곳이 있었다.

"I have a 호."

장소는 세탁실.

"I have an 우."

소란의 원인은 이진용이었다.

"호우!"

이진용이 들떠 있는 건 이상한 일은 아니었다.

팀은 6연패를 했지만, 만약 이진용이 그 6연패 전 경기에서 완투를 하지 않았다면 연패는 더 길었을 것이고, 6연패와 별개로 이진용은 건재함을 넘어 더 나아진 모습을 보여줬다.

자신이 130대 공을 던질 수 있다는 사실과 스플리터마저 쓸 수 있다는 것을 보여줬다.

이진용은 들떠 있을 자격이 있었다.

문제는 방식.

-대단하다 대단해. 그렇게 다양한 방법으로 지랄을 하는 인간은 아마 전 세계에 너밖에 없을 거다.

그런 이진용의 흉겨운 모습에 세탁실에 마련된 의자, 그 위에 세워진 태블릿PC로 한국프로야구 경기를 보던 김진호가 톡, 한 마디 쏘았다.

이 역시 이해가 가는 대목이었다.

본인은 야구 경기에 집중하고 있는데, 옆에서 이상한 노래를 부르면 짜증이 나지 않는 게 더 이상한 일일 터.

"진짜 지랄이 뭔지 보여드려요?"

-됐다, 됐어. 어쩌다 저런 미친놈한테 붙게 됐는지…… 젠장, 내가 무슨 죄를 지었다고 저런 놈하고 지내야 하는 건지.

김진호의 말에 바구니 안의 세탁물을 넣고, 세탁기 문을 닫은 이진용이 말을 받았다.

"살아생전 행실이 좋지 못하셨나 보죠."

-내 행실이 어때서?

"그게 아니면 귀신이 되신 이유는 그거밖에 없잖아요?"

-그거?

"총각귀신. 김진호 선수가 살아생전에……."

-우, 웃기지 마! 내가 총각귀신이라니, 어디서 감히 말도 안 되는 소리를 지껄여!

"아니면 아닌 거지, 왜 이렇게 반응이 격해요? 농담한 거예요, 농담."

-이 새끼가! 오냐, 내가 끝까지 살아남아서 최소한 네놈이 첫날밤 지내는 건 보고 성불한다.

"예?"

-첫날밤 볼 거라고! 싫으면 평생 절에 가서 고자로 살든가!

"아니, 뭐 보시든가요."

-응? 어?

"까짓것 성불하기 전에 소원이시라는데 보여드리죠 뭐."

-변태 새끼라고 의심은 했는데, 진짜 변태일 줄이야…….

유쾌한 대화.

"보여드리고 자시고 나도 좀 제대로 자리 잡고 연애나 했으면 좋겠습니다. 솔직히 지금 상태로 연애는 꿈도 못 꾸잖아요? 일단 1군에 가서 자리라도 잡아야지."

하지만 이내 이진용은 현실을 자각했다.

지금 자신이 기쁨에 만취할 때가 아니라는 것을, 아직 그는 2군 투수, 그것도 정식등록선수가 아니라 육성선수에 불과한 투수라는 것을.

-뭐, 자리가 나면 올라가겠지.

무엇보다 아직 1군에는 이진용의 자리가 없었다.

"자리가 날까요?"

-쉽게 나지 않을 거야. 내가 보기에 당장 엔젤스 투수들 중에 갑자기 무너질 선수는 보이지 않았거든. 더욱이 한두 경기 부진했다고 투수를 2군으로 보낼 일도 없고, 지금 엔젤스가 2군 애

들을 콜업해서 1군에서 테스트를 해볼 여건도 아니고.

김진호의 말대로 지금 엔젤스는 양윤섭의 이탈 속에서 어느 정도 전력을 추스른 상황이었다.

무언가 새로운 것을 넣기보단 지금 추스른 전력을 다듬는 상황.

그리고 1군 선수들의 경우에는 조금 못한다고 곧바로 2군으로 내리지 않는다.

그래서 양윤섭의 이탈에 2군 선수들이 들떠 있던 것이기도 했다.

사실상 누군가의 부진으로 1군에 자리가 나는 경우는 시즌 초반에 거의 생기지 않았기에.

"그래도 혹시 모르죠. 1군에서 갑자기 누가 음주운전 같은 거 해서 기회가 날지."

때문에 이진용의 말대로 선수가 사고를 치거나, 사고를 당하지 않는 이상 자리가 날 가능성은 없었다.

-그렇게 자리 나서 1군에 올라가면 분위기가 퍽이나 좋겠다. 지뢰밭 걷는 기분일걸?

"지뢰밭을 굴러도 1군을 구르는 게 낫다는 말이 있잖습니까?"

그 말과 함께 김진호가 손으로 태블릿PC를 가리켰다.

-그렇게 1군에 올라가고 싶으면, 네가 1군에 올라갔을 때 잡아야 할 골리앗들을 분석해.

물론 이진용은 마냥 1군에만 올라가는 게 목표가 아니었다.

결과를 만드는 것.

1군에서 결과를 만들지 못한다면, 1군에 올라가는 건 오히려 가장 고통스러운 순간이 될 테니까.

“아무렴요, 여부가 있겠습니까?”

그렇기에 이진용은 김진호의 말에 군말 없이 태블릿PC를 들었고, 김진호가 말했다.

-영상 다시 처음으로 돌린 다음에 홈런 칠 때와 땅볼 칠 때, 둘 사이의 차이점을 찾아. 내가 찾은 게 다섯 개이니까 최소한 세 개 이상을 찾아내야 해.

“못 찾으면요?”

-그럼 네가 1군에 갔을 때 이 타자한테 홈런을 맞고, 엉엉 울면서 내 앞에서 무릎 꿇고 이렇게 말하겠지. 김진호 신이시여, 이 우매하고 부덕한 양을 구원해 주시옵소서!

“우리 할아버지의 명예를 걸고 찾아내겠습니다.”

-그럼 타임 잰다. 10분이다. 그럼 시작!

웅웅웅웅!

그렇게 세탁기 소리가 자욱한 세탁실에서 이진용이 보다 강한 사냥감을 물어뜯기 위한 준비를, 새로 얻은 이빨을 날카롭게 갈고 있었다.

5월 1일, 새벽 2시.

서울 송파경찰서에서 한 사내가 밖으로 나오며 목에 걸고 있던 전자담배를 입에 물었다.

“어이, 거기서 담배 피우면 안 됩니다! 흡연구역 가서 피우세요!”

그러자 마치 그런 상황을 예상했다는 듯 경찰서 안에서 경찰 한 명이 소리쳤고, 사내는 어색한 미소를 지으며 입에 물었던 전자담배를 뱉었다.

“죄송합니다.”

상체를 돌린 후 고개를 가볍게 숙인 사내는 곧바로 흡연구역으로 향했다.

새벽이었음에도 흡연구역에는 제법 사람이 많았다.

이상한 일은 아니었다.

늦은 밤, 경찰서를 찾아온 이들 중에 신병이 자유로운 이들이 할 수 있는 거라고는 회색빛 한숨을 푹푹 내쉬는 것밖에 없었으니까.

그 무리에 낀 사내, 황선우도 이내 전자담배를 길게 내뱉었다.

그렇게 몇 번 전자담배 연기를 뻐끔거린 황선우에게 누군가가 질문을 했다.

“형씨는 무슨 일로 여기 온 겁니까?”

황선우가 담담히 대답했다.

“아는 사람이 사고를 냈습니다.”

“사고?”

"술 마시고 길가에 있는 자동차를 처박았네요."

"형씨도? 나도 그래. 빌어먹을 처남이란 놈이 술 마시고 운전하다가 차를 쳤지. 하는 말이 제네시스를 쳤다고 해서 왔는데…… 벤틀리더군."

"허!"

"아이고."

그 말에 좌중에 있던 이들이 쓴웃음을 지었다.

황선우 역시 쓴웃음을 지었고, 이내 흡연구역에서 빠져나온 황선우는 곧바로 스마트폰을 꺼냈다.

그리고는 곧바로 전화번호를 직접 입력한 후에 통화버튼을 눌렀다.

발신음은 무척 짧았다.

-어, 황 기자, 무슨 일이야?

"장 팀장님, 괜히 연기하실 필요 없습니다."

수신자는 다름 아닌 엔젤스 홍보팀장인 장병헌.

"저 지금 송파경찰서에 있습니다. 이미 담배 한 대 빨고 전화 드리는 거고요."

그런 장병헌은 이어진 황선우의 설명에 목소리를 바꾸었다.

-……거기 상황이 어때?

본인의 심정을 그대로, 착잡한 심정을 그대로 드러냈다.

"녀석은 뭐라고 했습니까?"

-소주 두어 잔 정도 마시고 차 끌고 나오다가 검문에서 걸렸

다고…….

"소주 두어 잔이 아니라 룸에서 양주를 병째로 만취할 때까지 마셨고, 차 끌고 나오다가 검문에 걸린 게 아니라 길가에 주차된 차를 박살 냈습니다."

-미친 새끼, 내가 그렇게 술 처마시면 대리 부르라고, 아니면 차라리 운영팀이든 홍보팀이든 직원 부르라고 몇 번을 말했는데!

"룸에서 공짜 술 사준다고 냉큼 나와서 마시는 놈이 퍽이나 대리 부르겠습니다. 그보다 기사, 어떻게 할까요?"

-못 숨기겠지?

"룸에서 여자들 불러다가 술 처마신 건 삭제하고, 대신 음주운전 하다가 주차된 차 박살 낸 건 집어넣겠습니다."

-너무 세지 않나?

"괜히 어설프게 기사 올렸다가 룸에서 술 마신 것까지 나오면 엔젤스 더 박살 나는 거 장 팀장님이 더 잘 아시잖습니까? 그냥 음주운전 사고에만 집중하는 게 최선입니다. 그래서 기사 올리는 거, 오케이해 주시는 겁니까?"

-적당히, 잘 부탁해. 그리고 우리 애들 가면 상황 좀 설명해 주고.

"예."

-그래도 황 기자가 처음 발견해 줘서 다행이야. 내가 나중에 꼭 한잔 살게. 좀 살살 부탁해.

그렇게 장병헌 엔젤스 홍보팀장과 통화가 끝나자, 황선우는 곧바로 다른 이와 통화를 시작했다.

-예, 선배님. 기사 작성은 다 끝냈습니다. 문자로 내용 보냈습니다.

"확인했어."

-수정할까요?

"아니, 그대로 올려."

-타이틀도 이대로 갑니까?

"그래."

-알겠습니다.

그리고 곧바로 통화가 종료됐고, 황선우는 긴 한숨을 내뱉은 후에 스마트폰을 양손으로 쥔 채 포털 메인에 이름 하나를 검색했다. 검색한 후 뉴스 항목으로 들어갔다.

마지막으로 최신 기사 순으로 기사를 정렬했다.

그러자 1분 전에 올라온 기사가 보였다.

[속보] 엔젤스 소속 투수 오정호, 음주운전 사고!

그 기사를 본 황선우가 쓴웃음을 머금었다.

'한국에서 야구 기자로 밥 빌어먹을 걱정은 내 자식 놈이 죽을 때까지 걱정할 필요가 없겠군.'

그러나 그 쓴웃음은 길지 않았다.

'그보다 오정호가 이런 식으로 이탈했으니, 엔젤스 꼴이 말이 아니겠군.'

오정호를 동정할 생각은 없었다. 오정호는 동정을 받을 가치도 없었으니까.

더 나아가 이미 퇴장할 선수에 관심을 가질 이유가 없었다.

'그럼 다음에 콜업 대상은 누가 되려나?'

그 퇴장한 선수를 대신해 엔젤스의 마운드를 채울 투수에 관심을 가질 뿐.

'흠.'

그러자 자연스레 황선우의 머릿속으로 엔젤스 2군 선수들의 면면이 떠올랐다.

'이성호도 무너졌고, 방현수는 아직 구속이 올라오지 않았고, 이일용은 6월까지 재활이고…….'

그들이 최근 경기에서 붕괴했다는 사실도 떠올랐고, 오직 한 명만이 그 붕괴 속에서 꽃을 피웠다는 사실이 떠올랐다.

그 순간 황선우의 귓속으로 그 유일한 투수의 목소리가 떠올랐다.

호우!

그 소리를 떠올린 황선우가 미소를 지었다.

'어쩐지 올해 프로야구가 재미있어질 것 같군.'

프로야구 선수들에게 가장 위험한 건 술 사주는 팬이라는 말이 있다.

괜한 말이 아니다.

한국에서 프로야구의 인기는 적지 않고, 적지 않은 만큼 어떻게든 프로야구 선수와 친분을 가지고 싶어 하는 팬들은 넘쳐났다.

특히 부산의 인기구단인 타이탄스나 서울의 인기구단인 데블스, 엔젤스 선수들의 인기는 타의 추종을 불허할 정도.

술집에 가서 자기 이름만 밝혀도 술값을 내줄 팬들이 줄을 선다는 소리가 우스갯소리가 아닐 정도였다.

어느 돈 많은 팬이 선수를 위해 수백만 원이 넘는 술값을 대신 내주고, 수천만 원짜리 선물을 사줬다는 이야기는 도시괴담 같은 게 아니라, 실제 목격담이었다.

당연한 말이지만 그걸 정상적이라고 생각하는 이는 없다.

비정상적인 것이고, 부도덕한 것이며 구단은 언제나 선수단을 모아서 경고한다.

팬들에게 서비스를 해야지, 서비스를 받지 말라고.

하지만 언제나 그렇듯 자신의 본분을 망각하는 이는 나오는 법.

[오정호, 음주사고로 징계!]

[야구선수들의 음주운전, 이대로 괜찮은가?]

[엔젤스 사과문 발표!]

오정호 음주사건은 그렇게 터진 사건이었다.

그리고 그렇게 터진 오정호 음주사건은 온라인을 뒤흔들었다.

-오정호 저 새끼 사고 칠 줄 알았어. 무슨 새끼가 월요일마다 룸에 출근 도장을 찍냐?

-가뜩이나 분위기 개막장인데 아주 찬물을 뿌리네, 찬물을 뿌려!

-팬들한테 사인은 좆나게 안 해주는 새끼가, 팬들한테 서비스는 좆나게 받네. 니가 프로냐?

엔젤스 팬들은 오정호를 향한 비난을 퍼부었다.

-엔젤스 멸망이요 ㅋㅋㅋㅋ

-음주천사 모드요 ㅋㅋㅋㅋ

-꽉 잡아, 추락한다 ㅋㅋㅋㅋ

엔젤스 팬이 아닌 다른 팬들은 엔젤스의 몰락에, 경쟁자의 몰락에 기뻐했다.

그리고 엔젤스 구단은 이 사태에 대응을 시작했다.

“문자 왔네요.”

-뭐라고?

“금주령이네요.”

엔젤스의 1군과 2군 선수들 그리고 직원들에게 금주령이 선포됐다.

-금주령?

“몰래 술 마시다 걸리면 옷 벗을 각오하래요.”

이진용이 그 금주령 문자를 받은 건 5월 1일 휴일 동안 이천 시내에서 이것저것 볼일을 보고 다시 챔피언스 파크로 돌아오는 길이었다.

-여하튼 술이 문제야, 술이.

“그렇죠. 술이 웬수죠. 그러고 보니 김진호 선수는 술 때문에 사고 친 적이 없네요?”

-당연하지! 꿈과 희망을 주는 메이저리그의 위대한 투수가 술로 구설수에 오를 수는 없지! 언제나 경건하고, 올바른 마음으로 모범이 되기 위해 노력한 게 바로 나, 김진호다!

“술 마시면 여자처럼 질질 짜는 게 술버릇이라서 그런 건 아니고요?”

-무, 무슨 헛소리야? 야, 인마. 나 말술이야, 말술! 난 태어나서 술에 취한 적이 없었어!

언제나 그렇듯 티격태격 이야기를 나누며, 남들이 보기에는 미친놈처럼 보이는 짓을 하며 이진용과 김진호는 이천 챔피언스 파크의 주차장을 가로지르기 시작했다.

"이럴 땐 구글신에게 물어봅시다."

-내, 내가 슬픈 날에만 술을 마시기 때문에 술 마시다가 울었던 걸 누가 봤을지는 모르겠다. 그래, 분명 그런 이야기가 있긴 할 거야.

"진짜요?"

-어! 저거 차 좋다! 우와!

그 순간, 김진호가 잽싸게 화제를 돌렸다.

그렇게 김진호가 가리킨 곳에는 이진용의 관심도 끌 만한 멋진 차가 있었다.

모양부터가 달랐다. SUV로 보이지만, 그 각진 모습은 쉽게 볼 수 있는 형태가 아니었으니까.

"엄청 크네요."

동시에 컸다. 어지간한 SUV차량들을 소형 SUV로 만들 정도의 크기.

"응? 벤츠?"

결정적으로 그 차에는 대한민국 국민이라면 모를 리 없는 삼각뿔을, 벤츠의 상징을 가지고 있었다.

-G바겐이네. 한국에서는 보기 힘든 차인데.

"G바겐이요? 벤츠에서 이런 것도 만들어요?"

-벤츠 G바겐 몰라?

김진호의 되물음에 이진용은 어깨를 으쓱했다. 모른다는

의미.

그리고 솔직히 이 차가 무슨 차인지, 무슨 내력을 가졌는지 궁금하지도 않았다.

"비싸요?"

궁금한 건 오직 하나, 가격!

-아니, 별로 안 비싸.

그 질문에 김진호가 담담히 대답했다.

-2억밖에 안 하거든. 뭐, 더 비쌀 수도 있고.

그 담담한 대답에 이진용이 어처구니없다는 표정을 지었다.

"그게 안 비싼 겁니까?"

-한 경기 뛰면 다들 그 정도 받지 않아?

말과 함께 씨익 웃는 김진호.

그 웃는 얼굴에 이진용이 미소로 보답했다.

"네, 주식 투자를 제대로 하신 어느 분에게 2억 정도는 껌값이죠. 애플 주식 같은 거 10년 전에 샀으면 G바겐이 뭐야, 벤츠 대주주가 되었을 텐데!"

-야, 인마! 왜 그걸 또 후벼 파? 아이폰 볼 때마다 속 쓰려 뒈지겠는데.

곧바로 나오는 김진호의 반응에 이진용은 생각했다.

'애플이 2014년에 주식 분할을 했기 때문에 그때 가격보다 7배 더 벌었다는 건 나중에 놀려먹어야지.'

김진호가 산 애플 주식이 알고 보니 14배가 뛴 게 아니라,

그 중간에 주식분할을 한 탓에 98배나 뛰었다는 사실을, 김진호가 지금 그 애플 주식을 쥐고 있었다면 5억 달러에 가까운 돈을 벌었을지도 모른다는 사실은 나중에 말해주기로.

"그보다 누구 차일까요?"

-어디 보자…….

이진용의 물음에 김진호가 쑥, 차 안으로 자신의 몸을 집어넣고는 차 안을 살피기 시작했다.

이제는 자신이 유령이란 사실을 마음껏 즐기는 모습이었다.

우웅, 우웅!

'응?'

그사이 이진용의 스마트폰이 울음을 토해냈다.

"아, 코치님. 무슨 일이십니까? 예? 지금 주차장입니다. 예, 예. 예?"

그렇게 통화를 시작한 이진용이 기겁했고, 그 사이 차 안에서 확인할 걸 다 확인하고 몸을 뺀 김진호가 말했다.

-야, 이 차 주인…….

"당장! 당장 뛰어가겠습니다!"

-응? 뭐야?

그 순간, 통화를 마친 이진용이 김진호를 보며 소리쳤다.

"저, 저, 저……."

그런 이진용의 입에서 말이 쉽사리 나오지 않았고, 그 모습에 김진호가 눈살을 찌푸렸다.

-드디어 미친 거냐?

"저, 저 정식등록선수 계약합니다!"

이윽고 이진용이 말을 토했다.

"지금 당장 정식등록선수로 계약할 수 있답니다! 이제 저도 진짜 프로선수라고요!"

그 말에 김진호가 무언가를 말하려다가 씨익 웃으며 말했다.

-그래? 그럼 당장 계약하러 가야지! 뭐해?

"그런데 뭐 말하려고 하시지 않았나요?"

-그게 뭐가 중요해? 계약이 중요하지. 바로 가자고! 빨리 계약서에 사인해야지. 안 그래?

"네!"

-그래, 드디어 진용이 인생에 별이 뜨는구나! 진용아, 이런 기쁜 날 한 번 강렬하게 나가보자.

"강렬하게요?"

-사무실 문을 박차고 들어간 후에 네가 얼마나 기쁜지 안에 있는 감독님에게 보여주는 거다. 어때? 세리머니 한 번 해보자고. 분위기 한 번 띄워보자!

"그래볼까요?"

그렇게 너무나도 기쁨에 취해 들떠 있는 이진용을 보며 김진호가 이제까지 지은 미소 중 가장 큰 미소를 지었다.

이천 챔피언스 파크 회의실.

회의실답게 언제나 진중한 분위기였던 그곳은 오늘도 언제나처럼 무거운 분위기로 가득 차 있었다.

'젠장, 젠장, 젠장!'

그 분위기 속에서 이진용은 마치 단두대를 앞에 둔 죄인처럼 고개를 푹 숙이고 있었다.

-으하하하!

김진호는 웃고 있었다.

그리고 그런 이진용을 한 여인, 엔젤스의 운영팀장인 구은서가 아주 차가운 눈빛으로 바라보고 있었다.

사건의 발단은 이진용이 회의실 문 앞에 도착했을 때였다.

그 무렵 이진용은 자신이 정식등록선수가 될 수 있다는 사실에 들떠 있었다.

들떠 있을 만한 일이기도 했다.

현재 이진용의 신분은 육성선수, 1군에 콜업이 되고 싶어도 될 수 없는 신분이었다.

달리 말하면 그를 정식등록선수로 바꿔준다는 건, 1군 콜업을 염두에 두고 있다는 의미!

그런 이진용에게 김진호의 말을 필터링할 정신적 여유 같은 건 없었고, 이진용은 김진호의 말대로 문을 박차고 들어간 후에 아주 강력하게 자신의 의지와 기쁨을 표현했다.

문을 열고 들어가자마자 이진용은 소리쳤다.

"이진용 도착했습니다, 호우!"

그 외침을 지른 후에야 이진용은 회의실 한곳에 앉아 있는 구은서를 발견할 수 있었고, 그제야 제정신을 차릴 수 있었다.

-호우로 흥한 자 호우로 망하리라! 으하하!

'아, 젠장.'

지금 이진용이 고개를 숙인 이유였고, 구은서가 이진용을 싸늘한 눈으로 바라보는 이유였다.

"크흠."

그 참담한 상황 속에서 우지욱 2군 감독이 헛기침을 내뱉으며 이야기를 진행시켰다.

"일단 두 선수에 대한 계약부터 처리합시다. 일단 박준형부터."

그 말에 구은서가 고개를 돌려 박준형을 바라봤다.

당연한 말이지만 구은서가 이곳에 온 목적은 이진용이 아니라 박준형이었다.

육성선수 신분인 선수는 5월 1일 이후가 되어야 정식선수로 등록이 가능하고, 정식등록선수가 되어야 1군 무대에 올라갈 수 있으니까.

더불어 엔젤스는 양윤섭의 부상으로 비게 된 정식등록선수 65인 자리에 박준형을 넣을 생각이었다.

이 과정에 이진용을 정식등록선수로 계약할 계획 같은 건 당연히 없었다.

문제는 오정호의 음주사건.

엔젤스는 그의 음주운전 사건에 대해서 벌금을 비롯해 임의탈퇴라는 징계를 내렸다.

정식등록선수에서 제외됐고, 그 남은 자리에 이진용이 앉게 된 것이다.

즉, 이진용은 깍두기였다.

그마저도 미리 정해진 일이 아니었다.

만약 미리 정해져 있었다면 이진용에게 급하게 연락이 가는 일은 없었을 것이다.

그런데 그런 깍두기가 갑자기 회의실에 등장하며 호우! 소리를 내질렀으니 구은서 입장에서는 어이가 없을 수밖에.

-진용아, 그냥 방출당하고 메이저리그나 가자? 응?

물론 김진호는 알고 있었다.

벤츠 G바겐이 구은서의 차라는 걸 알았고, 그는 그녀가 이곳에 왔으리란 것도 예상했다.

그래서 들뜬 이진용을 부채질했고, 성공했다.

'아, 당했다.'

드디어 김진호에게 한 방 먹은 이진용은 속이 두 배로 쓰렸다.

"다 했습니다."

그 사이 박준형이 계약서에 사인을 마쳤고, 당연히 모두의 이목이 이진용에게 쏠렸다.

이진용이 계약서를 받으며 슬쩍 구은서의 낌새를 파악했다.

차가운 눈빛을 보내던 그녀는 이제 레이저빔 같은 눈빛을 보내고 있었다.

-구은서 눈빛을 보니까, 지금 이 또라이 놈과 계약해야 하는지 아니면 내쫓아야 하는지 심각하게 고민하는 거 같다.

김진호의 설명대로 그녀는 지금 정말 이진용이란 인간을 엔젤스의 선수로 받아야 하는지, 이 또라이를 받으면 상상도 못할 또라이 짓으로 엔젤스에서 사고를 치지 않을지, 그것을 고뇌하고 있었다.

-그냥 때려치우고 메이저리그 가자. 통역은 내가 해줄게. 그 계약서 찢은 후에 구은서 얼굴에 던져 버려. 이럴 때가 아니면 재벌가 손녀 상대로 언제 종이를 던져 보겠어?

김진호가 그런 이진용을 놀려댔고, 이진용은 그런 김진호의 놀림 속에서 계약서 내용을 읽었다.

그 후 기본 계약서 외에 첨부된 다른 계약서도 읽었다.

세간에는 알릴 수 없지만, 구단이 이진용을 위해 보장해 주는 이면의 계약서였다.

"저기……."

그 내용을 읽던 이진용은 구은서를 보며 말했다.

"정말로 제가 한국시리즈에서 1승 이상을 거두면 조건 없이 방출이 되는 겁니까?"

이진용의 말에 구은서의 눈빛이 더 차갑게, 더 날카롭게 변했다.

하지만 이진용은 그 눈빛은 피하지 않았다.

중요했으니까.

만약 엔젤스 구단이 이 계약을 지켜주지 않는다면 이진용은 김진호의 말대로 할 생각이었다.

한국야구를 떠나서 메이저리그부터 시작할 생각이었다.

쉽지 않다는 건 당연히 알고 있지만, 이진용은 그게 한국프로야구의 무대에 묶여서 서른이 넘을 때까지 자신의 꿈을 포기하는 것보단 낫다고 생각했으니까.

그리고 이진용이 이제까지 고개를 숙인 건 부끄러움 때문이지, 절대 구은서의 기세에 밀려서 그런 게 아니었다.

애초에 이진용은 그런 사내였다.

보잘것없어도 자신의 눈앞에 있는 것을 외면한 적은 없는 사내.

그런 이진용의 눈빛을 마주한 구은서의 눈매가 가늘어졌다.

'이 인간……'

그 순간 그녀는 처음 이진용을 봤을 때 떠올랐던 한 사내의 이름을 머릿속으로 읊조렸다.

'김진호랑 친척 관계인가?'

김진호.

그 누구와도 비교를 거부하는 그 위대한 선수가 떠올랐고, 그 사실에 구은서는 불쾌함을 느꼈다.

'그럴 리가.'

고작 눈앞의 사내에게서, 그녀가 보기에 최고의 선수였던 김진호를 떠올린다는 사실.

"한국시리즈를 포함해 포스트시즌에서 2승 이상, 한국시리즈 우승하면 방출이야 얼마든지 해드리죠."

그게 이유였다.

"그리고 만약 한국시리즈에서 3승 이상 하신다면 뭐든 해드리죠."

그녀가 도발이나 다름없는 이야기를 한 건.

-뭐든?

그 도발에 김진호가 놀랐다.

-잠깐, 그럼 한국시리즈 3승한 다음에 결혼해 달라고 하면 해주는 건가? 젠장, 나한테 그런 제안했으면 진작에 메이저리그 때려치우고 엔젤스 우승시켜 줬을 텐데!

이진용 역시 반색했다.

"정말입니까? 정말 한국시리즈에서 3승하면 뭐든 해주실 겁니까?"

그 반응에 도리어 구은서를 비롯해 자리에 착석한 우지욱 2군 감독과 박준형 등 모두가 놀랐다.

'진심인가? 진심으로 그게 가능하다고 생각하는 건가?'

구은서의 말은 진심이 아니었다.

애초에 한국시리즈에서 투수 혼자 3승을 거둔다는 건, 지금의 시대에서는 불가능한 일이니까.

불가능한 일을 가지고 조건을 건다는 건, 도발이자 경고였다.

나대지 마, 그런 종류의 경고.

그런데 이진용은 마치 그것을 정말 할 수 있다는 듯이 반응했다.

"계약서에 추가해도 될까요? 아, 근데 이거 자필로 추가해도 되는 건가? 어떻게 하죠? 제가 쓸까요?"

그런 이진용의 모습에 구은서는 차가운 눈빛으로 말했다.

"새로 작성하죠. 그 내용 포함해서."

"이진용 선수, 어떤 선수죠?"

회의실이 아닌 감독실.

그곳에서 떠나기 전 우지욱 2군 감독과 짧게 대화를 나누게 된 구은서의 질문에 우지욱 2군 감독은 대답했다.

"솔직히 어떤 선수인지는 저도 모르겠습니다."

"모른다고요?"

그건 구은서가 예상한 답변과 크게 달랐다.

구은서는 우지욱 2군 감독이 이진용이 얼마나 또라이인지 말해주리라 예상했으니까.

"나날이 기량이 성장하고 있습니다. 더 놀라운 건 이렇다 할 코칭 없이 본인 스스로 성장한다는 점입니다."

심지어 우지욱 2군 감독은 이진용을 칭찬하고 있었다.

그건 구은서에게 있어서 처음 있는 일이었다.

애초에 우지욱 2군 감독과 접점이 많지 않긴 했지만, 구은서가 아는 우지욱 2군 감독은 뛰어난 능력과 그에 어울리는 자신감을 가지고 있는 자였다.

어느 선수든 간에 그 선수에 대해 명확하게 답을 내리는 자.

그리고 칭찬에 인색한 자였다.

당장 박준형에 대해 이야기할 때도 우지욱 2군 감독은 장점은 담백하게, 단점은 치밀하게 말했다.

물론 구은서가 원하는 대답은 그런 게 아니었다.

"그가 1군에서 통할 거 같나요?"

구은서에게 필요한 건, 누구든 간에 엔젤스의 한국시리즈 우승을 도와줄 선수였으니까.

한국시리즈 우승에 기여만 해준다면, 악마라고 해도 기꺼이 엔젤스 유니폼을 입혀줄 생각이었다.

그런 구은서의 질문에 우지욱 2군 감독은 짧게 고민했고, 짧게 대답했다.

"통합니다."

"알겠어요."

구은서와의 대화는 거기까지였다.

그녀는 대답을 듣는 순간 자리에서 일어났고, 우지욱 2군 감독에게 마지막으로 말했다.

"그 이야기, 봉준식 감독님께도 전해 드리죠."

그 말을 끝으로 구은서가 감독실 밖으로 나갔고, 이제 홀로 남은 우지욱 2군 감독은 생각했다.

'구 팀장 성격을 생각하면 어떤 방법을 써서라도 이진용을 1군에 올려 보낼 터.'

조만간 1군이 투수를 필요로 한다면, 그 자리에 이진용이 채워질 거라고.

더불어 우지욱 2군 감독은 그러기를 바랐다.

'이제 알 수 있겠군.'

궁금했으니까.

'이진용이 정말 1군에서도 통할지, 아니면 그저 배짱만 넘치는 투수로 남을지.'

자신이 결국 가늠하지 못한 이진용의 한계가 어느 정도일지.

그런 우지욱 2군 감독의 바람은 금방 이루어졌다.

5월 5일, 이진용이 1군에 콜업됐다.

5월 5일 어린이날.

대한민국 국민이라면 모두가 아는 이 날, 전국은 어린이날을 위한 행사로 가득해진다.

한국프로야구 역시 마찬가지였다.

훗날 자신들의 관중이 되어줄 어린이들을 위해, 한국프로야구 구단들은 성대한 이벤트를 준비했다.

개중에서도 가장 성대한 이벤트가 치러지는 곳은 잠실구장이었다.

엔젤스와 데블스, 두 팀은 매 시즌 어린이날에 맞춰서 3연전 시리즈 일정을 잡았고 그렇게 잡힌 시리즈는 일명 어린이날 시리즈로 불리며 두 팀의 라이벌 매치업 중에서 가장 치열한 매치업이 됐다.

당연히 어린이날 시리즈에 걸맞게 5월 5일, 금요일의 잠실구장 주변은 어린아이들의 놀이터가 되어 있었다.

"꺄하하!"

"으아앙!"

즐겁게 뛰어오는 아이들의 웃음소리와 뭔가 마음에 들지 않는 아이들이 흔히 내뱉는 울음소리가 잠실구장 주변을 가득 채웠다.

"우와아아!"

그리고 한 사내의 환호성이 잠실구장을 두드렸다.

물론 마지막의 경우에는 앞선 아이들의 경우와 반응이 달랐다.

'뭐야? 미친놈인가?'

'또라이인가 봐…….'

'눈 마주치면 위험해.'

모자를 눌러쓴 성인 남자가 어린이날 잠실구장 근처에서 소리를 내지르는 건 누가 봐도 정상이 아니었기에.

하지만 그 사내에게 그런 주변의 시선은 아무래도 좋았다.

"내가 드디어 잠실구장에 왔다!"

이진용, 그에게 있어 잠실구장에 왔다는 것은 단순한 방문이 아니었으니까.

"호우!"

모든 것은 갑작스럽게 이루어졌다.

5월 1일 육성선수 신분에서 정식등록선수가 된 이진용은 언제든 1군 콜업이 될 수 있는 자격을 얻었다.

물론 그건 어디까지나 자격을 의미할 뿐, 콜업을 의미하는 건 아니었다.

이진용도 이제는 천천히 때를 기다리고자 했다.

그랬는데 기회는 생각보다 일찍 왔다.

엔젤스가 5월 시작과 함께 시작한 돌핀스와의 주중 3연전에서 10회 말까지 가는 연장전을 두 번이나 치르면서 불펜을 너무 소모했고 결국 피로도가 심한 투수를 2군으로 보내고, 2군에서 그 역할을 대신할 투수를 콜업했다.

그리고 이진용이 그 콜업 대상이 됐다.

"호우, 호우!"

이진용 입장에서는 예상치도 못한 깜짝 선물을 받은 기분.

-어린이날 아니랄까 봐 아주 그냥 신이 났네, 신이 났어.

물론 그런 이진용의 분위기에 김진호가 초를 쳤다.

“그게 무슨 의미입니까?”

-모르는 사람한테는 어린이처럼 보이잖아?

“아니, 제 키가 177인데 무슨 말도 안 되는 소리를…….”

-너도 구라를 밥 먹듯이 치는 거 보니 나처럼 뒈진 후에 고생 좀 할 거 같다.

“젠장, 진짜 177이라고요!”

-그래, 손 머리 위로 들면 177나오겠다.

“그런데 정말 김진호 선수 말대로 되네요. 데블스전에 콜업이 될 줄이야!”

말과 함께 이진용은 김진호가 해준 말을 떠올렸다.

이진용이 데블스전에 콜업될 확률이 높으니 데블스전을 준비하라는 말을.

물론 그 말을 들었을 때 이진용은 김진호가 언제나 그렇듯 자신을 엿 먹이기 위해 헛소리를 한다고 생각했다.

-그래, 내가 말했잖아?

그러나 그건 결코 헛소리가 아니었다.

오히려 헛소리와는 아주 먼, 냉철한 판단과 놀라운 분석력에서 나온 결과물이었다.

김진호는 이미 데블스 2군을 통해 데블스가 어떤 타입의 팀인지 알고 있었다.

한 번 기세를 타고, 승기를 잡으면 절대 그것을 쉽게 놓치지 않는 팀.

역전패가 적은 팀.

이기는 경기는 무조건 잡는 팀.

-역전패가 적은 팀을 상대할 때는 지고 있을 때 이닝을 먹어 줄 희생양을 준비해 둬야 한다고. 그것도 타격이 한 번 불을 뿜기 시작하면 끌 수가 없는 팀을 상대할 때는 더더욱.

그런 팀을 상대할 때는 지는 경기를 깔끔하게 질 수 있는 패전처리투수가 꼭 필요하다는 걸 김진호는 잘 알고 있었다.

페넌트레이스에서는 이기는 것만큼 잘 지는 것도 중요하니까.

그렇기에 김진호는 이진용에게 데블스전에서 기회가 올 확률이 높다고 생각했다.

-그런 의미에서 진용이, 너만 한 패전처리용 희생양도 찾기 힘들지.

이진용은 패전처리에 있어서는 적격자였으니까.

패전처리투수의 첫 번째 조건은 안타를 맞든, 점수를 주든 일단 스트라이크를 잡는 거니까.

예를 들어 패전처리투수임에도 오히려 점수 주는 게 두려워서 스트라이크를 잡지 못하면 경기는 더 엉망이 된다.

그런 관점에서 본다면 이진용은 패전처리투수가 되기에 최적의 조건을 가지고 있었다.

기록으로 본다면 완투를 할 체력을 가지고 있었고, 제구가 나름 안정되어 있으며, 스트라이크존에 공을 넣는 배포와 땅볼을 이끌어내는 훌륭한 투심 그리고 이제는 스플리터를 이용해 삼진을 잡는 능력마저 있었으니까.

물론 그다지 좋은 건 아니었다.

2군 투수들에게 1군 무대를 밟는 건 목표이자, 소원이지만 패전처리를 하기 위해 콜업이 되는 걸 소원으로 삼는 이는 없었다.

모두가 자신의 실력을 인정받고 화려하게, 반짝이는 별처럼 대우를 받고 1군 무대에 오르기를 소원하지.

이진용 역시 마찬가지였다.

그도 자신의 현실을 잘 알고 있었다.

"뭐, 누구처럼 영광스럽게 올라올 순 없겠죠."

그 말을 내뱉는 이진용의 시선이 잠실구장 밖에 마련된 선수들의 사인회의 긴 행렬을 향했다.

너무나도 길어서 누가 사인을 해주는지 알 수 없을 정도.

때문에 이진용은 선수 대신 사인회에 나온 선수들을 소개한 안내문을 살폈다.

엔젤스와 데블스를 대표하는 인기 선수들의 면면이 보였다.

그 면면 속에서 박준형, 그의 얼굴도 있었다.

올라오자마자 프로 첫 타석에 1타점 적시 2루타를 치고, 다음 두 번째 경기에서 홈런을 치고, 그다음 경기에서는 3안타 경기를 펼치며 3일 만에 엔젤스의 신성이 된 타자!

그런 박준형의 인기는 그가 올해 프로 1년 차이며, 이제 고작 프로의 무대에서 3경기를 뛰었다는 것이 믿기지 않을 정도로 대단했다.

“박준형 선수, 사인 좀 부탁해요!”

“사진 좀 찍어주세요!”

“우리 쭌형 선수, 얼굴 너무 작다!”

당장 박준형 앞에 선 줄이 다른 선수들 줄보다 길었고, 아이들보다는 여자들이 더 많은 게 그 증거였다.

“박준형 마킹 다 나갔습니다! 이제 안 됩니다!”

더 나아가 잠실구장 3루 쪽 입구에 위치한 엔젤스 스토어에서는 야구팬들이 줄무늬의 엔젤스 유니폼에 박준형의 등번호를 너무 많이 마킹하는 바람에 더 이상 할 수 없을 정도였다.

그야말로 열풍!

심지어 그 열풍은 그게 시작이었다.

-재가 오늘 시타하는 데이지스인가 뭔가 하는 여자 아이돌 그룹을 가르쳐 준다고 했지?

오늘 어린이시리즈에 시타 그리고 시구를 하러 온 인기 여자 아이돌 그룹 데이지스 멤버 중 한 명의 시타를 봐주는 역할 역시 박준형의 몫이 되어 있었다.

“젠장, 나도 시구 잘 가르쳐 줄 수 있는데.”

참고로 데이지스는 이진용이 좋아하는 여자 아이돌 그룹이

기도 했다.

-너무 낙담하지 마라. 내가 오늘 마운드에 올라가면 진용이 널 위해 노래 불러줄게. 데이지스의 노래로 10곡 정도 불러줄게. 고맙지?

그런 이진용을 위로해 주는 김진호의 말에 이진용은 진심을 담아 대답했다.

"마하반야바라밀다심경."

-야, 야! 왜 갑자기 불경을 외워?

"성불 안 하네. 쳇."

-이 자식 봐라?

그런 그 둘의 대화는 오래가지 않았다.

"이진용 선수! 뭐합니까? 감독님께 인사드리러 갑시다!"

이제 더 이상 웃어서는 안 될 상황이 왔으니까.

봉준식 감독.

현역 시절 통산 123승을 기록한 그는 한국프로야구 역사에 남을 만한 투수였다.

그런 그의 현역시절 별명은 독사.

그 별명의 이유는 그의 눈을 보면 알 수 있었다.

독사처럼 쭉 찢어진 눈매 사이로 보이는 번들거리는 눈빛은

어지간한 배짱을 가진 선수도 오금이 바짝 저릴 수밖에 없을 정도였으니까.

'이진용.'

그런 그가 지금 그 독사와도 같은 눈빛으로 이진용을 바라보고 있었다.

'우지욱 2군 감독조차 가늠하지 못한 자질을 가진 투수.'

사실 이진용의 콜업은 오로지 봉준식 감독만의 의중에 의해 이루어진 게 아니었다.

그를 언급한 건 다름 아니라 구은서 운영팀장이었다.

"이진용이라고, 2군에 또라이 한 명이 있어요."

그 후에 봉준식 감독은 우지욱 2군 감독과 통화를 했고, 그로부터 이진용에 대해서 이야기를 들었다.

"이진용이라는 놈이 어디까지 통할 수 있는지, 프로야구 무대에서 한 번 보고 싶습니다."

이례적인 수준을 넘어 파격적인 말이었고, 그 말을 듣는 순간 봉준식 감독은 마지막으로 한 명에게 이진용에 대해 물었다.

"팀에 도움이 될지는 모르겠습니다만, 재미는 있을 겁니다."

황선우 기자의 말이었고, 세 명으로부터 이진용에 대해서 들은 봉준식 감독은 결국 이진용을 부를 수밖에 없었다.

그리고 지금 그 이진용이 눈앞에 있었다.

'보기에는 보잘것없다.'

솔직히 당장 눈에 보이는 이진용의 모습에서 찾을 수 있는 건 특별함이 아니라 나약함이었다.

당장 이 작은 투수가 마운드에 서서 덩치 좋은 타자들을 상대로 무언가를 할 수 있다는 것이 상상되지 않을 정도.

그러면서도 이진용은 지금 이 순간 봉준식 감독, 자신의 눈빛을 외면하지 않고 있었다.

오히려 직시하고 있었다.

다른 것도 아닌 호기심 어린 시선으로.

'보통 놈은 아니군.'

자신의 생사여탈권을 쥐고 있는 감독을 처음 보는 자리에서 호기심 어린 시선을 품는다는 것, 보통 인물이 보여줄 수 있는 모습은 분명 아니었다.

물론 그렇다고 해서 봉준식 감독은 이진용을 특별대우할 생각은 없었다.

그리고 이진용은 특별대우를 받을 만한 무언가를 보여준 선수 역시 아니었다.

"네 역할은 패전처리조다."

봉준식 감독은 단도직입적으로 통보했다.

"팀이 지고 있는 상황에서 불펜에서 대기한다. 그리고 마운드에 오르면 네가 해야 하는 건 최대한 빨리 이닝을 마치는 것이다."

그건 잔인한 말이었다.

1군이라는 무대, 그토록 밟고 싶어 하는 무대에서 비루한

개가 네 역할이라는 말이니까.

그러나 반대로 그게 현실이었다.

재능이 넘치는 이들은 처음부터 찬사를 받고, 영광의 길에서 자신의 커리어를 시작하지만 그러지 못한 이들은 결국 밑바닥에서 치열하게 올라오는 수밖에 없다.

때문에 이진용은 굳이 그 사실에 비루함 따위를 느끼지 않았다.

그리고 그런 것에 관심도 없었다.

"궁금한 게 있습니다."

"말해봐."

"그럼 전 1이닝만 막고 내려오는 겁니까, 아니면 여건이 되는 한 계속 던지는 겁니까?"

그 질문에 봉준식 감독은 고개를 갸웃했다.

처음이었으니까.

자신의 이런 통보를 받은 선수는 부지기수였지만, 이런 반문을 하는 건 이진용이 처음이었다.

그러나 이내 봉준식 감독이 두 눈을 날카롭게 번뜩였다.

'웃기지도 않는군.'

그는 지금 이진용이 1군 무대를 우습게 본다고 생각했다.

그게 아니라면 마치 당연히 마운드에 올라가면 타자들을 해치울 수 있다는 듯이 말할 수 있을 리가 없지 않은가?

"많이 던지고 싶다면 그렇게 해주지."

봉준식 감독은 그런 이진용에게 기꺼이 기회를 줄 생각이었다.

그가 바라던 대로 그가 난타를 당할 때까지 마운드에 세워줄 생각이었다.

그런 봉준식 감독의 말에 이진용이 주먹을 불끈 쥐며 말했다.

"감사합니다!"

그리고 그런 봉준식 감독을 바라보던 김진호가 말했다.

-왠지 느낌 싸한데, 또 뭐 나오는 거 아니야?

감독과의 대화를 마친 이진용은 곧바로 구단 관계자를 통해 잠실구장의 시설을 안내받았다.

물론 어린이날 이벤트 때문에 잠실구장은 곳곳이 소란스러웠다.

"빨리빨리 그라운드 정리해!"

"이벤트 아이템들 어디로 치워?"

"창고로 옮겨!"

그 어수선함 속에서 솔직히 이진용은 직원의 안내 같은 건 들리지 않았다.

들리는 건 오직 하나.

"라커룸에 유니폼 준비해 뒀습니다."

그 말이 이진용이 제대로 들은 전부였고, 당연히 안내가 끝났을 때 이진용은 라커룸으로 향했다.

"Fuck!"

그런 이진용을 반긴 건 거칠게 터져 나오는 욕설이었다.

"뭐야?"

이진용이 그 욕설에 놀라며 라커룸으로 들어갔을 때 그의 눈에 들어온 건 2미터는 될 법한 신장을 가진 덩치 좋은 백인 투수였다.

'벤자민?'

벤자민 필립스.

엔젤스가 2017시즌 우승을 위해 무려 연봉으로 160만 달러를 주고 영입한 외국인 투수였다.

당연히 그 연봉에 걸맞게 화려한 경력의 소유자이기도 했다.

메이저리그 세인트루이스 카디널스 소속으로 메이저리그 통산 51경기에 나와서 15승 18패 방어율 4.50을 기록한 그는 한 시즌에 메이저리그에서 9승을 거둔 경험이 있었다.

그건 대단한 것이었다.

메이저리그에서 선발투수로 9승을 거둔다는 건 나름 한 시즌을 소화했다는 증거였으니까.

무수히 많은 선수들이 메이저리그 무대를 밟지도 못한 채, 심지어 한국프로야구에서 날아다니던 선수들조차 메이저리그 무대에 도전했다가 대부분 고배를 마시고 돌아온다는 걸 봤을 때 그는 한국프로야구에서 괴물이라 부르기에 부족함이 없었다.

그리고 그게 걸맞은 성적을 내고 있었다.

4월 동안 5경기에 출전한 그는 36이닝을 소화하며 2.75의 방어율을 유지하며 3승 2패를 기록하는 중이었다.

1선발다운 모습을 보여주는 중이었고, 당연히 엔젤스는 데블스와의 어린이날 시리즈 1선발로 그를 낙점한 상황이었다.

"Fuck! Fuck!"

그런 그가 지금 라커룸에서 미쳐 날뛰고 있었다.

-엿! 엿!

그런 벤자민의 외침에 메이저리그 출신인 김진호가 해석을 곁들어줬다.

-방금 그렇게 말했어.

이진용이 그런 김진호를 뚱한 표정으로 바라봤다. 그 정도는 해석이 필요하지 않았으니까.

그 순간 벤자민이 스마트폰에 대고 길게, 정말 마치 랩을 하듯 말을 총알처럼 쏟아붓기 시작했다.

그러다가 이내 이진용을 발견한 벤자민이 말을 멈췄다.

이진용이 그를 보며 어색하게 웃으며, 이내 자신을 소개했다.

"마이네임 이즈 진용 리, 아임 루키. 루키 피쳐! 뉴 피쳐!"

그 소개에 김진호가 한 손으로 자신의 얼굴을 가린 채 고개를 절레절레 흔들었고, 벤자민은 스마트폰을 든 채 그대로 이진용을 지나쳐 라커룸 밖으로 나갔다.

그렇게 적막해진 라커룸 속에서 이진용이 말했다.

"제가 뭐 잘못 말했나요?"

-그럼 네가 보기에 그게 잘한 거 같냐?

"의미는 통하지 않았을까요?"

-네가 또라이란 건 알았을 거야.

김진호의 말에 이진용이 혀를 찼다. 솔직히 반박할 수가 없었으니까.

"그보다 무슨 문제가 있나 봐요? 막 욕하고 날뛰는 거 보니까."

-널 믿고 투자했는데, 그런 식으로 내 연봉을 날리면 어떻게 하냐고, 그게 무슨 돈인 줄 아냐고, 내가 당장 시카고에 가서 네 머리통을 부숴버리기 전에 어떻게든 처리하라고, 그렇게 말한 걸 보면 보통 일은 아니겠지.

"예?"

그 순간 이진용이 놀란 표정으로 김진호를 바라봤다.

-뭐?

김진호가 뚱한 표정으로 반문했다.

"정말 그렇게 말했어요?"

-어.

"그걸 김진호 선수가 제대로 들었고요?"

-야, 나 메이저리거야.

"예, 삼진 마크인 K가 킬의 약자인 줄 알아서 마크 맥과이어에게 아이 킬 유라고 말한 메이저리거죠."

-그건 어릴 때고!

그 순간 김진호가 말을 멈추고 벤자민이 사라진 곳을 바라봤다.

-그보다 이야기를 보면 돈 좀 꽤 날린 모양인데, 쟤 가족 있었지?

"귀여운 딸도 한국에서 같이 지내고 있죠."

-그런 그가 과연 자기 아내한테 자기 연봉을 투자한 이야기를 말해줬을까, 말하지 않았을까?

"지구 유일의 분단국가에 온 아내와 딸에게 안 좋은 소식을 굳이 말해줄 필요가 있겠어요? 나라면 입 다물고 있지."

-그런데 지금 그 돈이 날아갔다면 마운드 위에서 그는 과연 타자가 생각날까, 아니면 그 투자자가 생각날까?

"둘 다 생각 안 나고 그냥 씨발씨발 거릴 거 같은데."

그 순간 김진호와 이진용의 분위기가 달라졌다.

그 둘이 먹잇감의 냄새를 맡은 맹수와도 같은 표정을 지었다.

-진용아.

"예."

-내가 뭐라고 말할 거 같냐?

"어린이날 빅매치, 리그 3위와 4위의 격돌, 앙숙의 라이벌전, 그런 경기의 선봉으로 나온 연봉 160만 달러를 투자로 날린 선발투수가 개박살이 나면서 승부가 일찌감치 데블스에게 기울어질 가능성이 높으니 몸 풀어라?"

이진용, 그가 어린이날 선물로 프로 첫 등판을 기대하기 시작했다.

◆ 4화 ◆

웰컴 투 헬!

-안녕하십니까? 한국프로야구를 사랑하시는 야구팬 여러분 그리고 어린이 여러분, 오늘 5월 5일 이곳 잠실구장에서는 엔젤스 대 데블스, 데블스 대 엔젤스의 주말 3연전의 첫 경기가 치러집니다. 저는 중계를 맡은 캐스터 김영준, 제 옆에는 오늘 해설을 도와주실 이현우 해설위원님입니다.

-해설자 이현우입니다.

-자, 오늘 드디어 어린이날 시리즈가 시작됐습니다. 사실 말만 어린이날 시리즈이지, 실상은 한국프로야구에서 손꼽히는 라이벌전인 천사 대 악마, 천당과 지옥 매치 아니겠습니까?

-예, 그렇지요. 두 팀의 성적에 따라 잠실구장이 천당이 되거나 지옥이 되지요.

-이현우 해설위원님은 오늘 잠실구장이 천당과 지옥, 둘 중 어느 곳이 되리라 예상하십니까?

-일단 개인적으로는 엔젤스에 무게가 실리지 않나 싶습니다. 오늘 엔젤스의 선발로 나오는 벤자민 필립스 선수의 최근 기세를 데블스 타선은 쉽게 공략할 수 없을 겁니다. 반면 데블스의 선발로 나오는 페레즈 선수는 불안정한 모습을 보여주고 있지요.

-그럼 오늘 타자 쪽에서는 어느 선수를 눈여겨봐야 한다고 생각하십니까?

-당연히 엔젤스의 박준형 선수이지요. 장담합니다. 이 선수, 올해 일 낼 겁니다.

5월 5일 오후 2시.

이제는 햇살이 따스하다기보다는 따갑게 느껴지는 날씨.

엔젤스와 데블스의 주말 3연전의 첫 경기는 그런 날씨 속에 기꺼이 잠실구장을 찾아온 2만 5천여 명의 관중 속에서 시작됐다.

"천사 새끼들한테 지옥이 뭔지 보여주자고!"

"엔젤스, 오늘 악마 사냥에 나선다!"

엔젤스와 데블스, 양 팀 더그아웃은 그런 팬들의 기대에 부응하려는 듯 격렬한 전투의지를 보내고 있었다.

그뿐이었다.

이진용은 그 분위기 속에서 덩그러니 홀로 더그아웃에 마련된 벤치 한구석에서 경기를 보고 있었다.

왕따를 당하는 듯한 분위기.

그리고 실제로도 그와 비슷한 상황이었다.

-우리 진용이 완전히 투명인간 취급이네.

당연한 말이지만 경기 시작 전 이진용은 선수단 앞에서 인사를 했고, 자기소개도 했다.

그리고 각오도 했다.

'관심 못 받을 건 알았지만, 신고식이나 텃새조차 없을 줄이야.'

호된 신고식이나, 텃새에 치일 각오.

살가운 환호와 친절함, 배려와 응원 속에서 야구를 할 생각은 조금도 하지 않았다.

그러나 이 정도로 무참할 정도의 무관심 속에서 야구를 하게 되는 것 역시 생각해 본 적이 없었다.

-진용아, 그래도 내가 있어서 다행이다. 나 없었으면 외로워서 어떻게 할 뻔했어? 이렇게 된 거 혼자 놀기 컨셉으로 가자. 어차피 혼자인 거, 벽에 대고 혼잣말하는 거야. 미친놈 컨셉으로 가자고. 그럼 최소한 누가 널 건드리진 않을 거 아니야?

"장난칠 분위기 아니에요."

-응? 뭐라고? 더그아웃에서 혼잣말하는 찐따라서 잘 안 들리는데?

물론 이진용의 처지가 다른 이들과는 여러모로 다른 건 맞았다.

일단 이진용은 학연, 지역, 혈연 중 그 무엇과도 엔젤스 1군 선수들과의 접점이 없었다.

애초에 고2 무렵 야구를 포기한 이진용이 학연을 인연으로 내세우는 건 웃기지도 않는 일.

그렇다고 이진용이 뭔가 2군에서 오래 지내거나, 2군과 1군을 자주 오고가며 다른 선수들이 이름이라도 들어봤던 것도 아니다.

그냥 갑자기 툭 튀어나온 놈일 뿐.

결정적으로 특별한 게 없었다.

1군에서 활약하는 선수들은 모두가 특별한 것, 남다른 것, 대단한 것을 가지고 있다.

그 특별한 것에 동질감을 느끼거나, 라이벌을 의식을 느끼면서 어떤 식으로든 그 선수를 의식할 수밖에 없게 되는 것이다.

물론 이진용에게도 남다른 특이점이 있긴 하다.

-어쩔 수 없다. 관심 받고 싶으면 선수 한 명 잡아다 말해. 전 김진호 유령이 보여요! 그럼 아마 관심은 제대로 끌 수 있을걸? 아니면 김진호랑 알고 지낸다고 말하든가.

김진호랑 이야기를 한다는 것!

-장난이야, 장난. 그렇게 보지 마.

물론 절대 남들에게는 말할 수 없는 특별함이다.

-그보다 지금 엔젤스 꼴을 보아하니 우승은 택도 없을 거 같네.

이런 엔젤스의 분위기에 김진호가 자신의 의견을 더했다. 이진용이 고개를 갸웃했다.

무슨 의미입니까?

그런 느낌의 표정을 지었고, 김진호는 주변 선수들을 훑어보며 말했다.

-상식적으로 네 출신이 어떻든 간에 2군에서 투수 한 명이 왔는데 투명인간 취급하는 팀이 정상일 리 없잖아?

"그래도 성적은 잘 나오잖아요? 양윤섭 선수가 빠지긴 했지만 전력상으로는 역대 최고라고요."

소곤소곤, 이진용의 말에 김진호가 비웃음을 머금었다.

-144경기 중에 아직 30경기도 안 했는데 성적이 잘 나오긴 개뿔. 확실한 건 어느 곳이든 제대로 된 리더 없는 팀이 우승하는 경우는 없다는 점이지. 그리고 전력상으로 역대 최고라고 하는데 내가 보기엔 그냥 고만고만한 수준이야.

그 말을 끝으로 김진호가 그라운드를 바라보며 말했다.

-물론 진용이, 네가 지금 신경 써야 하는 건 관심 따위가 아니고 1군에서 살아남는 거지. 그러니까 구석에 박혀 있지 말고 그라운드에 집중해. 장담하는데 벤자민, 그 녀석 절대 5회를 넘기지 못할 테니까. 아마 1회부터 난타 당해서 3회쯤에는 7실점 정도 하고, 4회쯤에 교체될걸?

그렇게 김진호가 말을 내뱉는 순간.

빠악!

"어? 어? 뭐야?"

"넘어간다? 넘어간 거야?"

야구 배트가 공을 쪼개는 소리가 엔젤스 더그아웃을 삽시간에 휩쓸고 지나갔다.

그리고 몇 초 후 들려왔다.

우아아아아!

2만 5천여 명, 잠실구장을 가득 채운 팬들의 환호 그리고 분노에 찬 함성이.

그로부터 1시간여가 흐른 후, 잠실구장은 악마들의 세상이 되어 있었다.

잠실구장.

한국에서 가장 큰 구장이며, 최대 2만 6천 명을 수용할 수 있는 구장.

이런 잠실구장이 가득 찼을 때 만들어내는 위압감은 베테랑 선수들조차 부담감에 혀를 차는 수준을 넘어 치를 떨 정도로 엄청나다.

그리고 그런 위압감은 팀이 지고 있는 순간 이루 말할 수 없는 부담감으로 바뀌게 된다.

하물며 지고 있는 대상이 절대 져서는 안 되는 숙명의 라이벌이라면?

"엔젤스 개새끼들아!"

그때부터는 위압감과 부담감을 넘어 생명에 대한 위협을 느낄 수 있다.

"정신 차리고 야구해라!"

"니들이 프로냐, 이 개새끼들아!"

지금 엔젤스가 마주한 상황이 그랬다.

5월 5일, 어린이날 시리즈의 첫 시작은 엔젤스의 선발투수, 벤자민의 무참한 몰락과 함께 시작됐다.

1회, 2번 타자에게 홈런을 내준 이후 1회에만 무려 3점을 내준 벤자민은 2회에도 2점, 3회에도 2점을 내주며 결국 4회에 1아웃만 잡고는 마운드를 내려갔다.

3.1이닝 7실점.

외국인 투수 대 외국인 투수, 사실상 점수가 많이 나올 수 없는 투수전이 예상된 상황에서 벤자민의 붕괴는 사실상 게임의 붕괴였다.

그에 대한 엔젤스의 감독, 봉준식 감독의 선택은 벤자민을 대신해 올라온 투수가 말해줬다.

-정수호 선수가 올라오네요.

-이 점수 차에서 필승조나 추격조를 올리기는 좀 그렇죠.

정수호.

양윤섭의 부재를 대신해 급한 불을 끄기 위해 올라왔던 그는 엔젤스가 통쾌한 역전승 대신 출혈 적은 패배를 각오했다는 가장 확실한 증거였다.

문제는 데블스는 여기서 만족할 생각이 없다는 것.

사실 프로의 무대에서는 나름 암묵적인 규칙이 있다.

소위 신사협정이라고 하는 것, 어느 정도 점수 차가 나거나 이미 승패가 기울어진 게임은 적당히 하자는 것.

하지만 라이벌전은 달랐다.

애초에 그런 신사협정 따위를 운운한다면 라이벌이라고도 할 수 없었을 터.

"오늘 데블스 꼬마 팬들에게 홈런볼 10개 이상은 선물해라! 알았냐?"

"예!"

악마는 만족을 모른다!

그 구호 아래에서 데블스는 정수호로부터 1.2이닝 동안 무려 5점을 추가했다.

반면 엔젤스가 그동안 거둔 득점은 1점에 불과.

5회가 끝났을 때 엔젤스 대 데블스의 점수 차이는 1 대 12, 사실상 역전이 불가능한 상황이었다.

그리고 앞서 말했듯이 데블스에게 있어 엔젤스는 암묵적인 신사협정 대상이 아니었다.

6회에도 데블스는 필사적인 공세를 펼쳤고, 6회에도 2점 추가점을 내는데 성공했다.

1 대 14.

오늘 경기를 보기 위해 자식들과 함께 머나먼 거리를 달려온 엔젤스 팬들을 참담하게 만들기에 부족함이 없는 결과였다.

"젠장, 엔젤스를 응원하는 내가 병신이지! 그래 내가 병신이다!"

"엔젤스란 팀 이름부터 갈아엎어야 한다니까?"

"이 팀은 지구가 멸망할 때까지 안 돼."

이윽고 엔젤스 팬들은 엔젤스를 향해 저주가 담긴 살의를 보내기 시작했다.

"아주 우릴 죽일 기세네."

"어휴, 오늘 이러다가 청문회 하는 거 아니야?"

"아니, 우리가 잘못했나? 투수들이 잘못했지."

1루, 엔젤스의 더그아웃에 있는 선수들이 굳은 표정으로 한숨을 내뱉는 이유였다.

물론 그들은 그나마 행복한 것이었다.

불펜, 관중들에게 그대로 노출된 불펜의 투수들은 지붕 없이 그 모든 비난을 맞아야 했으니까.

"똑바로 던져!"

"야, 점수 더 내주면 확 그라운드에 들어가는 수가 있다!"

엔젤스의 불펜투수들은 그야말로 죽을 맛이었다.

"호우!"

누가 봐도 투수라기에는 작은 체격 그리고 그 작은 체격에 걸맞은 보잘것없는 공을 던지는 투수 한 명만 빼고.

-진용아, 내가 부끄럽다. 좀 조용히 던지면 안 되겠니?

이진용.

마치 소나기처럼 내리는 적의와 살의 속에서 그는 조금도 주눅 들지 않았다.

오히려 그는 기세 좋게 소리쳤다.

"오늘 공 좀 긁히네요! 아주 좋습니다!"

그건 자기 어필이었다.

부디 5월 5일을 이진용이란 투수의 첫 등판일로 해달라는 강렬한 욕망이 달린 자기 어필!

이진용은 오늘 기필코 마운드에 오르겠다는 의지를 격렬하게, 강력하게 내뿜고 있었다.

-좋긴, 기껏해야 120대 중반 나오는구먼!

물론 그 어필을 당하는 입장에서는 이야기가 달랐다.

고작 120대 패스트볼을 던지는 놈이 공을 던질 때마다 호우! 우스꽝스러운 기합을 내지르는 걸 보는 이들은 무슨 생각을 할까?

-불펜코치가 보기에 넌 또라이, 그 이상도 이하도 아니야.

아마 불펜코치는 대체 왜 2군에서 이런 이상한 새끼를 보냈냐고, 2군 코칭스태프를 씹고 있을걸?

김진호의 말대로였다.

'이 또라이 놈, 대체 뭐야?'

방호민.

엔젤스의 불펜코치인 그는 지금 이진용의 모습을 도무지 합리적으로, 이성적으로 받아들일 수가 없었다.

사실 오늘 방호민 불펜코치는 할 일이 없었다.

원래 불펜코치의 가장 중요한 역할은 박빙의 승부 속에서 불펜투수의 기량을 정확히 파악하고, 그것을 벤치에 전달하는 것이다.

달리 말하면 이미 승부가 기운 게임에서 불펜코치는 딱히 할 일이 없었다.

그냥 공을 잘 던질 수 있는 투수, 던질 의지가 있는 투수, 이닝을 마무리할 수 있는 투수를 내보내면 될 뿐.

그런 관점에서 보면 이진용을 내보내는 것이 아주 나쁘거나, 문제되는 건 아니었다.

'미치겠네.'

일단 지고 있는 게임이다. 그런 게임에서 처음 1군에 콜업된 이진용을 내보내 기량을 점검하는 건 손해 볼 것 없는 장사다.

그리고 애초에 그것을 위해 이진용을 콜업한 것이기도 하다.

이진용을 선발 로테이션에 넣기 위해, 필승조에 넣기 위해,

셋업맨 역할을 맡기기 위해, 마무리투수로 삼기 위해 콜업했다고 생각하는 이는 이진용 본인을 포함해 단 한 명도 없다.

'얘를 내보내도 될까?'

그러나 지금 방호민 불펜코치는 이대로 이진용을 내보내도 될지, 진지하게 고민하고 있었다.

'사고치는 거 아니야?'

좀 과장하면 이진용이 마운드 위에서 다른 의미로 뉴스에 나오는 짓을 할 것 같은 불안감도 있었다.

-야, 불펜코치 눈빛을 내가 읽었는데 네가 마운드에서 똥이라도 싸면 어떻게 할까? 그런 고민을 하는 눈치야.

김진호가 그런 방호민 불펜코치의 심정을 아주 그대로 온전하게 이진용에게 전달했다.

펑!

그러나 이진용은 그 소리에도 멈추지 않았다.

"호우!"

자신의 존재감을 거듭 어필했다.

달아올라 있었으니까.

'이런 끝내주는 무대에 오를 수 있는 기회가 있는데, 또라이 취급쯤이야 얼마든지.'

말 그대로였다.

이진용은 이 무대, 지금 이 잠실구장의 마운드 위에 오르고 싶어 안달이 나 있었다.

그는 2만 5천 명이 넘는 관중들 사이에서 타자와 마주 보고 싶어 죽을 지경이었다.

"호우!"

그렇게 흥분한 이진용의 모습에 김진호가 결국 두 손을 들었다.

-나도 나름 이런 빅게임을 즐기는 성격이긴 했다만…… 그래, 네가 이겼다.

두 손을 드는 김진호의 입가에는 미소가 걸려있었다.

김진호 역시 본인 말대로 그런 성격이었으니까.

무대가 거대해질수록, 위대해질수록 부담감이나 위압감을 느끼기보다는 즐거움을 느끼는 성격.

하물며 이진용에게는 이토록 많은 관중 앞에서 야구를 하는 것이 처음 아닌가?

기자나, 선수 가족, 구단 관계자가 아닌 진짜 야구팬들 앞이다.

수천도 아닌 수만 명의 앞!

이진용의 몸이 달아오르는 건 당연했다.

"아, 예."

그 순간 방호민 불펜코치가 수화기를 들었다.

그런 그가 통화를 시작하자 불펜에 고요해졌다. 몸을 풀던 투수들이 서로의 눈빛을 봤다.

"예, 예."

방호민 불펜코치는 그렇게 눈빛을 교환하는 불펜투수들을 살폈고, 불펜투수들은 그런 그의 눈빛을 피했다.

오직 한 명, 이진용만이 방호민 불펜코치의 눈을 마주 본 채 격렬하게 주장했다.

저요, 저요, 저요!

그 무언의 외침에 방호민 불펜코치가 입을 열었다.

"불펜에서 제일 팔팔하면 이진용입니다. 예, 알겠습니다."

이윽고 수화기를 다시 본래 자리에 걸어놓은 방호민이 불펜코치를 보며 말했다.

"이진용, 데뷔전 축하한다!"

6회 말, 엔젤스의 득점은 없었고 당연히 7회 초는 1대14, 아득하기 그지없는 점수 차와 함께 시작됐다.

그렇게 시작된 7회 초의 분위기는 잠잠했다.

엔젤스 팬들은 당연히 지쳤다.

"이제 욕할 힘도 없다."

"지하철 터지기 전에 그냥 나가자."

욕도 하다 보면 지치는 법, 이미 잠실구장에 있는 엔젤스 팬들은 녹초가 되어 있거나 혹은 흡연구역에서 담배 연기로 된 엔젤링을 뻐금뻐금 만들어낼 뿐이었다.

"어어, 취한다. 오늘 술 확 들어오네."

"아, 점수 나는 것도 지치네. 그냥 빨리 끝났으면 좋겠다."

데블스 팬들 역시 지쳐있었다.

잘하는 선수들을 향해 열심히 응원하는 것도 쉬운 일은 아니었으니까.

여기에 데블스의 선수들이 안타를 칠 때마다 한 잔, 점수가 나올 때는 두 잔, 홈런이 나올 때는 석 잔씩 마시다 녹아웃이 된 경우도 있었다.

"그런데 쟤 누구야?"

그렇기에 처음 보는 투수가 마운드에 올라왔을 때 반응은 그다지 시원찮았다.

"내가 술을 너무 마신 건가, 투수가 되게 작아 보이는데?"

"이름이…… 이진용? 어디서 본 이름 같은데?"

더 나아가 그 투수에 대해 관심도 별로 없었다.

"누구든 어때, 그냥 경기만 끝나면 되는 거지."

"야, 매점 가서 안줏거리나 사오자. 담배도 좀 빨고 오고."

"오케이. 좀 쉬어가자고."

이미 악마들의 무대가 되어버린 그라운드 위로 천사의 유니폼을 입은 새로운 선수는 관중들에게 티타임을 주는 광대, 그 이상도 이하도 아니었으니까.

그야말로 투수에게는 지옥과도 같은 무대.

[일일특급 효과에 의해 포심 패스트볼의 구질 랭크가 B랭크로 상승했습니다.]

그래서일까?

투수는 자신의 심정을 감추려는 듯 모자를 깊게 눌러쓰고 글러브로 자신의 얼굴을 가리고 있었다.

물론 그 투수가 감추고자 하는 건 이 절망적인 무대에 올라왔다는 사실에 대한 울분이 아니었다.

-야, 그만 쪼개.

미소.

-너 미친놈 같아. 진짜 소름 돋는다. 봐봐, 닭살이 돋은 거 보이냐? 응? 보여?

도무지 지워지지 않는 미소를 지우기 위함이었다.

"기쁜 걸 어떻게 합니까?"

이진용, 그는 지금 이 순간이 너무 좋았다.

그는 자신이 잠실구장의 마운드 위에, 한국에서 가장 거대한 야구장의 중심에 있다는 사실에 미칠 지경이었다.

-진정해.

오죽하면 김진호가 그런 이진용을 진정시키기 위해 나서야 할 정도.

김진호가 이진용의 등 뒤에 선 채, 이진용의 어깨에 손을 올려놓은 채 말했다.

-기쁜 건 아는데, 넌 여기서 춤을 추려고 올라온 게 아니잖아? 일단 심호흡 좀 해봐. 숨 좀 크게 들이마시고.

"호오오오."

-내쉬고.

"우우우우."

-진정됐으면 오늘 네가 해야 하는 게 뭔지 말해봐.

그 말에 두근거림을 진정시킨 이진용이 입을 열었다.

"타자를 잡는다."

-잡는다?

"죽여 버린다, 로 정정하겠습니다."

그제야 김진호가 미소를 지으며 이진용의 어깨에 올려놓은 손을 뗐다. 그리고 두어 걸음을 뒤로 갔다.

그러자 김진호의 눈에 이진용의 등이 보였다.

그 등을 채우고 있는 단 하나의 숫자가 보였다.

그 등번호를 본 김진호가 더 이상은 웃음기 없는 표정으로 말했다.

-등번호 1번을 단 이상, 나약한 모습은 허락하지 않는다. 죽어도 마운드 위에서 죽어라.

그 순간 베이스볼 매니저가 다시금 알림을 알렸다.

[선두타자를 상대합니다.]

[선두타자 보너스가 적용됩니다. 포인트 획득량이 20퍼센트

증가합니다.]

그 알림에 이진용은 더 이상 김진호와 대화하지 않았다.

"마법의 1이닝."

[마법의 1이닝 스킬을 사용하셨습니다.]

[모든 스킬이 소모값을 요구하지 않습니다.]

이제는 악마를 사냥해야 할 때였으니까.

7회 초.

'쟤가 이진용인가?'

데블스의 선두 타자로 나온 7번 타자 김재범은 타석에 서는 순간, 마운드 위에 투수를 보는 순간 생각했다.

'어려울 건 없겠네.'

자신이 저 투수에게 질 이유는 하등 없다고.

막연한 자신감 때문은 아니었다.

자신감에는 근거가 있었다.

'패스트볼 구속이 120대 중후반이랬으니까.'

근거 하나, 이진용에 대한 기본적인 정보가 있었다.

그의 구속, 보유한 구종, 투구폼 등에 대한 정보가.

'거기에 공격적이라고 했으니 초구부터 스트라이크를 잡으러 들어올 가능성이 높고.'

근거 둘, 이진용의 피칭 스타일에 대한 정보도 있었다.

그가 스트라이크존에 공을 넣는데 조금의 망설임도 없는 공격적인 투수이며 패스트볼을 주요 무기로 쓴다는 정보와 그가 초구로 스트라이크를 많이 잡았다는 정보가.

'투심이 괜찮다고 하지만 오늘 내 타격감도 나쁘지 않았어. 벤자민의 투심도 안타로 만들었고.'

근거 셋, 오늘 김재범의 타격감은 절정이었다.

그는 오늘 무려 안타를 3개나 쳤고, 오늘 엔젤스의 선발로 나온 벤자민을 상대로 친 안타는 다름 아닌 벤자민이 던진 투심 패스트볼을 노리고 쳐서 만든 안타였다.

'투심에 대한 준비는 완벽하다.'

마지막 근거 넷, 오늘 경기를 앞두고 데블스 타자들은 투심 패스트볼 공략을 준비했었다.

이유는 앞서 말했듯이 벤자민 필립스, 그 때문이었다.

벤자민은 투심 패스트볼을 즐겨 쓰는 투수였고, 그런 그를 상대로 데블스는 당연히 투심 패스트볼에 대한 대비를 했다.

그런 벤자민의 투심조차 공략한 김재범에게 이진용이 가진 좋은 투심 패스트볼을 두려워할 이유는 없었다.

메이저리그에서 한 시즌에 9승을 거둔 메이저리거의 투심 패스트볼을 공략했는데, 고작 2군에서 먹힌 투심 패스트볼을 두려워하는 게 오히려 비상식적인 일일 터.

'여기서 승부를 피하면, 그게 멍청한 거지.'

이 정도 근거를 두고 이진용을 상대로 자신감을 가지는 건 결코 방심이 아니었다.

냉철한 판단의 결과였고, 실제로도 상식적인 결과일 뿐.

'초구부터 노려보자.'

때문에 김재범은 이진용의 초구를 지켜보는 짓 따위는 하지 않을 생각이었다.

스트라이크존 안에 들어오면 기꺼이 배트를 휘두를 생각이었다.

'온다.'

그런 그의 눈에 투구 자세를 취하는 이진용의 모습이 들어왔다.

꽉!

김재범이 그 모습에 배트를 더 꽉 쥐며 즉각 타격 자세를 취했다.

그런 그 둘의 승부는 찰나에 이루어졌다.

딱!

그리고 결과도 찰나 만에 나왔다.

'어?'

이진용이 던진 초구에 김재범의 배트가 나왔고, 그렇게 나온 김재범의 배트는 이진용의 공을 아주 놀라울 정도로 편하게 유격수 앞으로 배송했다.

'체인지업? 초구로?'

이진용, 그가 초구로 던진 체인지업을 김재범이 패스트볼인 줄 알고 타격한 것이 이유였다.

물론 이 자체만으로도 이상할 건 없었다.

애초에 체인지업은 패스트볼을 노리고 타격을 시도하는 타자의 타이밍을 빼앗아서 땅볼을 유도하는 구질 아닌가?

"뭐야? 초구 건드려서 초구에 아웃됐네?"

"쳇, 선두타자부터 초구아웃이라니, 공도 별로 안 빠른 투수를 상대로 뭐 하러 승부를 서두른 거지?"

때문에 야구를 그저 야구답게 즐기는 야구팬들은 그 사실에 큰 의문을 제기하지 않았다.

그저 초구를 노린 김재범의 선택에 혀를 찰 뿐.

하지만 그 야구를 보는 전문가들의 시선은 달랐다.

-김재범 선수가 이진용 선수의 초구를 타격해서 유격수 앞 땅볼로 물러났습니다.

-이진용 선수 대단하네요.

-예?

이진용, 그가 초구로 체인지업을 던진 게 단순한 것이 아니었으니까.

-자신의 1군 무대 첫 공을 체인지업으로 던지네요.

당장 해설자가 그 사실을 알아봤다.

"지금 초구 저거 실투 아니지? 노리고 던진 거지?"

"이 세상에 실투로 체인지업을 던지는 놈이 어디 있냐? 당연히 노리고 던진 거지."

당연히 엔젤스와 데블스 역시 이진용이 던진 공의 의미를 분명하게 파악하고 있었다.

"구속도 느린 놈이 프로에서 처음 보는 타자를 상대로 초구로 체인지업을 던지다니, 제정신이 아닌 놈은 분명하군."

"김재범이 좀만 더 침착하게 초구를 보고 치려고 했다면 홈런이 나왔을 거야."

대개 처음 보는 투수를 상대로 타자들은 초구를 지켜본다.

그런 타자에게 체인지업을 던진다?

단순하게 보면 체인지업은 그 투수가 던질 수 있는 구종 중 커브 다음으로 느린 구종이다.

하물며 타격감이 절정에 오른 1군 주전 타자를 상대로 패스트볼도 그다지 빠르지 않은 투수가 그런 식으로 체인지업을 던진다면, 타자가 뒤늦게 스윙을 해도 얼마든지 안타를 만들 수 있다.

아니, 그 정도 능력이 있으니까 1군에서 살아남을 수 있다.

더욱이 체인지업은 실투로 나올 수 있는 공이 아니다. 투수가 던지고자 작정을 해야 던질 수 있는 공.

즉, 이진용은 확신한 것이다.

김재범이 자신의 초구를 무조건 노리고 배트를 휘두르리란 확신!

실제로 그런 확신이 있었다.

-잘 봤네, 저 녀석이 초구를 노린다는 걸.

"타석에 섰을 때 이미 할 수 있는 최고의 스윙을 하려고 완벽하게 자세를 갖추었으니까요."

그리고 그런 확신을 가질 만한 근거도 있었다.

이진용은 김재범이 타석에 서는 순간, 그가 보여주는 행동 속에서 그가 초구를 노리리란 단서를 발견했으니까.

물론 독심술 같은 게 아니었다.

"확실히 그때 영상 분석을 꾸준히 한 게 도움이 됐어요. 오늘 경기 시작 전에 준비한 것도 그렇고."

비결은 다름 아니라 김진호의 트레이닝.

-다시 말하지만 야구는 틀린 그림 찾기 같은 거야. 타자는 본인이 싫어도 자신의 심정을 온몸으로 표출한다는 걸 명심해.

김진호는 이진용에게 거듭 타자들의 타격을 보도록 했다.

보면서 타자의 심정에 따라 생기는 차이점을 찾도록 유도했다.

틀린 그림 찾기라는 표현처럼, 이진용이 그 차이점을 통해 타자의 의도와 심중을 예측하도록 훈련시켰다.

물론 훈련시킨다고 해서 모두가 가질 수 있는 능력은 아니었다.

김진호가 이런 식으로 야구를 한다고 했을 때, 메이저리그에서 심리전에 능한 선수들조차도 놀랐으니까.

그야말로 타고나야 하는 것.

김진호는 그것을 타고났었다.

-자, 그럼 다음 타자도 똑같이 해보자고. 타석에 서면서 널 보는 눈빛이 뭐라고 말하는 거 같아?

"이 새끼, 어디 한번 날 상대로도 똑같이 던져봐. 네놈 새끼의 그 느린 공을 외야에서 손 흔드는 데빌스 악마뿔 머리띠를 쓴 꼬마에게 다이렉트로 선물할 테니까, 그렇게 말하네요."

그리고 이진용 역시 그것을 타고났다.

-그럼 뭐다?

"라이징 패스트볼."

그게 자신감의 근거였다.

-그리고?

"리볼버."

-또?

"심기일전."

이진용, 그가 악마들을 위해 만들어진 무대에서 자신감을 가질 수 있는 이유.

그리고 그 자신감은 곧바로 결과로 나왔다.

체인지업을 염두에 둔 채 패스트볼을 노리고 있던 데블스의 8번 타자는 이진용이 던진 덜 가라앉는 포심 패스트볼을 제대로 배트에 맞추지 못했다.

빡!

결국 공이 높게 떴고, 그 공은 곧바로 3루수의 콜사인과 함께 3루수의 글러브에 들어왔다.

[95포인트를 획득하셨습니다.]

이진용, 그가 단숨에 두 번째 타자를 잡아냈다.

그 사실에 이진용은 이렇다 할 세리머니를 하지 않았다.

그저 말없이 세 번째로 마주하게 될 데블스의 9번 타자 정현빈을 바라만 볼 뿐.

빡!

누가 들어도 공에 배트가 빗맞는 소리가 나자마자 엔젤스의 유니폼을 입은 야수들이 움직이기 시작했다.

일사분란하게 움직이던 그들은 꽤 빠르게 내야를 튕겨 오르는 공을 단숨에 1루수의 글러브로 전달했다.

"세이프!"

그러나 그 신속한 작업은 데블스의 9번 타자, 정현빈의 더 신속한 발놀림 앞에서 무색해졌다.

-정현빈 선수 빠릅니다!

-이 공에 사네요! 대단해요!

정현빈.

빠른 9번을 추구하는 데블스 감독의 야구 지론에 따라 9번에 배치된 그는 어느 팀에 가더라도 1번을 맡을 만한 발을 가진 타자였다.

실제로 2016시즌 무려 36개의 도루를 기록한 타자이기도 했다.

그의 타순이 9번이라는 걸 고려한다면 엄청난 기록.

"데블스의 날쌘돌이 정현빈!"

때문에 그런 그가 내야 안타로 출루했을 때 그 사실에 의구심을 가지거나 놀라는 이는 없었다.

"현빈아 사랑해!"

"현빈 어빠!"

더불어 그가 출루에 성공하자 잠실구장을 찾은 데블스 여성팬들이 환호성을 내지르며 정현빈의 응원가를 제창하기 시작했다.

"정현빈, 인기 좋네."

"잰 1할을 쳐도 인기 때문에 1군에 남아 있을 놈이잖아?"

잘빠진 몸매, 나이에 비해 동안인 잘생긴 얼굴이 만들어낸 결과물이었다.

그게 아니라면 지금 이 순간 그의 출루에 데블스가 환호할 이유는 어디에도 없었다.

경기는 7회 초, 점수는 여전히 12점 차 그리고 2아웃 상황.

정현빈이 득점을 할 만한 상황은 아니었고, 하더라도 그게 의미 있는 상황 역시 아니었다.

좀 더 들어가면 정현빈이 이 상황에서 도루를 할 이유는 어디에도 없었다.

오늘 경기가 엔젤스 전만 아니었다면.

'도루해 봐?'

달리 말하면 정현빈은 1루에 가만히 있을 생각이 없었다.

데블스 벤치 역시 마찬가지였다.

오늘 경기를 시작으로 앞으로 주말 동안 두 번이나 더 엔젤스와 싸워야 하는 데블스 입장에서는 내일 경기를 위해서라도 엔젤스를 더 처참한 피투성이로 만들 필요가 있었다.

동시에 엔젤스의 새로운 천사를 일찌감치 짓밟을 필요도 있었다.

"현빈아! 적당히 해라, 적당히."

그런 벤치의 오더는 1루 주루코치를 통해 정현빈에게 정확하게 전달됐다.

'리드 폭은 최대한 길게. 투수가 견제를 하지 않으리라 판단되면 도루할 것.'

적당히 해라, 그 말과 함께 1루 주루코치가 손가락으로 정현빈의 등에 벤치의 오더를 입력했다.

그 순간 마운드 위의 투수를 바라보는 정현빈의 눈동자가 앳된 외모에 어울리지 않는 섬뜩한 기운을 품기 시작했다.

'신고식은 해야지, 안 그래?'

그런 정현빈의 눈이 투수의 모든 일거수일투족을 분석하기 시작했고, 정현빈이 점차 1루와의 거리를 벌리기 시작했다.

마운드 위의 투수가 가장 미치는 상황을 만들기 시작했다.

그러나 그런 정현빈을 향해 이진용은 곁눈질 한 번 주지 않은 채 새로 타석에 올라온 타자를 상대로 초구를 던졌다.

펑!

더불어 던진 공은 포심 패스트볼.

"스트라이크!"

스트라이크 존에 들어가는 공이었다.

'이 새끼 봐라?'

그 사실에 정현빈의 미간이 꿈틀거렸다.

'안 봐?'

보통 투수라면…… 아니, 모든 투수들이 1루에 주자가 있을 때 어떤 식으로든 본다.

견제를 하지 않더라도 곁눈질이라도 한다.

본능이니까.

하물며 지금 정현빈은 이진용이 잘못해서 내보낸 타자가 아니지 않은가?

보통 경우였다면 유격수 앞 땅볼로 끝났을 일이였고, 그렇게 됐다면 이진용은 굳이 타자 한 명을 더 상대할 필요 없이 자신의 데뷔전을 삼자범퇴로 마쳤을 것이다.

없던 짜증도 생길 상황.

그럼에도 이진용은 정현빈에게 조금의 시선도 주지 않았다.

'오냐.'

그런 이진용의 태도와 행동을 정현빈은 자기가 할 수 있는 방식으로 응징할 생각이었다.

'도루한다.'

견제를 하지 않는 투수를 상대로 기꺼이 도루를 해줄 생각이었다.

그 생각은 곧바로 행동에 나섰다.

정현빈이 리드 폭을 앞서서보다 더 길게 가져갔고, 투수의 모든 행동에 집중했다.

그 순간.

휙!

이진용이 갑작스레 1루를 향해 공을 던졌다.

'어?'

다급한 정현빈이 1루를 향해 몸을 틀었지만, 이진용의 공은 마치 세계에서 가장 빠른 공을 던지는 아롤디스 채프먼의 공처럼 단숨에 1루수의 글러브에 들어왔다.

퍽!

그렇게 공을 잡은 1루수가 그제야 1루를 향해 팔을 앞세운 채 몸을 날린 정현빈을 터치했다.

"아웃!"

1루심이 곧바로 주먹을 불끈 쥐었다.

[견제에 성공했습니다. 보너스 포인트가 지급됩니다.]

[최초로 견제에 성공했습니다. 실버 룰렛 이용권이 지급됩니다.]

"호우!"

그리고 마운드 위의 이진용은 작은 목소리로 자그마한 세리머니를 펼치며 마운드를 내려왔다.

그 사실에 정현빈이 어처구니없는 눈빛으로 이진용을 바라봤다.

'대체 어떻게?'

그리고 김진호 역시 마운드를 내려오는 이진용을 어처구니없는 눈빛으로 바라봤다.

-대체 어떻게?

김진호가 결국 궁금증을 참다못하고 질문했다.

-내가 아무것도 안 알려줬는데 어떻게 도루 시도하려는 걸 눈치챈 거냐?

그런 김진호의 의문에 이진용이 글러브로 입을 가린 채 조용하게 말했다.

"김진호 선수가 입 다물고 잠자코 있는 거 보니까 짐작했죠."

-뭐?

"정현빈이 도루를 시도하려고 있는 걸 김진호 선수가 파악했고, 당연히 그걸 보는 순간 정현빈이 도루에 성공하면 날 어떻게 놀려먹을까, 그걸 생각했겠죠."

-그야…….

김진호는 무어라 항변하려다가 이내 입을 다물었다.

말 그대로였으니까.

김진호는 이진용과 달리 정현빈의 일거수일투족을 볼 수 있었고, 그가 이진용을 흔들기 위해 리드 폭을 길게 가져간다는 것도 알 수 있었다.

그래서 침묵했다.

그 어떤 힌트도 주지 않기 위해서.

그러나 이진용은 오히려 그걸 역으로 읽고, 역으로 이용한 것이다.

-야, 근데 목소리가 왜 그것 밖에 안 나와?

결국 말문이 막힌 김진호가 이야기 주제를 바꿨다.

-평소처럼 크게 소리쳐야지!

이진용의 세리머니가 평소와 달리 아주 작고, 소극적이란 부분을 물고 늘어졌다.

"제가 미쳤습니까? 여기서 그랬다가 2군으로 쫓겨날지도 모르는데? 일단 결과를 좀 보여준 다음에 내질러야죠."

-얍삽한 새끼. 이럴 때는 아주 칼 같이 조절하네.

이진용도 자신의 그 호우 세리머니가 그저 장난으로 받아들여질 수 있는 게 아니라는 걸 알고 있었다.

물론 그렇다고 해서 이진용은 그 환호성을 포기할 생각이 없었다.

"일단 자리부터 잡고, 감독이 2군으로 보낼 일 없어지면 그때부터 제대로 할 겁니다."

애초에 이진용은 자신의 이 환호성 때문에 타자들과 관계가 소원해지는 걸 두려워하지 않았으니까.

만약 타자가 이것을 마음에 들지 않고 뭐라고 하면 그는 기꺼이 말할 것이다.

날 상대로 안타든 볼넷이든 출루하면 그 배트를 펜스까지 던져도 좋다고.

정말 감정이 상해서 배트를 들고 마운드에 들어온다면 이진용은 그 싸움도 받아줄 생각이었다.

'일단 결과를 만들고, 능력을 인정받는다. 그게 우선이야.'

싸울지언정 자신의 환호성을 포기할 생각은 없었다.

애초에 이진용은 타자를 상대로 예의를 갖출 생각도 없었고, 타자의 사정을 봐줄 만큼 자기 사정이 좋은 것도 아니었으니까.

그저 1군 코칭스태프의 눈총을 받아 제 능력을 보여주기도 전에 괘씸죄로 2군행을 통보받는 걸 피하기 위해 자제할 뿐이다.

-그래, 마음대로 해라. 나야 호우 소리 안 들으면 좋지. 뭐하면 내가 해줄까?

"됐습니다."

-그보다 어떻게 된 게 견제로 이닝을 마무리한 투수한테 하이파이브 한 번 안 하네.

김진호의 그 말에 이진용이 주변을 두리번거렸다. 김진호의 말대로 이진용에게 잘했다, 라는 말을 건네는 이들만 있을 뿐 진심으로 이진용에게 축하 인사를 건네는 이는 없었다.

-어때? 무관심을 받는 느낌이?

그다지 기분 좋은 일은 아니었다.

-울고 싶어져?

물론 그렇다고 해서 실망하거나 그러지는 않았다.

오히려 반대, 이 순간 이진용은 김진호가 해주었던 말을 그대로 해주었다.

"야생은 냉정한 법, 꼬우면 강해지면 된다."

그 말에 김진호는 고개를 끄덕였다.

-그래, 이 대우가 받기 싫으면 더 나은 대우를 받을 수 있는

결과를 제시하면 되는 거야. 네가 이 팀의 에이스가 되는 순간 모든 선수들은 네 수족이 되는 거니까.

이진용은 이들이 자신을 알아서 대우하도록 만들 생각이었다.

그렇기에 이진용은 만족했다.

-그러기 위해서는 이 지옥 같은 무대가 계속되어야겠지. 그래야 너한테 기회가 올 테니까.

자신이 지옥이나 다름없는 무대에 서 있다는 사실에.

"그렇죠."

동시에 이진용은 소망했다.

'패전처리투수가 마운드에 올라오려면 팀은 지옥에 빠지는 수밖에 없지.'

다시 한번 지옥이 오기를.

이진용이 그렇게 자신의 첫 데뷔전을 마쳤다.

[데블스, 엔젤스 상대로 13점 차 대승!]

[어린이날 시리즈, 데블스가 크게 웃다!]

[데블스, 이대로 시리즈 스윕 노린다!]

모든 게 그러하듯, 엔젤스와 데블스의 경기가 끝난 이후 온라인 세상에는 데블스의 이야기만이 가득 찼다.

승자를 향한 찬사만이 가득할 뿐, 패자를 향한 것은 위로나 동정 따위조차 없었다.

당연히 그 세상 어디에도 7회 초 마운드에 올라와 무실점 피칭으로 데뷔전을 치른 한 투수에 대한 이야기는 없었다.

"에이, 진짜!"

스마트폰으로 자신의 기사를 찾고자 했지만 결국 찾지 못한 이진용이 화를 내는 이유였다.

"아니, 그래도 데뷔전을 무실점으로 치른 투수인데 어떻게 사진 박힌 기사 하나가 없지?"

이진용의 그 푸념에 김진호가 퉁명스럽게 대답했다.

-거기서 호우 한 번 크게 했으면 크게 다뤄줬을걸? 이진용, 도발행위로 징계 받다! 타자가 마운드로 달려와서 네 얼굴에 주먹을 날리는 사진도 크게 박힌 채로.

"원래 이래요?"

-뭐가?

"원래 루키는 이렇게 관심 못 받아요?"

루키는 관심을 못 받는다?

그 질문에 김진호가 영문을 모르겠다는 표정으로 말했다.

-뭔 개소리야? 네 눈앞에 있는 사람이 루키 때 어떤 관심을 가졌는지 모르고 하는 소리냐?

"아."

그 말에 이진용은 떠올렸다.

김진호, 그가 첫 데뷔전을 치렀을 때를.

그의 데뷔전은 어마어마했다.

메이저리그의 관심도 관심이지만, 당시 한국프로야구와 메이저리그의 수준은 아득한 수준이었다.

그야말로 하늘과 땅.

그런 메이저리그에서 당당히 데뷔한 김진호를 향해 대한민국의 모든 국민이 관심을 가졌다.

김진호의 데뷔전이 공중파 3사 뉴스에 나왔고, 다음날 메이저 신문사들이 김진호의 큼지막한 사진을 실은 기사를 쏟아냈다.

"그때 김진호 선수는 정말 어마어마하셨는데."

야구가 곧 김진호이던 때였고, 이진용이 김진호와의 만남을 자신의 세 번째 소원으로 삼게 된 것도 그 무렵이었다.

-그래, 내가 어마어마하셨지. 응? 왠지 어감이 이상하다? 그럼 지금은 아니라는 거냐?

김진호의 물음에 이진용은 김진호를 지그시 바라본 후에 긴 한숨을 내뱉었다.

-야, 그 한숨의 의미는 뭐야?

이진용은 대답 대신 곧바로 룰렛을 활성화했다.

[실버 룰렛 이용권을 사용하셨습니다.]

최초로 견제에 성공한 대가로 얻어낸 실버 룰렛 이용권을 사용했다.

그러자 김진호가 스윽, 이진용의 뒤로 이동했다.

그러고는 모습을 드러낸 은색 룰렛을 바라보며 말했다.

-이번에도 저걸 노리겠지? 응?

그 말과 함께 김진호가 손가락으로 하나밖에 없는 백금색의 칸을 가리켰다.

[구질 상승 비약(A랭크)]

"그럴 리가요."

하지만 이진용은 이번에는 평소와 다르게 백금색 칸에 대해서는 관심을 두지 않았다.

"이제부터는 운에 운명을 맡길 순 없죠."

이제까지 이진용은 운이 좋았다.

그리고 그렇게 따라주는 운에 기꺼이 자신의 운명을 맡겼다.

"착실하게, 하나씩, 조금씩."

하지만 이제부터는 아니었다. 이진용은 운에 자신의 운명을 더 이상 맡기지 않을 생각이었다.

그 각오에 김진호가 표정을 바꾸었다.

-그래, 그거다. 내가 너한테 원했던 게 바로 그런 마음가짐

이야.

김진호는 이진용의 각오를 칭찬했다.

-너무 큰 행운을 바라다보면 파멸이 오는 법이지. 모든 게 그런 거야. 계단도, 사다리도 결국 한 단계씩 오르다 보면 정상에 오르는 법이다. 물론 큰 운이 따라도 정상에 오를 수 있겠지. 하지만 정상에 오르는 길에 발자국은 남길 수 없어.

그 말에 이진용은 대답 대신 고개를 끄덕이며 룰렛을 돌렸다.

그런 그 둘이 처음으로 똑같은 눈빛 그리고 똑같은 심정으로 돌아가는 룰렛을 바라봤다.

이윽고 룰렛이 멈췄을 때.

[구질 상승 비약(A랭크)을 획득하셨습니다.]

-응?

"호우!"

김진호는 놀랐고, 이진용은 환호와 함께 미친 듯이 춤을 추기 시작했다.

김진호가 조금 전 한 말과 달리 너무 기뻐하는 이진용을 향해 한마디 했다.

-야! 왜 이렇게 좋아해? 운에 운명을 맡기지 않겠다며?

"누가 그래요?"

-조금 전에 진용이, 네가…….

김진호의 말에 이진용이 춤을 바꾸면서 말했다.

"제 좌우명은 '인생 한 방!'인데요?"

-에이, 진짜!

"계단은 개뿔, 엘리베이터 있으면 엘리베이터를 타야지. 으하하! 그래서 이번에는 뭘 업그레이드할까요? 포심? 스플리터? 슬라이더?"

-알아서 해! 이제부터 난 아무런 조언도 안 해줄 거니까! 침묵시위를 시작한다!

결국 김진호가 폭탄선언을 내뱉었고, 그 폭탄선언에 이진용이 추던 춤을 멈추며 경악한 채 반문했다.

"진짜요? 진짜죠? 입 다문다고 했죠? 오예! 드디어 이 시끄러운 인간, 아니 귀신한테서 해방이구나!"

이진용, 그가 플래티넘 등급 아이템을 얻었을 때보다 더 기뻐했다.

-으으! 으으으!

"호우! 호우우!"

그리고 그 모습에 김진호가 부들부들 몸을 떨었고, 이진용이 기다렸다는 듯이 김진호를 놀렸다.

그렇게 이진용의 프로 첫날이 지나갔다.

5월 6일 토요일, 엔젤스와 데블스의 주말 시리즈 두 번째 경기.

-큽니다, 큽니다, 큽니다!
-어, 예.
-넘어갔습니다! 데블스의 4번 타자 김형주! 그가 엔젤스를 따돌리는 쓰리런 홈런을 쳤습니다!

5월 5일과 마찬가지로 2만 5천 명이 넘는 만원 관중으로 가득 찬 잠실구장에서 펼쳐진 이 경기의 내용은 전날의 경기와 겉으로 보기에 크게 다를 게 없었다.

-9 대 2! 이것으로 데블스와 엔젤스의 점수 차가 다시 크게 벌어졌습니다.
-한 번 불이 붙은 데블스의 타선은 쉽게 끌 수 없지요. 반면 엔젤스 타선은 쉽게 불이 붙지 않는군요. 어제오늘 빈타에 허덕이네요.
-타선이 약한 건 아닌데, 무언가 꽉 막힌 기분입니다.
-그렇지요. 뭔가 물꼬만 트면 터질 듯한데…….

엔젤스의 타자들은 데블스의 투수에 발이 묶인 채 침묵했고, 그 사이 데블스의 타자들은 엔젤스의 투수를 난타했다.

-아! 투수코치가 마운드에 올라옵니다.

-교체하려는 모양이군요. 교체해야지요.

결국 6회 초, 엔젤스는 선발투수였던 앤디 곤잘레스를 마운드에서 내렸다.

5.2이닝 9실점.

참담한 성적표를 받고 마운드를 내려가는 앤디의 얼굴에는 질린 기색이 역력했다.

-오늘 앤디 곤잘레스 선수의 공이 나쁘지 않았습니다만.

사실 경기 내용이나 흐름은 어제와 비슷했지만, 앤디의 피칭은 벤자민의 피칭과 전혀 달랐다.

구속은커녕 제구조차 제대로 잡지 못한 채 제 스스로 무너지는 모습을 보였던 벤자민과 달리 앤디는 구위도 괜찮았고, 그 사실을 스스로도 알고 있었다.

앤디는 자신의 공에 대한 자신감이 충만했다.

-그렇지요. 오늘 앤디 곤잘레스 선수의 공은 최소한 흠잡을 곳은 없었지요.

그리고 자신감이 충만할 만했다.

그의 오늘 포심 패스트볼은 151킬로미터까지 나왔으며, 슬라이더 역시 날카롭기 그지없었으니까.

그렇기에 그 누구도 앤디가 점수를 내줬다고 생각하지 않았다.

-그런 앤디 곤잘레스 선수를 상대로 데블스 타자들이 강제로 점수를 뜯어낸 거지요.

-데블스의 타선이 정말 무시무시하군요.

앤디를 상대로 데블스 타자들이 점수를 뜯어냈다는 표현이 더 어울렸으니까.

그런 의미에서 오늘 경기는 엔젤스에게 대패한 어린이날의 경기보다 더 처참한 경기였다.

"앤디가 저렇게 던지는데 털리다니……."

"데블스 애들이 미쳤네. 완전 미쳤어."

"이건 질 수밖에 없는 경기야. 아니, 150대 공을 던지는 투수를 저렇게 박살을 내는데 다른 투수라고 안 털리겠어?"

본인이 실수를 해서 패배했다면 변명의 여지라도 있겠지만, 전력을 다했음에도 패배한 건 변명의 여지조차 허락하지 않는 일이었기에.

더욱이 게임의 진행 상황 자체도 엔젤스에게 그다지 좋지 못한 상황이었다.

조금 전 앤디가 3점 홈런을 내주기 전까지만 해도 점수는 6 대 2, 4점 차 상황이었다.

6회 말을 시작으로 9회 말까지, 4번의 공격 기회가 남은 시점에서 4점 차는 충분히 역전을 노릴 수 있는 점수 차이였다.

때문에 그때까지만 해도 불펜에서는 필승조의 일부, 추격조가 몸을 풀고 있었다.

그런데 갑자기 점수 차이가 7점 차가 되면서 추격조를 내보내기 애매한 상황이 됐다.

추격을 하기에는 큰 점수 차였으며, 결정적으로 앤디 곤잘레스마저 힘으로 무너뜨린 데블스의 물오른 타선을 상대로 추격조가 실점 없이 경기를 이끌어가긴 힘들 듯했으니까.

분명한 건 앤디의 뒤를 이어 마운드에 올라오게 될 투수는 가장 절망적인 상황을 마주한다는 사실 뿐.

"쯧쯧, 저 녀석만 불쌍하게 됐네."

그렇기에 그들은 동정했다.

"1군 콜업되자마자 아주 그냥 지옥 같은 상황에서만 마운드에 올라가는구먼."

"뭐, 어쩌겠어. 그게 저 녀석 운명인 거지."

곤잘레스가 내려간 마운드 위로 가는 투수를.

-이진용 선수가 곤잘레스의 뒤를 이어 마운드에 올라옵니

다. 어제 데뷔전을 치른 투수입니다.

-엔젤스가 아무래도 오늘 경기가 힘들다는 걸 예상한 모양입니다.

이진용.

그가 지옥 같은 마운드 위에 올라왔다.

[101포인트를 획득하셨습니다.]

[현재 누적 포인트는 1,712포인트입니다.]

단 1구.

단 하나의 공만으로 중견수 앞 뜬공을 이끌어내며 6회 초 앤디가 잡지 못한 마지막 아웃카운트를 잡고 마운드를 내려오는 이진용은 그 사실에 특별한 기쁨을 느끼지 않았다.

질겅질겅.

그저 말없이 껌과 함께 각오를 곱씹었다.

김진호 역시 마찬가지였다.

-자, 이제부터 시작이다. 정신 차리고, 적당히 긴장하고, 앞으로 최소한 2이닝은 소화해야 해.

이진용의 역할이 그저 단순히 6회 마지막 아웃카운트를 잡는 게 아니라는 것은 굳이 누군가가 설명해 줘서 알아야 하는 일이 아니었으니까.

패색이 짙은 경기 속에서 최대한 많은 이닝을 소화함으로써 피를 덜 흘리는 것이 이진용의 역할이었으니까.

이진용 역시 그 사실을 알고 있었다.

'어떤 의미에서는 최고의 무대다.'

물론 이진용은 고작 그것에만 만족할 생각은 없었다.

'A랭크 스플리터를 선보일 최고의 무대.'

이진용, 그는 자신의 두 번째 A랭크 구질로 스플리터를 선택했다.

선택의 이유는 간단했다.

'이제부터 땅볼이 아닌 삼진을 잡는 모습을 보여줘야 해.'

삼진을 잡기 위해서.

지금 이진용은 누가 보더라도 맞혀 잡는 투수였다. 그리고 그럴 수밖에 없었다.

이진용이 가진 주요 구질, 체인지업과 투심 패스트볼은 땅볼을 유도하는 구질 아닌가?

문제는 땅볼이란 것이 투수 본인이 100퍼센트 컨트롤할 수 있는 게 아니라는 점이었다.

당장 어제 경기에서 이진용은 정현빈을 상대로 땅볼을 유도했지만, 그의 빠른 발에 내야 안타를 헌납했다.

그게 아니더라도 땅볼이란 건 내야수들의 수비 능력과 그들의 컨디션에 영향을 많이 받을 수밖에 없다.

때문에 무수히 많은 전문가들은 투수의 진짜 능력은 탈삼진 능력이라고 했다.

그런 탈삼진 능력을 가지기 위해 필요한 것이 타자의 헛스윙을 유도할 수 있는 구질이었고, 스플리터는 투수가 보여줄 수 있는 많은 구종 중에 헛스윙을 가장 잘 유도할 수 있는 공 중 하나였다.

무엇보다 이진용이 가진 라이징 패스트볼 스킬은 공을 띄우는 게 아니라 패스트볼을 강화해 주는 스킬이다.

스플리터의 경우에는 그 낙폭이 강화된다.

여러모로 현명한 선택.

당연히 만반의 준비를 마쳤다.

오늘 이 지옥 같은 무대에서 이진용은 자신의 가치를 명백하게 증명할 자신이 있었다.

-몸이 근질근질하지?

김진호 역시 그런 이진용의 심정을 읽고 있었다.

-누누이 말하지만 몸이 근질근질한 건 좋지만, 거기에 취하면 안 돼. 땅볼과 뜬공이 투쟁의 결과물이라면 삼진은 사냥의 결과물이다. 머리를 써야만 얻을 수 있는 결과물이지.

그렇기에 김진호는 이진용에게 거듭 조언을 아끼지 않았다.

지금 이 순간이 이진용에게 얼마나 중요한 순간인지, 오늘 경기가 이진용의 앞으로의 야구 선수 인생에 얼마나 큰 영향을 미칠지 누구보다 잘 알고 있었기에.

그렇게 그 둘이 부푼 가슴을 숨긴 채 벤치에 앉아 6회 말, 엔젤스의 공격을 바라봤다.

딱!

"오! 선두타자 출루!"

"선두타자 출루는 오늘 처음이지?"

그런 그 둘에게 선두타자 출루는 그렇게까지 반가운 일이 아니었다.

-에이, 어차피 점수 내봤자 1,2점이 전부일 텐데 괜히 공격하다가 어깨만 식겠네.

어차피 패색이 짙은 경기, 이진용에게 중요한 건 점수가 아니라 어깨가 식지 않는 것이었으니까.

따악!

"오! 연속 안타다!"

"점수 나오겠는데?"

당연히 연속 안타가 터졌을 때도 이진용은 딱히 그 사실에 큰 의미를 두지 않았다.

두 눈을 감은 채 머릿속으로 7회 초 마주할 타자들의 공략을 되새김질했다.

-진용아, 긴장 풀게 노래 좀 불러줄까?

김진호 역시 그런 이진용 주변을 맴돌며 이진용의 긴장을 풀어주기 위해 노력했다.

-긴장을 풀 때는 헤비메탈이 최고지. 아주 그냥 끝내주는 노래 한 곡 뽑아주마. 스틸하트의 she's gone. 3옥타브를 넘나드는 내 노래 실력에 감탄할 준비나 해라.

빠악!

"어? 크다? 커?"

그러나 그런 그 둘의 이야기는 그라운드를 흔들기 시작한 소음에 묻힐 수밖에 없었다.

"펜스까지 굴러간다!"

"2루까지 충분해!"

엔젤스가 3연속 안타에 힘입어 따라가는 1점을 냈고, 동시에 무사 주자 2, 3루라는 득점 찬스를 이어갔다.

-……아웃 오브 마이 라이, 뭐야? 안타야?

그 무렵이 되자 김진호와 이진용도 더 이상 자기들만의 세상에 있을 수 없었다.

그 둘의 시선이 슬그머니 그라운드를 향했다.

그로부터 몇 분 후.

"볼넷!"

"무사 만루다!"

투수가 네 번째 타자를 상대로 볼넷을 주면서 무사 만루 상황이 펼쳐졌고, 이후 나온 다섯 번째 타자를 상대로 볼넷이 나오는 순간.

"밀어내기 볼넷!"

"꽁점 나이스!"

9 대 4, 주자 무사 만루 상황이 펼쳐지는 순간.

그 순간 이진용과 김진호는 더 이상 7회 초 등판에 대한 이야기를 하지 않았다.

"어떻게 돌아가는 거죠?"

-내가 알겠냐?

그리고 여섯 번째 타자가 타석에 서는 순간 엔젤스 더그아웃은 물론 잠실구장에 긴장감이 감돌기 시작했다.

"홍우형이다."

홍우형.

엔젤스의 3번 타자, 엔젤스가 FA로 총액 100억 원을 지불하고 영입한 국가대표 거포 타자의 존재감 때문이었다.

그런 홍우형은 그 긴장감 속에서 기꺼이 자신의 가치를 증명했다.

빠악!

"크다, 커!"

"아! 펜스 맞았다!"

"젠장, 잠실구장 좆나 크네!"

홍우형이 좌익수 방면 펜스를 맞는, 잠실구장만 아니었으면 홈런이 나올 만한 타구를 만들며 2루와 3루에 있던 주자 두 명을 단숨에 홈으로 불러들였다.

2타점 적시타!

"빅이닝 만들어지나? 설마 따라잡는 거야?"

9대 6, 엔젤스가 단숨에 데블스를 가시권 내에 두는 순간이었다.

그 순간 엔젤스 더그아웃이 분주해졌다. 투수코치가 잽싸게 전화기를 들고 불펜과 대화를 시작했고, 봉준식 감독과 타격코치가 쉴 새 없이 사인을 내기 시작했다.

"엔젤스 제발 가자!"

"추격 천사 모드 말고 역전 좀 하자!"

엔젤스 팬들의 응원도 격렬해졌다.

그 격렬함 속에서 데블스 벤치 역시 움직였다. 투수코치가 마운드로 올라왔다.

그 모습을 본 이진용이 김진호에게 물었다.

"교체할까요?"

-누구로? 이제는 3점 차 상황, 주자는 무사 1,3루 상황인데? 여기서 믿고 맡길 만한 불펜투수가 데블스에 있었나? 다른 것보다 지금 데블스 불펜에서 이런 상황을 염두에 두고 몸을 푼 투수가 있을까? 지금 무슨 투수가 올라오든 그냥 갑자기 전쟁터에 준비 없이 던져지는 기분일걸? 그런 투수를 믿느니, 나 같으면 마운드 위의 투수를 믿는다.

"투수 교체다!"

그러나 그런 김진호의 예상과 달리 데블스가 투수를 교체했다.

불펜의 문이 열리고 새로운 투수가 마운드를 향해 올라왔다.

굳다 못해 얼어붙어버린 표정, 반쯤 넋이 나간 눈빛을 한 채로.

그것을 보는 순간 김진호는 말했다.

-볼넷 내주겠네.

"예?"

-지금 투수 멘탈이 공을 던지기도 전에 맛이 갔어.

그리고 그런 김진호의 예언은 곧바로 현실이 됐다.

"볼넷!"

새로 올라온 불펜투수가 볼넷을 허용하면서, 다시 무사 만루 상황이 펼쳐진 것이다.

이진용은 그 상황에서 더 이상 말을 이어가지 않았다.

대신 타석에 서는 타자, 5번 타자 박준형을 바라보았고, 동시에 떠올렸다.

"저기 김진호 선수."

-왜?

"여기서 역전한 다음에 그대로 게임 끝나면 승리투수 누가 됩니까?"

-그야 당연히…….

그제야 김진호도 떠올렸다.

"저죠?"

-너네?

이진용의 말대로 6회 말 엔젤스가 역전에 성공하고, 이후 그대로 역전을 허용하지 않은 채 게임을 승리한다면 그 게임의 승리투수가 이진용이 된다는 사실을.

"그런데 저 구원승 한 적 있나요?"

-없지 않냐?

"그렇죠? 최초죠?"

-최초겠…… 에이, 설마.

그리고 만약 그렇게 승리를 한다면 이진용 최초의 구원승이 된다는 사실을.

그렇게 그 사실을 깨닫는 순간, 그 순간 터졌다.

빠악!

"헉!"

"헐!"

"헙!"

박준형, 그의 배트가 드넓은 잠실구장 외야 밖으로, 펜스 너머로 공을 날렸다.

프로 1년 차, 1군에 올라온 지 일주일도 되지 않은 육성선수 출신 루키가 자신의 두 번째 홈런을 역전 만루 홈런으로 기록하는 순간이었고, 그 사실에 모두가 환호성을 지르는 것마저 잊을 정도로 경악했다.

"호우우우우!"

오직 한 명.

"씨발, 박준형 선수 최고! 사랑합니다!"

-씨발, 이게 말이 돼? 공 하나 던지고 구원승을 챙긴다는 게…… 설마 이것도 최초 구원승이라고 최초 보상 주는 거 아니겠지?

공 하나 던지고 구원승을 챙길 기회를 코앞에 둔 이진용만이 환호성을 내지를 뿐.

◆ 5화 ◆

패왕(敗王) 이진용

박준형이 역전 만루 홈런을 치는 순간 잠실구장의 모습은 마치 할리우드 재난영화의 한 장면과 같았다.

우아아아!

으아아아!

잠실구장의 1루 쪽, 엔젤스 팬들로 채워진 그곳은 기쁨과 열광의 함성으로 가득 찼고, 반대로 데블스 팬들로 채워진 3루 쪽 관중석은 분노와 탄식으로 가득 찼다.

극단적인 두 종류의 함성이 그라운드로 흘러나와 격렬하게 부딪쳤다.

마치 거센 파도가 몰아치듯, 잠실구장에 함성의 풍파가 몰아치기 시작했다.

그렇게 만들어진 풍파는 엔젤스와 데블스, 두 팀의 더그아웃도 뒤흔들었다.

그 충격은 엄청났다.

"우아, 장난 아니네."

"잠실구장은 진짜 이럴 때 무섭다니까."

폭풍우가 몰아치는 바다 위에서 배를 탄 것처럼, 사람들의 함성 소리에 멀미가 날 정도.

그런 소란 속에서도 두 팀은 정신줄을 놓지 않은 채 각자의 역할에 충실했다.

여기서 정신을 놓고 있다가는 이 폭풍우에 휘말려 게임을 놓친다는 걸 알고 있는 덕분이었다.

"불펜! 불펜에 지금 누구누구 있어?"

"불펜 상황 보고하도록!"

그렇게 정신줄을 간신히 잡고 있는 두 팀이 가장 먼저 파악하고자 한 건 불펜 상황이었다.

당연한 조치였다.

"어떻게든 여기서 끝내! 엔젤스가 더 이상 추가점을 내는 건 무조건 막아!"

"이 1점 차를 사수한다. 필승조 전부 투입하도록!"

1점 차.

언제든, 어느 순간이든 뒤집어질 수 있는 이 점수 차를 두고 피 말리는 불펜 싸움이 시작됐으니까.

그런 상황에서 먼저 수를 내놓은 건 엔젤스였다.

"불펜에서 연락 왔습니다. 성현이가 던질 수 있답니다."

이성현.

엔젤스의 셋업맨으로 150대 포심 패스트볼을 던지며, 작년 시즌 29홀드 6세이브를 기록한 그가 생각보다 일찍 몸이 풀렸다는 소식을 듣는 순간, 봉준식 감독은 망설이지 않았다.

"7회 초에 이성현 투입한다."

그런 이성현을 8회가 아닌 7회에 투입하고자 했다.

강수였다.

"이성현이 1.1이닝 이상을 소화하고, 곧바로 마무리인 우성균를 투입하도록."

더 나아가 봉준식 감독은 작년 시즌 32세이브를 기록한 마무리 우성균도 투입하고자 했다.

셋업맨과 마무리투수, 둘만으로 3이닝을 소화할 속셈이었다.

내일을 기약하지 않는 작전, 일명 내일만 사는 놈은 오늘만 사는 놈에게 죽는다! 작전이었다.

그런 코칭스태프의 결정에 엔젤스 더그아웃의 분위기도 긴장으로 가득 차기 시작했다.

'오늘 게임이 어떻게 돌아갈지 몰라.'

1이닝에 7점 차가 역전된 게임에서 무슨 일이 일어나도 이상할 건 없다는 걸 알고 있었으니까.

'오늘 게임 망치면, 집에 얼굴 들고 못 돌아간다.'

그리고 오늘 게임에서 패인의 원흉이 된다면 절대 평소처럼 잠실구장을 나갈 수 없다는 것도 알고 있었으니까.

'언제든 나갈 수 있도록 대기해야지.'

불펜에 가지 않은 투수들은 혹시 모를 등판 상황을 염두에 두고 다시 한번 데블스 선수단의 스카우팅 리포트를 살피기 시작했고, 아직 출전하지 않은 타자들 역시 자신이 대타로 나올 때를 대비하기 시작했다.

그리고 이제 더 이상 경기에 나가고 싶어도 나갈 수 없게 된 선수는 두 손을 모은 채 기도를 시작했다.

"신이시여, 제발 이대로 이기게 해주십시오. 꽁으로 승 하나만 챙기게 해주십시오."

그리고 그 선수 옆의 귀신도 두 손을 모은 채 간절히 기도를 시작했다.

-신이시여, 아무리 진용이 놈에게 퍼주고 싶어도 상식적인 선은 지킵시다. 공 하나 던지고 1승 챙긴다는 게 말이 됩니까? 그렉 매덕스도 최소 투구수 완투승 거뒀을 때 76구를 던졌는데! 1구 1승이라니, 진짜 이렇게 날로 퍼먹이진 맙시다. 이러다 배탈 나요.

물론 언제나 그렇듯 신에 닿은 기도는 그의 기도였다.

[구원승을 거뒀습니다. 보너스 포인트가 지급됩니다.]

[최초로 구원승을 거뒀습니다. 골드 룰렛 이용권이 지급됩니다.]

[현재 누적 포인트는 2,091포인트입니다.]

이진용, 그가 자신의 프로 첫 승을 구원승으로 장식했다.

페넌트레이스가 시작되면, 특별한 일이 없는 이상 전국 5개 구장에서 10개 팀이 경기를 치른다.

하루에 수십 명의 투수들이 마운드에 올라와 수천 개가 넘는 공을 던지고, 수백 명의 타자들이 그 공을 상대하거나 혹은 수백 명의 야수들이 그 공을 받는다.

그리고 그 모든 과정에서 최선을 다한다.

사람들에게 기억되기 위해서.

하지만 5월 6일 한국프로야구에서 기억되고, 언급되는 선수는 오직 한 명이었다.

[엔젤스, 기적의 역전승!]

[박준형, 엔젤스의 신성이 엔젤스의 구세주가 되다!]

박준형.

역전 만루 홈런, 글자만 봐도 믿을 수 없는 그것을 현실에서 실현시킨 그 앞에서 그 무엇도 존재감을 뽐낼 수 없었다.

-드디어 엔젤스에 진짜 구세주가 오셨도다!

-엔젤스가 드디어 우타거포를 얻었구나!

-오늘부터 박준형 교에 귀의합니다.

└저도 귀의하겠습니다.

└박준형을 믿고 암이 나았습니다.

그야말로 태양과도 같았다.

그 어떤 별빛도 감히 자신의 존재감을 내세울 수 없을 정도.

하지만 태양빛 아래에서도 반딧불은 빛을 내듯, 박준형으로 눈부신 세상에도 잘 보이지 않을 뿐 빛을 내는 이가 있었다.

[오늘의 진기명기, 엔젤스 이진용 1구만으로 1승 거두는 진기록 달성!]

"김진호 선수, 이거 보세요. 제 인터뷰가 실렸어요!"

이진용.

1구 1승, 말도 안 되는 행운을 보여준 그가 그러했다.

박준형만큼은 아니지만, 보기 드문 일의 주인공이 된 이진용도 나름의 관심을 받았다.

물론 박준형이 받는 관심과는 종류가 조금 다르긴 했다.

-운빨 개쩌네.

-뽀록 개쩌네.

-완전 양아치네.

야구팬들은 이진용이 거둔 진기록을 향해 조롱과 비아냥거림 그리고 비웃음을 보냈다.

-그래, 축하한다. 불법 토토 광고가 달릴 때보다는 댓글이 많아서 참 보기 좋구나.

그리고 김진호 역시 비아냥거림을 던졌다.

하지만 그 비아냥거림에 이진용은 조금도 기분 나빠하지 않았다.

나쁠 이유가 없었다.

"아무렴 어떻습니까? 이런 식으로 승리를 챙길 수만 있다면야."

바늘구멍과도 같은 드래프트를 뚫고 프로가 된 선수들 중에서 프로 1군에서 단 한 번의 승리조차 거두지 못하고 은퇴하는 선수들이 부지기수인 현실.

그 현실 속에서 이진용은 한국프로야구 역사에 길이 남을 1승을 거두게 됐는데 기분 나쁠 이유가 있다면 그게 오히려 이상한 일일 터.

"뭐, 이거에 만족할 생각은 없지만."

물론 그렇다고 해서 이진용은 이 1승에 여한이 없을 만큼 만족할 생각이 없었다.

"자, 그럼 돌려볼까요?"

이렇게 얻은 소득을 보다 많은 것, 보다 큰 것을 위한 거름으로 삼을 생각이었다.

[골드 룰렛 이용권을 사용하셨습니다.]

이진용이 최초의 구원승 보상으로 얻은 골드 룰렛을 활성화했다.

그러자 곧바로 황금빛 룰렛이 그들을 반겼다.

그 황금빛 앞에서 이진용은 환한 미소를 지었고, 김진호는 뚱한 표정을 지었다.

그런 김진호의 표정에 이진용이 고개를 갸웃했다.

"왜 이번에는 평소와 다르게 저주를 안 퍼부으시네요?"

그동안 김진호는 이진용이 룰렛을 활성화할 때마다 이진용의 뒤에서 저주를 퍼부었다.

물론 그런 김진호의 저주가 통한 적은 단 한 번도 없었지만.

-내가 이번에 느낀 게 있다.

"뭘요?"

-그동안 내가 저주를 퍼부을 때마다 네가 대박이 났다는 것.

김진호 역시 그 사실을 잘 알고 있었다.

-생각해 보면 그동안 내 마음 씀씀이가 잘못된 것을 보고

신께서 내게 벌을 주신 거 같아.

때문에 김진호는 이제까지와는 다른 새로운 방법을 쓰기로 했다.

-그래서 이제부터 널 응원하기로 했다.

말을 하는 김진호의 표정은 진지했고, 그런 김진호는 황금빛 룰렛에서 단 하나밖에 없는 다이아몬드칸을 손가락으로 가리켰다.

-스킬 [컨트롤 마스터]

스킬 효과를 짐작할 수는 없지만, 엄청난 스킬이란 사실은 짐작할 수 있는 스킬을 가리키며 말했다.

-부디 이 스킬이 나오기를 바라며 신께 기도해 주마.

그런 김진호의 말에 이진용은 굳은 표정으로 말했다.

"그냥 이제까지 했던 것처럼 저주를 퍼부어주시면 안 될까요? 느낌 진짜 싸한데……."

물론 이진용의 그 말에 김진호는 고개를 절레절레 흔들며, 이제는 양손을 모은 채 보다 간절하게 말했다.

-진용아, 넌 이 칸에 걸릴 거야. 내가 신에게 간절하게 기도해 줄게.

그 기도 앞에서 이진용이 룰렛을 돌렸다.

황금빛 룰렛이 힘차게 돌아가기 시작했다.

-신이시여, 이진용에게 축복을 주시옵소서! 간절히 바랍니다! 다이아몬드 칸에 걸리게 해주십시오! 이렇게 기도합니다!

그와 동시에 김진호가 격렬하게 기도하기 시작했다.

그 기도 속에서 룰렛이 멈췄고, 그 순간 이진용이 놀란 표정으로 김진호를 바라보며 말했다.

"우와, 기도 효과 죽이네요!"

[컨트롤 마스터 스킬을 획득하셨습니다.]

-진짜 씨발…….

김진호, 그의 기도가 처음으로 신에 닿는 순간이었다.

5월 7일 일요일.

-스윙 삼진! 경기 끝!

치열했던 엔젤스와 데블스의 어린이날 시리즈의 승자가 정해졌다.

-엔젤스가 데블스를 상대로 어린이날 시리즈를 위닝시리즈

로 가져갑니다!

승자는 엔젤스.

그리고 그 승리 속에서 새로운 영웅이 탄생했다.

-박준형 시리즈라는 표현을 써도 될 만한 시리즈였습니다.

-예, 그렇지요. 이번 3연전에서 박준형 선수가 기록한 타점만 7타점이니까요.

박준형, 그가 이번 어린이날 시리즈의 영웅이 됐다.

거기까지였다.

엔젤스가 데블스전의 승리에서 취할 수 있는 영광과 여운은.

"일단 모두들 수고했네."

데블스전을 마친 엔젤스는 단 하루의 휴식을 취한 후 곧바로 인천으로 이동해 샤크스와의 주중 3연전을 치러야 했으니까.

"그럼 샤크스전에 대비해 회의를 시작하지."

당연히 엔젤스의 코칭스태프들은 그 주중 3연전을 치를 준비를 시작했다.

"벤자민부터 이야기해야겠지."

그 시작은 1군 선수들에 대한 점검이었다.

"벤자민 상태는 어떤가?"

"개인적인 문제인 것 같은데 본인은 밝히지 않고 있습니다.

일단 가족 문제는 아닌 것 같습니다."

"그럼 돈 문제인가?"

"그런 것 같습니다."

더불어 점검은 가장 중요한 선수들부터 시작됐다.

벤자민 필립스, 그가 첫 번째 점검 대상이 된 이유였다.

"다음 선발 등판은 괜찮을 것 같나?"

"그래도 메이저리그에서 버티고, 마이너리거 생활도 버틴 투수입니다. 다음 경기마저 무너지진 않을 겁니다. 오히려 앤디가 문제입니다. 저번에 데블스전에서 공이 좋았음에도 무너진 것에 대해서 꽤 신경을 쓰는 듯합니다. 다음 선발 때 이 부분이 문제가 될지도 모릅니다."

그다음 대상은 당연히 앤디 곤잘레스가 됐다.

"윤섭이가 없는 상황에서 둘마저 흔들리면 끝이니, 최대한 신경 써주도록."

"예."

"차운호는?"

세 번째는 차운호였다.

이번 시즌 엔젤스가 우승을 위해 홍우형과 함께 총액 100억 원에 계약한 좌완투수로 양윤섭의 부재 속에서 그나마 엔젤스의 숨통을 트이게 해주는 귀한 선발이었다.

그리고 현재까지 100억 원이라는 금액에는 어울리지 않지만, 나름대로 충분한 활약을 보여주는 중이었다.

더불어 차운호를 영입할 때 엔젤스가 그에게 바라던 건 단순히 좋은 성적이 아니었다.

“큰 문제는 없을 듯합니다. 다만 팀에 잘 적응을 못하는 것 같습니다. 아시다시피…….”

“운호가 레이번스의 우승 DNA를 엔젤스에 퍼뜨려 줬으면 했는데…….”

대구 레이번스 소속으로 대구 레이번스가 2011년부터 2015년까지, 4년 연속 한국시리즈 우승을 거두는 데 주역으로 활약한 차운호가 엔젤스에도 그 우승 DNA를 심어주기를 바라는 마음에서 그런 거금을 투자했다.

하지만 지금까지 차운호가 보여준 모습을 보면, 성적은 잘 낼지언정 그 우승 DNA를 심어주는 것은 힘들 듯싶었다.

물론 지금 중요한 건 그런 이야기가 아니었다.

지금 당장 논해야 할 건 우승이 아니라, 앞으로 있을 샤크스와의 일전이었으니까.

봉준식 감독은 곧바로 다음 선수로 넘어갔다.

“박준형 타순을 4번으로 올리고 싶은데, 코치들 생각은?”

박준형.

그가 네 번째로 언급됐다.

그건 곧 지금 박준형의 존재감과 팀에서 차지하는 가치가 네 번째 순위에 해당한다는 의미였다.

“개인적으로는 3번에 어울리는 선수라고 생각합니다만, 홍우형이 잘해주는데 굳이 홍우형의 감정을 상하게 하면서 3번에 배치할 필요는 없지요."

"그래서 결론은?"

"4번에 배치해도 박준형은 제 몫을 할 겁니다."

그렇게 시작된 회의의 끝에는 결국 팀에서 가장 존재감이 부족하고, 역할도 부족한 선수의 이름이 거론됐다.

"이진용에 대해서는 어떻게 생각하나?"

이진용.

그 이름이 나오자 불펜코치와 투수코치의 표정이 구겨졌다.

기분이 나쁘다기보다는 굉장히 골치 아픈 무언가를 마주했을 때의 표정이었다.

"평가를 하기에는 보여준 게 없다고 생각합니다."

투수코치가 먼저 입을 열었다.

그 말에 봉준식 감독은 고개를 미약하게 끄덕였다.

"그리고 감독님도 보고 받으셨겠지만 최근 2군 투수들의 기량이 다시 오르고 있습니다. 솔직히 말하면 굳이 이진용을 데리고 샤크스전을 치르는 것보단 다른 투수를 콜업하는 게 낫다고 봅니다."

그 말에도 봉준식 감독은 고개를 끄덕였다.

솔직히 지금 정황을 본다면 이진용을 굳이 1군에 데리고 있을 필요가 없었다.

그가 못한 건 아니지만, 반대로 잘한 것도 없으며, 그렇다고 그가 기대할 무언가를 가진 것도 아니니까.

물론 기회를 많이 준 건 아니다.

하지만 프로라는 무대는 시작부터 끝까지, 모든 것이 공평하지 못하고, 공정하지 못하다.

재능이 전부이고, 결과가 전부인 세계.

재능이 넘치는 이는 보다 많은 기회를 받고, 그렇지 못한 이는 그렇지 못한 세계다.

"전 이진용을 2군에 내리는 것보다 1군에 남기는 게 좋다고 생각합니다."

그때 방호민 불펜코치가 투수코치와 반대되는 의견을 내세웠다.

"이유는?"

"이진용의 기량에 대해서는 여전히 검증해 봐야겠지만, 이진용은 도망치거나 타협하진 않았습니다. 그런 관점에서 보면 이진용은 어떤 투수보다 계산이 서는 투수입니다. 박빙의 승부나, 중요한 상황에서 마운드에 올릴 순 없지만 패전처리가 필요한 상황에서 이진용은 믿고 올릴 수 있습니다."

패전처리를 믿고 맡긴다.

투수 본인에게는 참담한 표현이었지만, 긴 페넌트레이스를 치르기 위해서는 꼭 필요한 부분이었다.

모두가 영광만을 누릴 순 없으며, 누군가는 결국 궂은일을 해야 하기에.

"이진용은……."

그렇기에 봉준식 감독은 이진용을 1군에 남겨두고자 했다.

"일주일 더 지켜보도록 하지."

이진용의 수명이 일주일 더 연장되는 순간이었다.

주전 선수들에게 월요일은 꿀맛 같은 휴일이다.

특히 주말 경기가 홈경기인 선수들에게 월요일은 소원할 수밖에 없는 가족과 제법 오랜 시간을 보낼 수 있는 기회였다.

그 휴일 다음에 치러지는 주중 경기가 홈경기이거나 멀지 않은 곳에서 치러지는 원정경기라면 더 이상 설명은 필요 없을 터.

때문에 주전 선수들은 월요일이 오기를 손꼽아 기다린다.

하지만 주전이 아니라, 언제든 2군으로 내려갈지 모르는 선수에게는 달랐다.

그 선수들에게 월요일은 운명의 날이었다.

다음 경기장으로 향하는 구단 버스에 탈지 아니면 2군행 버스를 탈지 정해지는 운명의 날.

"빠라빠빠~ 빠라빠빠! 어쩌다 한 번~ 오는 저 배는~ 무슨 사연 싣고 오길래~!"

그 운명의 날 이진용은 연안부두 노래를 흥얼거리며 어깨춤을 추고 있었다.

그건 명백한 증거였다.

"부두의 꿈을 두고 떠나는 배야아~ 갈매기 우는 마음 너는 알게에엤지!"

이진용이 인천 샤크스와의 일정을 치르기 위해 인천행 버스에 타게 됐다는 증거.

-야, 좀 닥쳐!

그런 이진용의 모습에 김진호가 두 손으로 자신의 양쪽 귀를 막은 채 소리쳤고, 이진용은 그 모습에 보다 목소리를 높이며 연안부두의 클라이맥스 부분을 내질렀다.

"말해다오오오! 말해다오오오! 연안부두 떠어나는 배야아아!"

-에이, 진짜!

결국 김진호가 고개를 숙였고, 이진용은 기어코 연안부두 2절까지 부른 후에야 노래를 멈췄다.

그런 이진용을 보며 김진호가 하늘을 보며 말했다.

-더러워서 성불을 하든가 해야지…….

"제가 메이저리그 가는 건 보고 성불하셔야죠."

-그 전에 내가 어떻게든 성불할 거야.

"메이저리그에서 제가 박살 나는 거 보고 싶으시다면서요?"

이진용의 말에 김진호는 대답 대신 긴 한숨을 내뱉은 후에 고개를 절레절레 흔들었다.

그 모습이 마치 이렇게 말하는 것 같았다.

이진용이 메이저리그에 가더라도 그가 박살 나는 것을 보는 것이 쉽지 않겠구나!

갑자기 달라진 김진호의 모습.

그런 모습의 원인은 다름 아니라 이진용이 새롭게 습득한 스킬 '컨트롤 마스터' 때문이었다.

[컨트롤 마스터]

-스킬 랭크 : F랭크

-스킬 효과 : 컨트롤이 향상된다.

컨트롤 마스터.

이 스킬의 효과는 설명 그대로 투수의 컨트롤, 제구력을 향상시켜줬다.

정말 단순하고 담백하기 그지없는 스킬.

하지만 그 가치는 결코 단순하지도, 담백하지도 않았다.

-빌어먹을…… 어떻게 이런 스킬이 존재할 수 있지? 이게 말이 돼?

야구에는 이런 말이 있다.

구속이 빠른 투수가 당첨 확률이 높은 복권을 가진 것과 같다면 제구가 좋은 투수는 고액 연금을 받는 것과 같다고.

-컨트롤 향상 스킬이라니…….

구속이 빠른 투수는 엄청난 성적을 낼 수 있지만, 제구가 좋은 투수는 안정적인 성적을 낼 수 있다는 의미다.

심지어 컨트롤 마스터 스킬에는 스킬 랭크가 있었다.

즉, 이진용의 제구는 스킬 랭크가 오름에 따라 앞으로 더 향상될 수 있다는 의미.

"다 김진호 선수의 간절한 기도 덕분이죠. 정말 대단하십니다."

이진용 역시 이 스킬의 가치를 잘 알고 있었다.

"향 한 대 피우실래요? 불붙여 드릴까요?"

그렇기에 이진용은 자신을 위해 기도해 준 김진호에게 기꺼이 감사를 표했다.

-꺼져!

"에이, 그러지 말고 향 한 대 쭉! 피우신 후에 다음에도 기도 한 번만 더 부탁드립니다. 보수로 제사상에 맛난 거 올려드릴게요. 피자 올려드릴까요? 아니면 치킨?"

그런 이진용의 거듭된 도발과 놀림에 결국 김진호가 참지 못하고 말했다.

-앞으로 조언은 없다! 이번 샤크스전 준비는 알아서 해!

하지만 그 말에 이진용은 놀라지 않았다.

"아무렴요. 그동안 배운 게 있는데."

김진호는 언제나 이랬으니까.

그는 이진용에게 고기를 잡아주기보다는 고기를 잡는 법을 가르쳐 주었고 그렇게 가르쳐 준 방법을 직접 실전에서 해내는 것을 보고, 그에 따라 새로운 조언을 해주었다.

그렇기에 이진용은 경기에 출전한다는 사실을 조금도 두려워하지 않았다.

"기회만 오면 아주 제대로 보여드리죠."

그저 자신에게 기회가 오기를 기다릴 뿐.

5월 9일 화요일.

인천 샤크스의 홈구장인 문학구장.

아직 경기가 시작되기까지 제법 시간이 남았음에도 문학구장의 더그아웃은 사람들로 북적거렸다.

"박준형 선수, 오늘 4번으로 출전한다는데 팀의 4번 타자가 된 소감이 어떻습니까?"

"그저 주어진 기회에 최선을 다할 생각입니다."

"저번에 역전 만루 홈런을 칠 때 무슨 기분이 들었습니까?"

"아무런 생각도 나지 않았습니다. 그저 그 흐름을 이어가고 싶었을 뿐입니다."

"올 시즌 홈런 몇 개를 목표로 잡고 있습니까?"

"두 자릿수 홈런을 목표로 잡고 있습니다만, 최우선 목표는 주전으로 시즌 끝까지 활약하는 겁니다."

"그래서 박준형 선수 이상형은 어떻게 됩니까?"
"그건……."
"저번 어린이날 시타로 온 데이지스의 멤버인 이사랑 양과 잘 어울리던데 그런 여자가 이상형인가요?"
"그게……."
이제는 정말 별이 되어버린 박준형. 이번 시즌 핫 아이템이 되어버린 박준형과의 인터뷰를 그리고 친분을 원하는 기자들이 북적거림의 이유였다.
그 북적거림을 멀찌감치 떨어진 곳에서 바라보던 황선우는 생각했다.
'구 팀장 안목이 대단하긴 대단하군. 진짜 구 팀장이 원하는 대로 박준형이 히트 상품이 됐어.'
구은서.
그녀가 원하는 대로 박준형이 엔젤스의 신성이 되었다고.
그뿐이었다.
'확실히 좋은 선수지.'
황선우는 박준형에게 그 이상의 무언가를 기대하지 않았다.
기대하고 자시고 이미 실력을 증명하고, 결과를 만들고, 명성을 얻은 선수에게 그 이상 무언가를 요구한다는 게 이상한 일일 터.
때문에 황선우는 굳이 더 이상 그 자리를 차지하지 않았다. 그는 박준형과 기자들로 가득 찬 벤치가 아니라 그라운드로 시선을 돌렸다.

훈련을 하는 엔젤스 선수들의 모습이 보였다.

'응?'

그중에서 가장 눈에 잘 들어오는 건, 누가 보더라도 다른 선수들과 차별화된 요소를 가진 선수였다.

'이진용이군.'

작은 체격.

좋을 것 없는 차별성을 가진 이진용이 열심히 러닝을 하는 모습이 눈에 들어왔다.

'많이 뛰네?'

동시에 황선우는 이진용이 조깅을 시작한지 제법 많은 시간이 흘렀다는 사실도 떠올렸다.

'선발처럼 몸을 푸는군.'

분명 투수들에게 러닝 훈련은 가장 중요한 훈련이다.

기초 체력 향상에 도움이 되고, 투수에게 가장 중요한 하체 강화에도 도움이 되며 동시에 집중력 향상에도 도움이 된다.

마운드에서 공을 던지는 건, 마라톤과 같이 고독한 싸움이니까.

하지만 경기 시작 전 러닝 훈련을 많이 하는 건 선발투수들의 경우가 대부분이었다.

패전처리투수인 이진용에게 어울리는 훈련량은 아니었다.

'이상한 놈이야.'

여러모로 이상한 놈.

'그래도 최소한 술이나 처먹으면서 사고나 치는 프로답지 못한 놈보다는 훨씬 더 프로답지.'

그러나 황선우 기자는 알고 있었다.

이진용이 이상하긴 해도, 그가 하는 행동이 막연한 행동이 아니라 결과를 만들기 위한 행동이라는 것을.

"이진용!"

그런 이진용이 벤치를 지나갈 무렵, 황선우 기자가 이진용을 불렀다.

무어라무어라 중얼거리던 이진용이 황선우의 부름에 화들짝 놀라며 반응했고 황선우의 얼굴을 확인하는 순간 만반의 미소를 지으며 다가와 말했다.

"황선우 기자님, 안녕하십니까!"

"늦었지만 첫 승 축하해."

"감사합니다!"

"그보다 오늘 왜 이렇게 열심히 뛰어? 설마 몰래 이거, 이거 하고 땀 빼는 거야?"

말을 하던 황선우가 술을 마시는 제스처를 취했다.

그 말에 이진용이 손을 내저으며 말했다.

"전혀 아닙니다. 술이라니, 금주령이 내려졌는데 제가 미쳤다고 술을 마십니까?"

살짝 당황한 그 모습을 기다렸다는 듯이 황선우 기자가 기습적으로 질문을 던졌다.

"그게 아니면 왜 이렇게 땀을 흘려? 오늘 선발투수도 아닌데?"

당황한 이만큼 진심을 듣기 좋은 상대도 없는 법.

그런 황선우의 수작은 제대로 통했다.

"언제든 만전의 상태로 마운드에 올라야 하니까요."

"언제 나올지 모르는데 너무 힘 빼는 거 아니야?"

"어쩔 수 없죠, 그게 제 역할이니까요."

"힘들겠어."

"지고 있는 게임에 남이 밟은 마운드에 오르고, 남의 손에 이끌려서 마운드를 내려오는 게 더 힘들고, 짜증나는 일이죠."

이진용이 진심을 토해냈다.

"그런 거에 비하면 경기 시작 전에 러닝 좀 하는 건 힘들 것도 없습니다."

그 진심에 황선우가 저도 모르게 멍한 표정을 지었다.

"그럼 러닝 마저 하겠습니다. 잘 던지면 좋은 기사 부탁드립니다!"

그렇게 멍한 표정을 짓는 황선우를 뒤로한 채 이진용이 다시금 러닝을 시작했다.

"젠장, 한 번만 더 대화 도중에 가랑이 사이에 얼굴 집어넣으면 그때는 가만히 안 있을 겁니다!"

그런 이진용의 입에서 나지막한 중얼거림이 나왔지만, 황선우의 귀에는 들리지 않았다.

황선우는 그저 놀란 눈으로 이진용을 바라봤다.

동시에 그는 느꼈다.

'저놈, 뭔가 터뜨린다.'

이진용, 그에게 남들이 가지지 못한 무언가가 있다는 것을.

……대한으로 길이 보전하세.

애국가 제창을 끝으로 인천 샤크스와 서울 엔젤스, 두 팀이 움직이기 시작했다.

"파이팅!"

"파이팅!"

인천 샤크스의 야수들은 분주하게 그라운드를 채우기 시작했고 인천 샤크스의 선발투수이자, 외국인 투수인 알렉스 브레디는 마운드에 올라선 후에 자신의 발로 마운드를 두드리기 시작했다.

"으으, 어제 너무 쉬었나? 몸이 찌뿌둥하네."

"아, 아직 5월이구나. 정말 힘들다, 힘들어."

"서울에서 인천 오는 것도 이렇게 힘든데, 다음 주 부산 원정은 힘들어서 어떻게 갈까?"

한편 서울 엔젤스 선수단은 마치 개미굴로 들어가는 개미들처럼 더그아웃을 향해 들어갔다.

그렇게 더그아웃에 들어간 엔젤스 선수들은 저마다 자리를 잡고 자리에 앉았다.

타자들은 대부분 그라운드가 좀 더 잘 보이는 바깥쪽에 앉았고, 투수들은 뒤쪽 좌석에 앉았다.

타자들은 마운드 위의 투수의 공을 조금이라도 더 많이 보기 위함이었고, 투수들은 그런 타자들과 굳이 같이 앉기보다는 뒤편에서 휴식을 취하기 위함이었다.

그런데 그사이에 타자가 아닌 투수 하나가 껴 있었다.

이진용.

투수, 그것도 패전처리투수인 그가 그라운드를 바라보고 있었다.

마치 오늘 경기에 출전하는 것이 이미 예정된 것처럼.

그런 이진용의 등장에 몇몇 선수들 그리고 코치들이 고개를 갸웃했다.

'얘는 왜 여기 앉아?'

'뭐하는 거지?'

하지만 이진용은 그런 시선에 개의치 않았다.

특별히 신경 쓸 필요도 없었다. 이진용을 바라보는 그 시선은 의문이 담긴 시선일 뿐, 적대감이나 불쾌함 따위가 담긴 시선이 아니었으니까.

혹여 그렇다고 해도 이진용에게는 그것보다 더 중요한 게 있었다.

'패전처리투수인 나는 지는 경기에만 나올 수 있다.'

바로 경기에 출전하는 것.

'그렇게 본다면 4, 5선발이 공을 던지는 오늘과 내일 경기가 내가 나올 수 있는 확률이 가장 높아.'

그런 관점에서 본다면 4선발과 5선발이 출전하는 경기가 이진용이 나올 가능성이 높았다.

이진용이 만반의 준비를 한다면, 그런 경기에 준비를 하는 게 당연하다는 의미.

무엇보다 이진용은 자신의 처지를 잘 알고 있었다.

'1이닝이든, 타자 한 명이든 어떻게든 내 가치를 확실하게 증명한다.'

자신에게 더 많은 기회를 받을 가치 같은 건 없다는 것을.

애초에 1군에 콜업해 준 것이 고마운 것이며, 그것만으로도 이미 어마어마한 기회를 받았다는 것을.

'뭔가를 보여주지 못하면 1군이 날 로스터에 넣을 이유는 없어.'

그런 상황에서 자신이 원하는 상황에 원하는 만큼 던지게 해달라고 투정을 부린다?

웃기지도 않는 일.

무엇보다 이제까지 이진용은 그런 상황 속에서 직접 스스로 자신의 가치를 증명했고, 기회를 받았다.

이번에도 마찬가지였다.

타자 한 명을 상대하더라도 코칭스태프가 이진용을 써먹어야 한다고 필요성을 느낄 만한 결과물을 보여줘야 했다.

그러기 위해서 당연히 이진용은 자신이 보일 수 있는 최고의 상태를 보여줘야 했다.

그게 지금 그라운드를 바라보는 이유였다.

'야구에는 흐름이 있다. 그 흐름을 읽고, 그 흐름에 맞춰야 해.'

어쨌거나 언제 어느 순간에 투입될지 모르는 이진용이 그날 경기의 흐름조차 파악하지 못한다면 제대로 된 실력을 보일 수 있을 리 없을 테니까.

'오늘 나는 선발이다.'

이진용, 그는 오늘 선발투수들처럼 자신의 호흡을 가져갈 생각이었다.

-진용아, 어차피 나오지도 못할 경기 벤치에 앉아서 시간 낭비하지 말고 관중석 쪽으로 가자.

그게 바로 지금 이진용의 뒤에 있는 사내의 가르침이었다.

-내가 절대 치어리더들이 보고 싶어서 이런 말을 하는 건 아니다.

메이저리그의 위대한 투수, 김진호의 가르침.

"역시 총각귀신이었어."

-아니라니까! 나 총각귀신 아니라니까!

그 가르침을 되새김질하며 이진용이 그라운드에 집중했다.

그렇게 샤크스와 엔젤스의 주중 3연전, 그 첫 경기가 시작됐다.

한국프로야구에서 구단들은 대개 5선발 로테이션을 돌린다.

그마저도 제대로 된 5선발을 보유한 구단은 많지 않다. 4선발까지만 확실해도 리그 정상급 선발진을 가졌다고 평가를 받는 이유다.

이런 선발 로테이션은 처음에는 잘 돌아가다가 나중에는 각 구단의 사정에 따라 각기 다르게 돌아간다.

어느 선수의 부상, 우천 취소, 선발 로테이션 변경 등의 요소가 각 구단마다 다르기 때문에 팀의 에이스와 팀의 가장 약한 선발이 붙는 미스 매치업은 흔히 볼 수 있는 일이었다.

샤크스와 엔젤스의 주중 3연전 첫 경기는 그런 종류의 미스 매치업이었다.

"예상대로군."

"뭐, 너무 뻔했지. 방어율 1점대 투수와 방어율 6점대 투수의 매치업이었으니까."

샤크스의 선발은 이번 시즌 샤크스가 130만 달러라는 거금을 들여 영입한 알렉스 브레디로 4월 동안 선발 방어율이 1점대인 샤크스의 에이스였고, 그런 그를 상대로 엔젤스가 내놓은 선발 카드는 양윤섭의 이탈로 5선발에서 4선발로 지위가 상승한 이도섭으로 현재 6점대 방어율을 기록하는 선발투수였다.

"엔젤스 타선이 데블스전에서 기세를 탔다고 해도, 단순 타격만으로는 샤크스가 엔젤스를 상회하지."

여기에 타선의 파괴력을 가늠할 수 있는 팀 타율, 팀 홈런, 팀 장타율 등의 기록 역시 샤크스가 엔젤스보다 뛰어났다.

아무리 야구가 뚜껑을 열기 전까지는 승자를 알 수 없는 게임이라지만, 이 정도 미스 매치가 이루어진다면 굳이 뚜껑을 열어볼 필요도 없는 게 사실.

실제로 경기 내용은 모두가 예상을 하던 대로 진행됐다.

"삼자범퇴! 깔끔하군!"

"알렉스 피칭은 언제나 무시무시하군."

"직구 구속은 140대 중반인데 구위가 보통이 아니니까. 심지어 공격적으로 꽂아 넣는데 간간이 섞는 투심 패스트볼은 상대하는 타자 입장에서는 미칠 노릇이지."

알렉스 브레디는 자신이 1점대 방어율을 기록한 모습 그대로를 마운드에서 보여주며 엔젤스 타자들을 지옥으로 보냈다.

"쯧! 또 맞았군. 차라리 맞을 거였으면 깔끔하게 맞든가, 투 스트라이크 잘 잡고 볼 남발하다가 풀카운트에서 안타를 주다니…… 최악의 피안타군."

"이도섭은 4선발 자리에 적응을 못하는 것 같아."

"애초에 이번 시즌 5선발로 온 것 자체가 실험적인 거였으니까. 멘탈이 좋은 투수도 아니었고."

"공은 참 좋은데 말이야. 직구 구속은 잘 나오는 날에는 140대 후반도 나오고, 100구 가까이 던져도 구속이 떨어지지 않고, 슬라이더도 나름 날카롭고, 커브도 괜찮고."

"제구가 안 좋고, 새가슴인 것만 빼면 이도섭만한 선수도 없지. 괜히 엔젤스가 4억 원 계약금 주고 1라운드에 지명한 게 아니라니까. 프로 데뷔 이후 통산 방어율이 6점대인데 매 시즌 기회를 주는 것도 그 때문이고. 이번만 해도 솔직히 성적만 봤으면 진작에 2군 내려갔어야지. 재능이 있으니까 남아 있는 거지."

반면 이도섭은 나름의 기대치에도 어울리지 못하는 모습을 보여주며 결국 1회의 첫 실점을 시작으로 3회 말까지 4실점을 했다.

"또 실점이군."

"이도섭은 5회 정도까지만 던지고 내려오겠군."

4회 말에도 다시 한번 실점을 하면서 나약한 모습을 보여줬고, 그 무렵 엔젤스는 불펜을 움직였다.

추격조와 패전처리조, 두 조의 투수들이 불펜으로 향했다.

그렇게 불펜이 움직이기 시작했을 때 봉준식 감독이 커트라인을 정했다.

"일단 도섭이에게 5회까지 맡긴다."

이도섭에게 5이닝 피칭을 맡겼다.

이도섭이 긴 페넌트레이스에서 싸워 나갈 선발투수가 될 수 있도록, 오늘 경기를 희생해 경험을 주기 위함이었다.

동시에 불펜의 피로도를 줄이기 위한 조치이기도 했다.

당연히 불펜투수들 역시 그에 맞춰 몸을 풀기 시작했다.

“도섭이가 일단 5회까지 던질 거니까, 6회 말에는 올라올 수 있도록 몸을 풀어둬라!”

6회 말 등판을 염두에 두고 몸을 풀었다.

여기까지는 모두가 예상할 수 있고, 예상하던 상황이었다.

“어? 어!”

“맙소사!”

하지만 4회 말 1아웃 상황에서 이도섭에게 생긴 사고는 그 누구도 예상치 못한 것이었다.

“들것! 들것!”

이도섭이 타자가 친 타구에 맞아 마운드 위에 쓰러졌다.

그 누구도 예상치 못한 사고였고, 당연히 그 예상치 못한 상황에 봉준식 감독은 곧바로 불펜에 전화를 걸었다.

“지금 불펜투수 중에 그나마 몸이 더 풀린 투수가 누구지?”

질문을 하면서도 봉준식 감독은 곧장 대답이 오리라고는 생각하지 않았다.

6회 말 등판을 염두에 두고 몸을 풀기 시작한 불펜에 몸이 제대로 풀린 투수가 있을 리 만무했기에.

-그게…….

그러나 방호민 불펜코치는 조금의 망설임도 없이 즉각 대답했다.

-이진용은 바로 투입 가능합니다.

문학구장.

인천 샤크스의 홈구장으로, 보는 순간 확 트였다는 느낌이 드는 이 구장의 불펜은 외야에 위치해 있었다.

외야에 자리를 잡은 팬들이 외야 난간에 몸을 걸치면 공을 던지며 언제든 자신이 출전할 때를 대비해 몸을 풀고 있는 불펜투수들을 볼 수 있는 위치였다.

그런데 지금 그 외야의 불펜이, 좌익수 방면의 불펜이 고요해졌다.

마치 전쟁의 시작과 함께 새로운 장수가 출전할 때처럼.

이윽고 불펜의 문이 열렸고, 그렇게 열린 틈 사이로 자그마한 체격의 투수가 모습을 드러냈다.

그리고 그 사내만이 볼 수 있는 귀신 한 명 역시 그 틈 사이로 모습을 드러냈다.

그렇게 모습을 드러낸 둘이 머나먼 곳에 있는 마운드를 향해 처벅처벅 걸음을 내딛기 시작했다.

그런 그 둘 모습은 마운드로 오르는 불펜투수의 모습이라기보다는 그 모습에 가까웠다.

-오늘 느낌 괜찮은데, 진용아! 노래 하나 불러줄게.

복싱, 그 링에 오르는 선수와 코치의 모습.

-아마 너도 마음에 들 거다.

그게 이유였다.

-Rising' up…….

김진호, 그가 '록키', 더 이상 설명을, 표현할 필요가 없는 그 영화를 대표하는 노래인 'Eye of the tiger'를 부른 건.

-……to survive~!

그렇게 김진호의 노래를 배경음악 삼은 채.

록키 영화의 주인공인 록키 발보아가 아무것도 없던 양손으로 승리와 영광을 쥐기 위해 링에 오르듯, 이진용이 마운드에 올랐다.

그리고 마운드에 올라서는 순간 아직 타석에 서지 않은 채 몸을 푸는 타자를 바라봤다.

사냥감을 보는 맹수처럼 노려봤다.

그런 이진용의 귀로 목소리가 들렸다.

[일일특급 효과에 의해 슬라이더의 구질 랭크가 B랭크로 상승했습니다.]

"플레이볼!"

베이스볼 매니저와 주심의 목소리가 이진용에게 게임의 시작을 알렸다.

-록키 원에서 록키 발보아는 아폴로 크리드를 상대로 마지막 라운드까지 버텼지만, 승리를 거두지 못했지.

그리고 노래를 멈춘 김진호 역시 알려줬다.

-그래도 괜찮았어. 영화였으니까. 하지만 이진용, 네가 살아남으려면 넌 무조건 승리해야 해.

오늘 이 경기의 중요성을, 이 경기에서 이진용이 해야 하는 것을.

그 사실에 이진용이 고개를 끄덕이며 말했다.

"예."

모든 사고가 그러하듯, 4회 말 1아웃 상황에서 일어난 사고는 달아오른 그라운드의 분위기를 차갑게 만들었다.

'쳇.'

그런 상황에서 타석에 서게 된 샤크스의 6번 타자 한성엽은 당연한 말이지만 이 분위기가 마음에 들지 않았다.

'타격감 좋았는데…….'

사고는 언제나 여파를 만드는 법이고, 그 여파에 의해 샤크스 벤치에서는 타자들에게 새롭게 오더를 내렸다.

"평범하게, 각자 재량껏 타격하되 엔젤스 자극할 만한 짓은 하지 말도록."

이성적으로는 얼마든지 받아들일 수 있는 합리적인 오더였다.

어쨌거나 샤크스의 타자가 친 공이 투수를 맞추고, 그 투수가 신음을 흘리며 강판당한 상황에서 샤크스가 점수를 내기 위해 엔젤스의 심기를 거스를 만한 무리한 무언가를 하는 건 좋지 않았으니까.

당연히 기습번트를 하거나, 타석 위에서 타자가 포수를 괴롭히기 위해 짓궂은 짓을 한다거나, 주루 플레이를 과격하게 한다거나, 주심의 판정에 민감하게 반응하는 것은 불가능했다.

타자가 투수를 괴롭힐 수 있는 모든 방법이 사실상 봉인되는 상황이었다.

"쓥."

그건 사실 타자에게 굉장히 불공평한 일이었다.

애초에 타자들은 앞서 말한 수작을 부려도 시즌 동안 3할 타율을 유지하기 힘들었으니까.

사고가 일어난 건 안타깝지만, 안타 하나, 타점 하나, 득점 하나에 적지 않은 연봉이 오고 가는 프로선수에게는 지금 상황 역시 안타까웠다.

이런 상황에서 한성엽이 기대할 수 있는 긍정적인 요소는 하나밖에 없었다.

'투수도 갑자기 나왔을 테니까, 그걸 노려야지.'

지금 마운드 위의 투수 역시 제대로 된 준비 없이, 사실상 도축 당하는 가축처럼 끌려 나오듯 마운드에 올라왔다는 것.

'이진용이라고 했지?'

한성엽은 그 사실을 기반으로 이진용이란 투수와의 싸움을 준비했다.

'구속이 잘 나와야 130나온다는 투수.'

그런 한성엽이 이진용에 대해 알고 있는 건 그의 구속이 느리다는 것이었다.

그 외에 이진용에 대해 아는 건 없었다.

솔직히 말하면 신경 쓸 이유도 없었다.

상식적으로 타자가 경기를 준비할 때 나올 수 있는 모든 투수에 대해 대비하고, 준비할 필요는 없다.

선발투수와 필승조로 나오는 불펜투수들, 추격조에 속한 투수들 그리고 좌타자의 경우에는 자신을 상대로 나올 가능성이 높은 좌완 원포인트 투수 정도를 염두에 두면 충분하다.

패전처리를 위해 나오게 될 투수마저 신경 쓸 이유는 물론, 그런 짓을 할 만큼 여유가 있지도 않았다.

하물며 상대는 최고 구속으로 130킬로미터가 간신히 나오는 패스트볼을 던지는 투수 아닌가?

그런 투수를 분석하기 위해 공부를 하는 건, 쪽지 시험을 대비해서 밤샘 공부를 하는 것과 다를 바 없는 일.

'정석으로 가자고.'

당연히 한성엽은 이진용을 상대로 처음 보는 투수를 상대할 때 타자들이 쓰는 정석법을 쓰고자 했다.

'칠 건 치고, 버릴 건 버린다.'

자신의 스트라이크존을 좁게 만든 후에 그 안에 들어오는 공만을 노리며, 슬라이더나, 커브와 같은 공은 무리하게 타격하기보다는 걷어내거나 참는 것.

정석 중의 정석이었다.

'온다.'

그런 한성엽을 상대로 던진 이진용의 초구는 다름 아닌 슬라이더였다.

우완투수가 우타자를 상대로 던질 경우, 바깥쪽으로 빠져나가는 종류의 슬라이더.

그렇게 던진 이진용의 슬라이더 궤적은 제법 날카로웠다.

'애매한데?'

동시에 그 코스 역시 날카로웠다.

우타자인 한성엽의 스트라이크존, 그 존의 바깥쪽에 꽂힐 것 같은 느낌의 공이었다.

만약 한성엽이 투 스트라이크 상황에 몰려 있었다면 치진 못하더라도 걷어내기 위해 배트를 휘둘렀어야 하는 공.

하지만 그 공은 초구였고, 앞서 말했듯이 한성엽은 굳이 애매한 공을 건드려서 마운드 위의 투수를 도와주고 싶지도 않았다.

그는 그대로 공을 지켜봤다.

펑!

"스트라이크!"

그 공에 주심이 곧바로 스트라이크판정을 했다.

"쓥!"

그 사실에 한성엽이 짧게 혀를 찼지만, 그뿐이었다.

스트라이크 판정을 줘도 될 만한 공이었고, 혹여 스트라이크존에서 빠지는 볼이었다고 하더라도 지금 그라운드의 분위기는 감히 주심에게 그런 항의를 할 수 없었다.

앞서 말했듯이 샤크스 타자들이 일단은 약간 불리한 무언가를 당해도 감수해야 할 상황이었다.

그렇기에 그 공을 본 모든 이들이 그 공에 대해 특별한 가치나, 의미를 부여하지 않았다.

"구속은 느린데, 슬라이더 각도가 날카롭네. 그런데 저 투수가 슬라이더가 주무기었나? 투심하고 체인지업이 주무기 아니었어?"

"슬라이더도 던진다고는 되어 있는데, 오늘 슬라이더 컨디션이 좋은 모양이지."

"뭐, 치지 못할 정도는 아니네. 결정구로 삼기에는 너무 느려."

좋지만, 느린 슬라이더.

이진용의 초구에 부여할 수 있는 공의 의미는 그게 전부였으니까.

'이것 봐라?'

오로지 한 명, 이제까지 이진용의 실전 피칭을 누구보다 많이 보고, 동시에 이진용에 대해 누구보다 지대한 관심을 가진 한 명만이 이진용이 던진 초구의 진짜 의미를 파악했다.

'코너워크 공략을 할 속셈인가?'

황선우 기자, 그만이 조금 전 이진용의 공이 이제까지 이진용이 던진 공과 전혀 다르다는 것을 눈치챘다.

'설마…….'

물론 황선우 기자는 자신이 눈치챈 것을 착각이라고 생각했다.

'아니겠지.'

자신이 생각한 것이 할 수 있다고 해서 할 수 있는 게 아니라는 걸 알고 있었으니까.

그런 황선우 기자의 생각이 바뀌는 데에는 두 명이면 충분했다.

이진용과 한성엽의 대결은 단순했다.

초구 슬라이더로 스트라이크를 잡은 이진용은 이후 한성엽의 몸쪽 낮은 코스에 패스트볼을 던져서 두 번째 스트라이크를 잡았고 투 스트라이크 상황에서 스플리터를 던져 한성엽으로부터 헛스윙을 끌어내며 스윙 스트라이크 아웃을 잡아냈다.

그런 이진용의 피칭에 경기를 보던 좌중은 당연히 이진용이 던진 마지막 공에만 집중했다.

"조금 전 스플리터가 대단한데?"

"저런 스플리터를 가진 투수였나?"

"생각보다 무기가 많군. 하긴, 그러니까 1군까지 올라온 거겠지."

이진용이 던진 결정구, 스플리터에 대해 모든 이들이 감탄과 찬사를 보냈다.

때문에 한성엽 다음에 배치된 샤크스의 7번 타자 김영권이 왼쪽 타석에 섰을 때, 경기를 보는 모든 이들의 머릿속에는 이진용이 던진 스플리터만이 가득했다.

'그 정도 스플리터라면 던지는 걸 알아도 바로 치긴 힘들어.'

'구속만 느릴 뿐, 순수하게 스플리터의 낙폭이나, 움직임만 보면 리그 정상급 수준이야.'

김영권 본인도 그랬다.

'미치겠네.'

그의 머릿속에도 이진용이 한성엽을 상대로 헛스윙을 끄집어낸 스플리터만이 아른거렸다.

당연히 김영권은 무리한 타격 따위는 염두에 두지 않았다.

'패스트볼은 조심하자.'

일단 그는 패스트볼을 의심하기로 했다.

'존에 들어오는 건 스플리터일 확률이 높아.'

특히 스트라이크존 높게 오는 패스트볼에 대해서는 섣부른 타격을 할 생각을 하지 않았다.

이진용이 자신을 상대로 초구로 던진 바깥쪽 높은 포심 패스트볼을 그냥 지켜만 봤고, 그 후에 이진용이 2구째로 김영권의 몸쪽으로 던진 투심 패스트볼 역시 그냥 지켜만 봤다.

"스트라이크!"

그렇게 이진용이 던진 포심 패스트볼에 주심이 스트라이크 콜을 하는 것도 그냥 듣기만 했다.

"스트라이크!"

그리고 몸쪽으로 들어오는 투심 패스트볼에도 주심이 스트라이크 콜을 하는 것을 그냥 듣기만 했다.

후웅!

그 후에 이진용이 마치 칠 수 있으라면 치라는 듯이 던진 스플리터 앞에서 그는 헛스윙을 헌납했다.

생각보다 훨씬 더 많이, 더 순식간에 떨어지는 스플리터는 고작 한 번 본 것만으로도 칠 수 있는 공이 아니었기에.

"스윙 스트라이크 아웃!"

그렇게 주심이 4회의 마지막 아웃콜을 선언하는 순간 경기를 보는 선수들도, 기자들도 모두가 놀라며 말했다.

"스플리터 정말 좋네."

"한두 번 보고 공략할 수 있는 공은 아니야."

"샤크스 타자들이 골치 아프겠어."

모두가 이진용이 놀라운 무기를 장착했다고 생각했다.

하지만 정말 놀라운 건 그게 아니었다.

'확실해.'

정말 놀라운 건 이진용의 피칭 스타일이었다.

'코너워크 공략을 하고 있어.'

황선우, 그가 아는 이진용은 스트라이크존에 과감하게 공을 넣어서 공격적인 피칭을 하는 투수였다.

안타를 맞든, 안 맞든 어쨌거나 타자로 하여금 공을 건드리게 해 그라운드로 나오게 만드는 투수.

홈런을 맞을지언정 볼넷은 주지 않는 투수.

때문에 이진용은 반대로 스트라이크존의 좌우 경계선을 노리는 피칭, 일명 코너워크 피칭은 하지 않았다.

어설픈 코너워크 피칭은 볼넷 남발과 투구수 낭비라는 최악의 결과물로 이어지니까.

'이제까지는 오히려 코너워크 피칭을 피했었는데…….'

결정적으로 코너워크 공략은 하고 싶다고 해서 할 수 있는 게 아니었다.

보통은 영점을 잡기만 해도 제구가 나쁘지 않은 투수로 평가를 받는다.

만약 스트라이크존의 좌우를 공략하는 코너워크를 하는 피칭을 한다면 그 투수는 제구력에서 아주 좋은 점수를 받는다.

물론 여기서 한 단계 더 높은 경지는 스트라이크존의 위아래마저 공략하는 것이지만, 이 정도 제구가 가능하다면 그건 리그 최정상급 수준의 제구력이라고 할 수 있고 그건 정말 어려운 일이다.

스트라이크존의 좌우폭은 홈플레이트를 기준으로 삼지만, 위아래는 타자의 신장과 타격폼을 기준으로 삼고, 그렇기에 스트라이크존의 위아래 폭은 타자마다 다르니까.

어쨌거나 이진용은 지금 코너워크 피칭을 하고 있었다.

그리고 그 코너워크 피칭을 통해 2타자 연속 삼진이라는 결과물을 만들어냈다.

'도망가는 건 아니야.'

더 중요한 건 그 결과물이 이진용이 도망가는 피칭, 피하는 피칭을 해서 나온 건 아니라는 점이었다.

이제까지 이진용은 단 한 번도 그런 모습을 보이지도 않았고, 만약 그런 모습을 보였다면 지금 마운드 위에도 없을 테니까.

'제구에 자신이 생겼다는 건가?'

즉, 이런 피칭을 하는 건 이진용이 이제는 이런 피칭을 할 자신이 생겼다는 것이다.

그 순간 황선우 기자는 머릿속으로 다시 한번 이진용이란 투수를 조합했다.

그가 가진 능력을 다시금 조합했고 동시에 이진용이란 인간에 대해 다시 한번 떠올렸다.

그러자 그림이 그려졌다.

'수싸움에 능한 투수에게 뛰어난 제구력은 아서왕에게 엑스칼리버를 쥐여준 것과 같지.'

멋진 그림이.

"스윙 스트라이크 아웃!"

주심의 삼진 아웃 콜이 나오는 순간 이진용은 흐트러진 모자를 고쳐 쓰며 마운드를 내려왔다.

그리고 나지막이 소리쳤다.

"호우."

나지막했지만, 처음 1군에 올라와서 최초로 아웃카운트를 잡을 때, 그때 내지른 외침보다는 큰 소리였다.

큰 목소리만큼 이진용이 보다 큰 확신과 자신감을 가졌다는 증거였다.

'2타자 연속 삼진. 준비한 공략이 제대로 먹히고 있다. 그리고 준비한 공략대로 공이 컨트롤되고 있어.'

이제는 1군이란 무대, 프로야구 무대에서 충분히 실력을 인정받고, 그 실력만큼의 대우를 받을 자신이 있다는 증거.

그리고 오늘 자신이 준비한 것이 완벽하게 맞아 떨어지고 있다는 증거.

하지만 자신감은 있을지언정 확신은 없었다.

때문에 이진용은 질문했다.

"김진호 선수."

-왜?

"오늘 제가 잘할 수 있을까요?"

그 질문에 김진호는 이진용을 뚱한 표정으로 바라보며 말했다.

-입에 발린 말을 해주기를 원하냐, 아니면 냉정하게 말해주기를 원하냐?

"냉정하게요."

이진용이 대답했다.

-컨트롤 마스터 스킬 덕분에 코너워크 제구가 되기 시작했고, 스플리터는 끝내주고, 일일특급 효과는 슬라이더에 적용된 상황. 컨디션은 최고조고, 체력도 만땅.

그 대답에 김진호가 냉정하게 이진용이 처한 상황을 분석해 줬다.

-여기에 오늘 경기에 출전할 것을 예상하고 만반의 준비를 했고, 앞선 이닝 동안 타자들 분석도 완료. 경기 흐름 파악도

완료. 그리고 조금 전 두 명의 타자를 상대로 네가 준비한 작전이 통한다는 것도 확인 완료.

일단 이진용의 상태를 분석했다.

-반면 불의의 사고로 그라운드 분위기는 가라앉아 있고, 네가 상대할 샤크스 타자들은 이기고 있는 게임에서 갑작스럽게 등판한 투수를 상대로 아주 신사답게 매너를 지키는 상황.

그다음에 이진용이 상대할 자들을 분석했다.

-결정적으로 샤크스 벤치에서도 팀의 에이스가 나오고, 이미 5점이나 득점한 상황에서 타자들에게 득점을 내라는 오더보다는 수비에 집중해서 점수를 지키라는 오더를 내리겠지.

그렇게 분석을 마친 김진호가 말했다.

-냉정하게 판단했을 때 내가 지금 이진용, 네 처지였다면 감독에게 가서 이렇게 말할 거다.

"뭐라고요?"

-호우주의보 발령하겠다고.

메이저리그의 지배자였던 위대한 투수의 냉정한 판단의 결과에 이진용이 미소를 지었다.

"그럼 발령해야죠."

이진용, 그가 이제 자신을 넘어 확신을 가졌다.

◆ 6화 ◆

호우주의보

선발투수가 승리투수가 되기 위한 조건 중 가장 중요한 건 5이닝을 소화하는 것이다.

그런 중요한 5회 초를 알렉스 브레디는 완벽한 피칭으로 마무리했다.

"스윙, 스트라이크 아웃!"

5회 초의 마지막 아웃카운트를 여덟 번째 삼진으로 잡아낸 알렉스 브레디는 그 순간 움켜쥔 주먹을 크게 휘두르며 소리쳤다.

"Fire!"

그 외침은 꽤 컸다.

경기를 시청하는 시청자들은 당연히 들었고, 소음으로 가득 찬 문학구장에서 경기를 보던 기자들이나 관중들도 알렉스 브레디가 어떤 심정으로 소리를 내질렀는지 충분히 짐작할 수 있을 정도.

그런 외침이 알렉스 브레디를 바라보는 엔젤스 선수들의 귀에 들어오지 않을 리 만무했다.

"저 양키 새끼가!"

"처음에는 안 그러다가 4회부터 자꾸 저 지랄을 하네."

알렉스 브레디의 외침을 들은 엔젤스 선수단은 당연히 발끈했다.

그뿐이었다.

"아오, 빡쳐!"

그 이상 알렉스 브레디를 향해 분노를 표출하는 이는 없었다. 코칭스태프 차원에서의 움직임도 없었다.

샤크스의 벤치는 오히려 도발적인 환호성을 내지른 뒤 마운드를 내려와 벤치로 들어온 알렉스 브레디를 향해 주먹을 내밀며 말했다.

"알렉스! 적응 다 끝났네, 끝났어!"

"그래, 파이어다, 파이어!"

알렉스 브레디, 그가 처음부터 이런 식으로 자신의 감정을 표출한 건 아니었다.

그런 그가 바뀐 건, 자신이 처음으로 홈런을 맞은 날, 자신을 상대로 홈런을 친 타자가 배트를 저 먼 곳으로 가뿐하게 날리는 것을 보는 순간이었다.

그는 그 배트 플립을 보고 저 무례한 타자에 대한 분노를 표출했고, 그런 알렉스에게 샤크스의 투수코치인 정명훈은 말했다.

"한국프로야구는 저래도 된다. 화내봤자 네 손해야."

그때부터 알렉스는 불만을 토로하기보다는 그 스스로 한국프로야구 무대에 적응했다.

타자가 배터 박스에서 자신의 감정을 표출하기에, 본인 역시 기꺼이 마운드 위에서 감정을 표출했다.

더욱이 오늘 알렉스 브레디의 피칭은 굳이 그런 이유가 아니더라도 본인 스스로가 환호성을 내지를 만큼 훌륭했다.

그리고 동시에 그런 환호성이 필요한 때이기도 했다.

"알렉스, 나이스 플레이. 굿 플레이."

"콤사! 콤사!"

샤크스의 투수코치인 정명훈이 더그아웃에 들어온 알렉스를 향해 박수를 치고, 엄지를 치켜든 이유였다.

'예의는 여기까지, 이제는 다시 분위기를 끌어올려야지.'

엔젤스의 선발투수였던 이도섭이 갑작스러운 부상으로 이탈한 이후 샤크스는 나름의 예의를 갖추었다.

그러나 솔직히 진심에서 우러나오는 예의는 아니었다.

애초에 샤크스가 엔젤스를 자신들의 홈구장으로 초대한 이유는 서로 웃으면서 악수를 하려고 부른 게 아니었으니까.

'주중 3연전 첫 경기인데 여기서 만족할 순 없지.'

오히려 반대, 엔젤스를 엉망진창으로 만든 후에 울면서 이곳을 떠나게 하려고 불렀다.

물론 갑자기 식어버린 타자들의 타격감을 바로 가열하는 것은 쉽지 않은 일이었다.

그리고 여기서 이기고 있는데 악착 같이 덤벼드는 것 역시 그리 보기 좋은 모습은 아니었다.

하지만 걱정할 건 없었다.

야구는 타자들만으로 치러지지 않는 법.

'엔젤스 타자들을 오늘 경기에서 아주 제대로 찍어 죽인다.'

알렉스 브레디의 호투를 이용해 엔젤스를 질식사시키는 것 역시 좋은 방법이었다.

그가 만약 오늘 엔젤스의 타선을 상대로 완봉승이라도 거둔다면, 최소 남은 두 경기 동안 엔젤스 타선은 반쯤 술을 걸친 상태나 다름없는 꼴이 될 테니까.

그게 지금 샤크스가 바라보는 목표이자, 이상이자, 그림이었다.

당연히 그들의 눈에 그는 보이지 않았다.

-이진용 선수가 마운드에 오릅니다.

이진용, 그가 마운드에 오르는 모습 따위는.

야구의 시대가 세이버 매트릭스의 시대에 접어든 이후 많은 것들의 가치가 변했다.

선수를 가늠할 수 있는 절대적인 지표라고 여겨지던 것들 중 몇 가지들은 허상으로 치부되기 시작했다.

반대로 더더욱 대단한 가치로 인정받는 것들도 있었다.

'삼진이야말로 투수를 가늠할 수 있는 가장 완벽한 수치다.'

삼진이 그러했다.

무수히 많은 세이버 매트릭션들은 삼진이야말로 투수가 오롯하게 자기 능력만으로 만들 수 있는 수치이며, 당연히 투수의 능력을 가늠할 수 있는 가장 확실한 수치라고 말했다.

실제로 역사에 길이 남을 위대한 투수들은 거의 모두가 탈삼진 능력이 뛰어났다.

랜디 존슨은 두말할 것 없고, 페드로 마르티네즈는 체인지업으로 삼진을 잡는 투수였고, 맞혀 잡는 능력이 뛰어나다고 평가받는 놀란 라이언은 메이저리그 통산 탈삼진 1위 기록 보유자이며, 그렉 매덕스도 통산 3천 개가 넘는 탈삼진을 잡은 투수였다.

그리고 김진호, 메이저리그의 지배자로 불리며 앞서 거론한 투수들과 기꺼이 이름을 나란히 할 만한 그 역시 그러했다.

매 시즌 300개가 넘는 탈삼진을 잡아내던 김진호는 누구보다 삼진 잡는 능력이 뛰어난 투수였다.

그런 김진호는 언제나 말했다.

-모든 아웃을 삼진으로 잡을 순 없겠지. 하지만 경기를 하기 전에 그날 경기에 나올 수 있는 모든 타자들을 상대로 삼진을 잡을 계획은 세워둬야 해. 이 타자를 상대로는 삼진을 잡기 위해서 어떤 공을 어떻게 몇 개나 던져야 하는지.

모든 타자를 상대로 삼진을 잡을 줄 알아야 한다고.

-투구수가 20개든, 30개든 몇 개를 써서라도, 얼마를 낭비하더라도 좋아. 일단 계획을 세울 줄 알아야 해. 그게 기본이야.

이제까지 김진호가 이진용에게 가르쳐 준 것들은 바로 그것을 위한 기초 훈련이었다.

타자를 읽고, 읽어낸 정보를 분석하고 해석한 후에 그에 맞는 사냥법을 만드는 것.

-그렇게 해서 삼진으로 잡을 수 있는 타자의 숫자가 늘어날수록 리그 내에서 가치도 늘어나는 거야.

당연히 이진용은 샤크스전을 준비할 때 김진호의 가르침을 그대로 수행했다.

샤크스에 있는 주요 타자들의 스카우팅 리포트를 분석했고, 그들의 타격 영상을 분석했다.

그리고 경기 내내 그들의 타격에 집중했다.

오늘 그들의 컨디션이 어떠한지, 그들의 노림수가 무엇인지, 어떤 심리인지.

물론 이제까지는 그러한 것을 알아도 이진용이 할 수 있는 것에는 한계가 있었다.

방법이 많아도, 이진용이 가진 능력으로 선택할 수 있는 방법은 얼마 없었으니까.

특히 코너워크를 마음껏 공략할 만한 제구력의 부재는 이진용의 선택지를 한없이 좁혔다.

그 사실은 이진용에게 있어 고문과도 같은 일이었다.

맹수임에도 이빨과 손톱이 없어 사냥감을 눈앞에 두고도 사냥을 하지 못한 채, 썩은 고기만을 찾아다니는 것과 같은 고문.

심지어 김진호는 그 너머의 것도 알려줬다.

-그리고 만약 진용이, 네가 그런 식으로 계산을 해서 27명의 타자를 잡았는데도 투구수의 여유가 생긴다면 그때부터는 네가 싸울 상대는 리그의 타자들이 아니야.

그저 단순히 프로선수들의 세계가 아니라 그 너머의 세계에 대해서.

-놀란 라이언, 톰 시버, 워렌 스판, 샌디 쿠팩스…… 이진용, 네 기준에서는 그렉 매덕스나 랜디 존슨 그리고 위대한 투수 김진호 같은 역사에 길이 남은 전설들과 싸우게 되는 거지.

별들만이 노니는 그 너머의 세계가 어떤 세계인지 말해줬다.

-삼진 하나를 잡을 때마다 잡은 타자가 아니라, 전설적인 투수들이 거론되는 거다. 아마 넌 상상도 못 할 거다.

오로지 김진호만이 알려줄 수 있는 이야기를 들었고, 덕분에 이진용은 그 세계를 꿈꿀 수 있었다.

그런데 지금 이 순간 그 꿈에 닿을 수 있는 이빨과 발톱이 들어온 것이다.

당연한 말이지만 이진용은 이 순간 제정신이 아니었다.

"지랄 염병 때문에 방출을 당하는 한이 있어도 오늘 미쳐본다."

5 대 0으로 경기를 리드하던 샤크스가 맞이한 5회 말, 샤크스의 타순은 8번부터 시작이었다.

하위타순부터 시작되는 만큼 샤크스는 이번 타순에 크나큰 기대를 하진 않았다.

애초에 샤크스의 하위타순은 앞선 상위타순과 중심타선에 비해 꽤 약했으니까.

7번, 8번, 9번 타순에 배치된 주전 선수들의 평균 타율이 2할 3푼에 불과했으며, 이 타순에서 나온 홈런의 개수가 1달

내내 3개에 불과한 것이 그 증거였다.

물론 달리 말하면 그런 낮은 타율과 성적 속에서도 그들이 주전으로 활약하는 건 다른 부분에서 그만한 능력이 있다는 의미였다.

샤크스의 8번 타자 나승환은 아주 뛰어난 수비능력을 가진 유격수였다.

타율이 고작 2할 3푼에 불과함에도 샤크스의 주전이 될 수 있을 정도로 실력 좋은 유격수.

더불어 유격수는 어떤 의미에서 포수 다음으로 투수의 공이 눈에 익은 포지션이기도 했다.

언제 빠른 땅볼이 올지 모르는 상황에서 유격수는 타자만큼이나 투수의 공에 집중해야 하니까.

'이 녀석, 스플리터 장난 아니야.'

때문에 나승환은 지금 자신이 선두타자가 되어 상대해야 하는 마운드 위의 투수가 앞서서 던진 그 스플리터란 놈이 얼마나 상대하기 힘든 공인지 잘 알고 있었다.

'작심하고 치는 수밖에 없어.'

객관적으로도, 지표상으로도 타격 능력이 부족한 나승환 입장에서는 오로지 스플리터만 노려야 간신히 칠 수 있을 정도.

그렇기에 나승환은 그것을 승부수로 삼았다.

'그래, 어차피 결정구로 스플리터를 던진다면 그걸 노려주마.'

1군 주전 선수이지만, 타석에서는 강자일 때보다 약자일 때가 많았던 나승환은 약자가 싸우는 법이 그 무엇도 아닌 선택 그리고 집중이란 걸 알고 있었기에 내릴 수 있는 선택이었다.

나승환은 이진용의 스플리터를 도리어 노리기로 했다.

이건 결코 막연한 도박, 무모한 도전 따위가 아니었다.

'일단 투 스트라이크까지 본다.'

오늘 이진용의 피칭은 투 스트라이크 상황까지 볼카운트를 만든 후에 스플리터를 던져 헛스윙을 끌어내는 피칭을, 삼진을 잡는 피칭을 하고 있었고 누가 보더라도 그게 정답이었다.

그 어떤 투수도 그런 끝내주는 스플리터를 놔두고 굳이 다른 방법을 강구하진 않을 테니까.

달리 말하면 투 스트라이크 상황에서 스플리터가 나올 확률이 높다는 의미.

나승환은 그것을 노리고 타석에 섰고, 이진용은 곧바로 피칭을 시작했다.

이진용, 그가 던진 초구는 투심 패스트볼이었다.

펑!

스트라이크존, 우타자인 나승환의 몸쪽을 찌르는 투심 패스트볼.

'헉.'

타자를 움찔하게 만들 정도.

"스트라이크!"

주심의 스트라이크 판정이 도리어 감사하게 느껴질 정도,

만약 배트를 휘둘렀으면 초구 땅볼로 아웃이 되었을 정도로 홈플레이트 근처에서의 무브먼트가 끝내주는 공이었다.

'그래, 투심이 원래 장기였었다고 했지?'

그제야 나승환은 이진용이란 투수의 카테고리 중 가장 높은 곳에 있던 것이 투심 패스트볼이란 게 떠올렸다.

'젠장, 미치겠네.'

오늘 경기가 시작하기 전까지만 해도 이진용의 카테고리 어디에도 스플리터 따위는 없었다는 것을 떠올렸다.

달리 말하면 샤크스 전력분석팀이 준비한 이진용의 스카우팅 리포트가 쓰레기가 되었다는 의미였다.

'저 새끼, 정체가 뭐야?'

그야말로 미칠 노릇.

당연히 미칠 지경인 나승환의 머릿속은 복잡해졌고, 그런 그에게 이진용이 던진 2구째 스플리터에 제대로 된 반응을 할 여유 같은 건 존재하지 않았다.

후웅!

그렇게 나승환이 자신의 두 번째 스트라이크를 헛스윙으로 쌓았다.

"스윙 스트라이크!"

순식간에 투 스트라이크 상황에 몰렸다.

그러나 도리어 그 순간 나승환은 나름의 집중력을 발휘했다.

'이제 무조건 노린다. 스플리터라고 생각하고 노린다.'

벼랑 끝에 몰린 그는 도리어 자신이 선택할 수 있는 선택지가 하나밖에 없음을 본능적으로 인지했다.

그런 그를 향해 이진용이 3구째를 던졌다.

'온다.'

나승환은 당연히 그 공이 스플리터라고 생각했다.

스플리터라고 예상하고 그런 스윙 궤적 그대로 자신의 배트를 움직였다.

'어?'

그러나 이진용이 던진 공은 스플리터처럼 떨어지기는커녕 도리어 일반적인 패스트볼보다 덜 가라앉았다.

라이징 패스트볼!

그 갑작스러운 공 앞에서 나승환의 배트는 그대로 허공을 가르고 지나갔다.

후웅!

그리고 주심은 곧바로 크게 제스처를 취하며 온몸으로 세상에 알렸다.

"스윙 스트라이크, 아웃!"

이진용이 세 번째 삼진을 잡았다는 사실을.

그러나 그런 주심의 노력은 곧바로 이어진 한 사내의 환호성에 그대로 묻히고 말았다.

"호우!"

이진용, 그가 드디어 자신의 사냥감에 환호성을 내질렀다.

"호우!"

이진용이 처음 마운드에서 그 소리를 내질렀을 때 그 광경을 보던 관중 그리고 기자와 선수단은 멍한 표정을 지었다.

'뭐야?'

'지금 뭐라고 한 거야?'

그들은 처음 보는 그 말도 안 되는 광경을 제대로 받아들이지 못했다.

반면 이진용의 그 모습을 아는 이들은 그 사실에 도리어 입가에 미소를 지었다.

"또라이 새끼."

황선우 기자도 그중 한 명이었다.

그가 있는 기자석과 마운드 사이의 거리는 꽤 멀어서 이진용의 외침이 들릴 리 없음에도, 그는 이진용이 어떤 소리를 내질렀는지 선명하게 상상할 수 있었다.

그렇기에 황선우는 확신했다.

'이제 굳이 주변 눈치 볼 거 없다, 이거군.'

이진용 본인이 더 이상 눈치 볼 것 없이 자신의 야구를 할 각오를 마쳤다는 것을.

'재미있어지겠군.'

이제 정말 야구가 재미있어지리란 사실을.

물론 황선우만 그러했다.

좀 더 시간이 흐른 후 이진용이 한 짓의 의미를, 의중을 파악한 이들은 곧바로 눈살을 찌푸렸다.

"저 새끼 뭐야?"

"지금 호우, 그렇게 외친 거 맞지? 삼진 잡고?"

샤크스 벤치에서는 격렬한 분노가 표출됐다.

반면 엔젤스 벤치에서는 박수 소리가 나왔다.

"캬, 우리 팀에 드디어 뭔가 또라이 같은 새끼가 들어왔네."

"그래, 그냥 질러버려!"

지고 있는 경기, 심지어 상대팀 에이스 투수에게 아주 그냥 사정없이 짓밟히는 와중에 이진용이 내지른 환호성은 엔젤스 선수들의 답답한 속을 뻥 뚫어주는 사이다와 같았다.

물론 선수단과 달리 코칭스태프들은 이진용의 행동에 감정의 표출이 아닌 계산을 했다.

일단 샤크스의 감독, 김수만은 생각했다.

'엔젤스 선발투수가 타구에 맞고 부상당해 강판된 상황에서 벤치 클리어링 같은 거 일으켜서 좋을 건 없지. 대신 이제 예의는 끝낸다. 모든 수단과 방법을 동원한다.'

이진용의 행동을 문제 삼지 않되, 이도섭의 부상에 대한 예의는 더 이상 없다고.

엔젤스의 감독, 봉준식도 생각했다.

'솔직히 알렉스를 상대로 5점이나 되는 점수 차를 뒤집긴 힘들다. 하지만 이대로 분위기마저 지고 들어가면 남은 2연전도 기대하기 힘들 터. 그런 상황에서 이진용이 분위기를 띄워줄 수 있다면…… 기꺼이 날뛰게 해줘야지.'

이진용이 나서서 분위기를 띄워준다면 말릴 게 아니라 부채질을 할 때라고.

결과적으로 두 감독은 이진용의 이 환호성에 대해 그 어떤 터치도 않지 않았다.

그 사실을 가장 먼저 파악한 건 김진호였다.

마운드 위에서 두 감독의 낌새를 파악한 김진호가 이진용을 내려다보며 말했다.

-벤치에서 오케이 콜 나왔다. 이제 마음대로 질러도 될 것 같다.

이진용은 대답 대신 숨을 골랐다.

"호오, 후우."

숨을 들이마시고, 내뱉었다.

"호오, 후우."

보다 크게 환호성을 내지르기 위해서.

-미친 새끼.

그런 이진용의 모습에 김진호는 입가에 깊은 미소를 지었다.

-그래, 미칠 수밖에 없지. 이 재미를 아는데, 미치지 않으면 그 새낀 야구를 하지 말아야지.

이 순간 김진호도 느끼기 시작했다.

마운드 위에 올라선 자가 그 마운드 위를 지배할 때의 느낌을.

자신이 전성기 시절 메이저리그의 마운드 위에서 만들어내던 느낌이 김진호에게도 전달됐다.

-죽여 버려.

당연히 김진호는 이진용을 말리지 않았다.

"예."

그리고 이진용은 기꺼이 김진호의 말을 따랐다.

그로부터 몇 분 후.

"스윙, 스트라이크 아웃!"

주심이 9번 타자의 삼진 아웃을 선언했고, 곧바로 이진용이 소리쳤다.

"호우!"

메이저리그에서 가장 많은 헛스윙을 이끌어내는 구질은 무엇일까?

이 질문에 대해 대답은 간단하다.

'-만약 경기에서 두 가지 공만 던져야 한다면 하나는 포심 패

스트볼을, 하나는 슬라이더를 고를 거야. 실제로 랜디 존슨은 그 두 가지만으로 최고의 투수가 됐지.'

슬라이더.

메이저리그의 역사에 수놓아진 무수히 많은 구종 중에서도 슬라이더만큼 많은 헛스윙을 이끌어낸 변화구는 없었다.

"스윙, 스트라이크 아웃!"

때문에 샤크스의 1번 타자, 2016시즌 3할 1푼의 타율을 기록한 이강수가 슬라이더에 헛스윙 삼진으로 물러난 건 조금도 이상한 일이 아니었다.

이강수 역시 그 슬라이더에 배트를 대지 못한 것에 대해서 의문을 제기할 생각은 없었다.

그는 그저 화가 날 뿐이었다.

"호우!"

'저 빌어먹을 새끼!'

바로 자신으로부터 삼진을 잡아낸 것을 마운드 위에서 기뻐하는 투수의 주둥이를 뭉개지 못한다는 사실이.

"아오!"

그렇게 분을 삭이며 벤치로 돌아가는 그의 모습에 이진용이 입가에 미소를 지었다.

[101포인트를 획득하셨습니다.]

[5타자 연속 삼진을 잡으셨습니다. 보너스 포인트가 지급됩니다.]
[7타자 연속 삼진을 잡을 경우 최초 보너스가 지급됩니다.]
[현재 1.2이닝 무실점 피칭 중입니다.]
[현재 누적 포인트는 3,353포인트입니다.]

그런 이진용의 귓속으로 베이스볼 매니저의 알림이 들렸다.

-오늘 제대로 긁히는데? 앞으로 구속이 여기서 30킬로미터만 더 나오면 포스트 김진호가 될 수 있겠는데?

김진호의 목소리도 들렸다.

-응?

그러나 이진용은 그런 김진호의 말에 대답하지 않았다.

대신 이진용은 마운드를 내려가지 않은 채 샤크스의 벤치를 바라봤다.

-오호라.

그 벤치 안에서 배트 대신 주섬주섬 글러브와 모자를 챙기는 덩치 좋은 타자를 바라봤다.

최정우.

샤크스의 3번 타자이며, 한국프로야구를 대표하는 최고의 3루수!

2014시즌을 끝으로 무려 4년 90억 원이라는 어마어마한 FA 계약을 맺은 건 물론, 작년 시즌 무려 41홈런을 기록하며 이제 통산 홈런이 250개를 넘은 타자!

이진용, 그가 6회 말에도 마운드에 올라온다면 마주해야 하는 가장 큰 벽이었다.

물론 이진용은 그 사실에 겁을 먹을 생각은 추호도 없었다.

애초에 그런 걸 배운 적도 없었다.

-그래, 대어를 잡으려면 기세를 탔을 때 잡아야지.

김진호에게 배운 거라고는 리그 최고의 타자를 만났을 때 신께 감사하며 그 타자를 먹어치우라는 것뿐이었으니까.

-그래서 잡을 수 있겠어?

그 말에 이진용은 짧게 대답했다.

"호우!"

그 짧은 대답을 듣는 순간 김진호는 확신했다.

-이 미친 또라이 새끼.

이진용이 미쳐 날뛰기 시작했다고.

야구팬들에게 있어 화요일 저녁 6시 30분은 몸이 가장 달아오르는 시간이다.

월요일이란 정말 말도 안 될 정도로 힘겨운 날을 버티고, 드디어 다시금 야구를 볼 수 있는 시간.

하지만 그렇게 보게 된 야구 경기를 1회부터 9회까지, 쉬지 않고 보기란 쉽지 않다.

자기가 응원하는 팀이 어떤 대단한 무언가를 보여주거나 한 치 앞을 모르는 박빙의 승부가 펼쳐지면 모를까, 대개는 5회 전후로 승패가 가늠되게 마련이고 그러다 보면 슬슬 다른 구장 경기에 관심을 가지게 되기 마련이다.

채널이 돌아가기 시작한다는 의미다.

그런 와중에 야구 관련 커뮤니티에서 재미난 이슈거리가 뜨면 당연히 그 경기를 보게 된다.

-문학구장에 이상한 또라이 새끼가 나왔어.

이번 건도 그랬다.

-또라이? 무슨 또라이?

└엔젤스에 이진용이란 놈이 올라왔는데, 이 새끼 리얼 생또라이임.

문학구장, 샤크스와 엔젤스의 경기가 치러지는 그곳에 이상한 투수 한 명이 있다는 이야기가 야구팬들의 커뮤니티에서 빠르게 퍼지기 시작했다.

-그게 무슨 말이야?

-마운드에서 귀신이라도 보인데?

└삼진 잡을 때마다 호우! 외치고 있어.

당연히 사람들은 관심을 가졌다.

-호우? 진짜? 미친놈 아니야?

-진짜 또라이 새끼네?

-벤클 안 일어남?

물론 그 관심은 굳이 그 경기를 찾아가서 볼 정도의 수준의 관심은 아니었다.

별 볼 일 없는 또라이에 관심을 가질 이유는 많지 않았으니까.

-근데 이 또라이 놈이 샤크스 상대로 5타자 연속 삼진 잡았음.

ㄴ뭐?

ㄴ리얼?

하지만 별 볼 일 없는 또라이가 아니라는 사실이 알려지는 순간, 더 이상 사람들은 댓글을 보지 않았다.

"또라이 새끼인데 5타자 연속 삼진?"

"5타석 연속 삼진이라면 엄청난 강속구 투수의 등장인가? 150정도 던지는 놈이겠지?"

경기를 직접 볼 뿐.

"Fire!"

6회 초, 마운드 위에 올라선 알렉스 브레드는 6회 초의 마지막 아웃카운트를 잡는 순간 마치 드래곤이 불을 뿜듯 괴성을 내질렀다.

괴성을 넘어 포효였다.

그라운드를 흔들 정도의 포효!

"아오, 씨발!"

그 포효에 삼진을 당한 엔젤스의 타자는 나름 전력을 다해 욕지거리를 내뱉었다.

"저 양키 새끼 목소리가 더 커진 것 같다?"

"저저, 목에 핏대 선 거 봐! 아주 그냥 억지로 악을 쓰네, 악을 써."

"야구를 무슨 성대로 하냐?"

엔젤스의 더그아웃에 있는 선수들 역시 알렉스의 외침에 불편한 감정을 거침없이 토해냈다.

하지만 벤치 클리어링 같은 불상사는 일어나지 않았다.

오늘 그라운드에서 무슨 지랄을 하든 불문으로 한다!

그런 암묵적인 합의가 됐기에.

그렇기에 엔젤스의 선수들은 그라운드로 뛰쳐나가는 대신

스윽, 고개를 돌려 벤치에 앉아 껌을 질겅질겅 씹고 있는 자그마한 체격의 투수를 바라봤다.

이진용.

작은 체격에 어울리지 않게 마운드 위에서 누구보다 인상적인 피칭을 보여주는 투수.

그리고 그 피칭과는 비교도 되지 않을 정도로 강렬한 환호성을 가진 투수를 바라보며 엔젤스 선수들은 기대했다.

'그래도 목소리는 쟤가 더 큰 듯?'

'솔직히 우리보다 샤크스 애들이 더 빡칠 듯?'

저 또라이 새끼가 조금 전 알렉스 브레디와는 비교도 되지 않을 정도로 제대로 된 또라이 짓을 해줄 거라고.

그런 그들의 시선에 김진호가 피식 웃었다.

-한국 야구 재밌네.

사실 김진호에게 지금 이런 더그아웃 분위기는 처음 느끼는 분위기였다.

-아주 재밌어.

만약 메이저리그에서 지금 같이 게임이 플레이됐다면, 만약 그게 지명 타자 제도가 없어 투수가 타석에 서야 하는 내셔널리그였다면, 이진용은 오늘 엉덩이나 등짝에 야구공 모양의 시퍼런 문신을 달게 될 테고, 그것으로 상황은 정리됐을 테니까.

그러나 한국프로야구는 달랐다.

-배트 플립이 되니까 아주 그냥…… 그래, 요즘 이런 걸 꿀

잼이라고 했지? 꿀잼 경기가 나오네.

기본적으로 타자들이 배트 플립을, 소위 '빠던'을 통해 타석에서의 감정 표현을 마음대로 할 수 있는 만큼, 투수들에게도 그만큼의 자유가 허락됐다.

물론 그게 아니더라도 이진용에게는 운이 따랐다.

만약 이진용이 마운드에서 호우를 외치는 순간 샤크스의 감독이 나서서 불만을 표시했다면, 엔젤스의 감독이 이진용을 부른 후에 마운드 위에서 그런 이상한 지랄을 한 번만 더 하면 뒈진다, 라고 말했다면 이진용은 절대 한국프로야구의 마운드 위에서 그런 짓 따위는 하지 못했을 테니까.

그야말로 천운이 따른 셈.

-그런데 진용아, 뭐라고 대답 좀 해라. 이러면 내가 또라이 귀신같잖아? 응?

하지만 이진용은 그런 사실에 신경 쓸 생각은 없었다.

'설계는 끝났다.'

그가 신경 쓰는 건 오직 하나.

'이제 사냥에 나선다.'

6회 말의 마운드 위에서 자신이 마주할 타자들뿐이었다.

이진용, 그가 그렇게 마운드에 올랐다.

-뭐야?

-쟤야?

-쟤가 그 또라이라고?

-너무 작은데?

이진용이 마운드에 올라오는 순간 그 경기를 보는 온라인 세상의 분위기가 뜨겁게 달아올랐다.

자연스레 기자석 분위기도 뜨거워졌다.

"지금 이 경기 포털 사이트 온라인 시청자가 3만 명이라는데?"

"화요일 이 시간대에? 그렇게 많이?"

"4회까지는 1만 근처이던 게 3배가 됐군."

사람의 관심이 모이는 곳을 찾아다니는 게 직업인 기자들은 당연히 그 사실에 반응했다.

"나는 기사 좀……."

"나도……."

"예, 선배님. 예, 지금 문학입니다. 아무렴요 바로 올리겠습니다."

저마다 노트북 앞에 선 채 키보드를 두드리기 시작했다.

당연한 말이지만 그라운드 밖의 분위기가 이토록 뜨거운데, 그라운드 안의 분위기가 차가울 리는 없었다.

'이진용.'

6회 말 선두타자로 나온 샤크스의 2번 타자 조승환, 그는 뜨거운 수준을 넘어 폭발하기 직전이었다.

'네놈 새끼의 그 주둥이를 박살 내주마.'

그는 이진용이 환호성을 내지르는 꼴을 볼 생각이 없었다.

그러한 자신의 의지를 숨길 생각도 없었다.

퍽퍽!

왼쪽 배터 박스에 들어온 그는 배터 박스의 뒷부분을, 배터 박스를 표시하는 그 하얀 선을 사정없이 자신의 발로 짓밟았다.

배터 박스의 경계선을 흐릿하게 만들었다.

어떻게든 배터 박스 뒤쪽으로 이동해서 이진용의 공을 1㎝라도 더 보기 위함이었다.

물론 그렇게 한다고 해서 정말 안 보이던 공이 보이거나, 칠 수 없는 공을 칠 수 있는 건 아니었다.

굳이 말하면 그건 심리적인 공격이었다.

일단 타자가 배터 박스 뒤쪽으로 이동하면 포수가 위협을 느끼게 된다.

배터 박스는 그저 단순히 타자를 가두기 위한 곳이 아니라, 타자의 스윙이 포수나 주심에게 닿지 않게 하기 위한 조치였으니까.

그렇게 포수가 위협을 느끼면 마운드 위의 투수에게도 영향을 미치게 되고, 그 과정에서 타자에게 기회가 오는 것이다.

그다지 좋은 짓은 아니었다.

말 그대로 도발, 상대팀을 자극하는 일이고 때로는 이런 것이 벤치 클리어링의 원인이 되고는 하니까.

그 정도였다.

'와라!'

조승환이 이진용을 향해 보이는 적의는.

"마법의 1이닝."

그런 조승환 적의에 이진용 역시 전력으로 대응했다.

이진용과 조승환의 승부는 무려 공 10개짜리 승부였다.

이진용이 코너워크를 공략하기 위해 던진 공 중 빠지는 공을 조승환은 귀신같이 골라냈고, 존에 들어오는 공도 귀신같이 걷어내며 이루어진 승부.

"조승환이 완전 투수를 말려 죽이네, 죽여."

"이러면 투수 입장에서는 이겨도 이긴 게 아니지."

사실 정확히 말하면 이진용이 진거나 다름없는 승부였다.

타자는 투수를 상대로 풀카운트 상황에서 아웃을 당해도 이득이란 말이 있다.

풀카운트 상황에서 아웃을 당한다는 건 투수로 하여금 6개나 되는 공을 던지게 했다는 거고, 그 정도로 공을 던지게 했다면 타자는 충분히 제 몫을 했다는 의미이니까.

그런 의미에서 이진용으로 하여금 그것보다 4개나 더 많은 공을 던지게 하는 건 충분히 대단한 일이었다.

그 4개는 투수에게 단순한 4개가 아니라, 자신의 정신력과 집중력을 보다 더 소모시키는 4개였으니까.

“스윙, 스트라이크 아아~우웃!”

어쨌거나 이진용은 무려 10개의 공을 던지면서까지 조승환을 상대로 삼진을 잡아냈다.

“호우!”

그리고 이진용이 그 사실에 오늘 가장 큰 소리로, 가장 격렬한 호우를 내질렀다.

가볍게 거둔 승부가 아닌 힘겨운 승부 끝에 승리를 거둔 이가 내지를 법한 환호성이었다.

때문에 그건 명백한 의지의 표현이었다.

“이걸로 6타자 연속 탈삼진인가?”

“삼진을 잡으려고 악착같이 덤벼드는군.”

“그래도 대단하네. 어쨌거나 잡았잖아?”

이진용이 어떻게든 삼진을 잡으려고 한다는 의지의 표현.

“그보다 7타자 연속 탈삼진이면…… 한 경기 최다 연속 탈삼진 기록이 몇 개였지?”

그리고 그런 이진용의 도전은 기꺼이 해볼 만한 도전이었다.

“10개.”

“잠깐, 7개면 엔젤스 구단 내 기록과 타이 아닌가?”

한 경기 연속 탈삼진 기록이란 건 자신의 커리어에 단순한 숫자가 아닌 문장으로 남길 수 있는 기록이었으니까.

당장 이진용이 거둔 6타자 연속 탈삼진만 해도 정말 대단한 일이었다.

"분명한 건 보통 기록은 아니라는 거지. 최소한 훈장으로 삼기에는 부족하지 않은 기록."

"아무렴, 기사 타이틀로 걸기에 충분한 훈장이지."

이진용이 앞으로 다시는 이런 기록을 거두지 못하더라도 이상할 게 없는 기록.

더 나아가 이제부터 탈삼진이 하나 쌓일 때마다 그 삼진의 값어치는 천정부지로 치솟는 상황이었다.

자연스레 모두들 그런 이진용의 다음 매치업에 관심을 가졌다.

"그럼 과연 최정우를 상대로도 삼진을 잡으려고 할까?"

과연 이진용이 최정우마저 삼진으로 잡으면서 7타자 연속 탈삼진을 기록할 것인가?

"맞아도 남는 장사인데 하겠지."

그런 기대감 속에서 최정우가 배터 박스에 섰다.

"뭐, 이제 보면 알겠지."

그러자 문학구장의 분위기가 달라지기 시작했다.

당장 응원가를 부르는 팬들의 목소리가 달라졌다.

Queen의 'We will rock you'를 개사해 만든 최정우의 응원

가가 문학구장을 흔들기 시작했다.

정말 락 콘서트에 온 듯 문학구장이 울리기 시작했다.

샤크스 제일의 타자이자, 국가대표 3루수를 위한 무대가 마련되기 시작한 것이다.

"솔직히 여기서 주인공은 누가 보더라도 최정우지."

마땅한 일이었다.

이곳은 문학구장이고, 샤크스가 주인이며, 최정우는 그런 샤크스의 최고 주연 배우였으니까.

"모두가 최정우의 홈런을, 큼지막한 타구를 기대하겠지."

"이진용은 그런 최정우에게 짓밟히는 악역이고."

이곳 문학구장에서 이진용은 최정우란 주연 배우에게 무참히 당해야 하는 악당일 뿐이었다.

물론 최정우는 그런 분위기 따위는 염두에 두지 않았다.

최정우는 그저 이진용에 대해 생각할 뿐이었다.

'날 상대로 삼진을 노리겠지.'

이진용이 자신을 상대로 삼진을 잡으려는 피칭을 할 것이라고.

6타자 연속 탈삼진을 거둔 상황에서 7타자 연속 탈삼진을 노리지 않을 이유는 없을뿐더러, 이진용에게는 오늘 경기에서 무실점 피칭을 해야 할 의무 같은 건 없다고.

지는 무대에 올라와 제 공을 던지면 될 뿐이라고.

'제구가 되는 모양이니 코너워크 피칭을 할 테고.'

때문에 최정우는 이진용이 자신을 상대로 어떤 피칭을 할지, 그 역시 어렵지 않게 가늠했다.

'볼넷을 주더라도 존에는 절대 안 넣겠지.'

결코 좋은 공은 주지 않을 것이다.

오늘 코너워크 제구가 잘 되는 만큼 볼이 되더라도 스트라이크존의 좌우 경계면을 집요하게 노리는 피칭을 할 것이다.

실투가 아닌 이상, 스트라이크존 안에 들어오는 공은 없다고 해도 무방하다는 의미.

-재 장난 아니야.

그 사실을 김진호 역시 잘 알고 있었다.

-네 수준으로는 재를 상대로 풀카운트 만드는 것도 쉽지 않을 거다. 그 전에 맞을걸?

처음 최정우의 타격 영상을 봤을 때 김진호는 칭찬을 아끼지 않았다.

이 정도 타자 앞에서 최고 구속 130짜리 투수는 개박살이 날 것이라느니, 스트라이크존 어디를 집어넣든 난타를 당할 것이라느니, 체격도 작은 이씨 성을 가진 또라이 투수는 절대 잡을 수 없는 타자라느니…….

-진용아, 드디어 네 제삿날이 온 거 같다. 오예! 드디어 진용이 제삿날이다!

지금과 같은 칭찬을 쉴 새 없이 했다.

그리고 이진용도 그런 김진호의 평가에 동의했다.

'사실상 약점은 없다.'

뛰어난 선구안, 스트라이크존 밖의 공도 안타로 만들어내는 교타 능력, 스트라이크존 안에 들어오는 공이면 코스가 어디든 구질이 무엇이든 펜스 너머로 보낼 수 있는 장타 능력에, 그 어떤 상황에서도 흔들리지 않는 정신력까지!

이런 게 아니더라도 그의 머리 위에 뜬 223이라는 숫자가 그가 얼마나 대단한 선수인지 보여주고 있었다.

"라이징 패스트볼."

솔직히 이진용은 최정우를 상대로 삼진을 잡아낼 자신이 없었다.

"리볼버."

-어? 너 설마?

그게 이유였다.

"심기일전."

-투심…….

이진용, 그가 최정우의 스트라이크존 안으로 투심 패스트볼을 집어넣은 이유.

최정우, 그는 역시 대단한 타자였다.

-최정우 선수 타격!

경기를 보던 모든 이들이 삼진을 잡기 위한 피칭을 하리라 예상되던 상황.

최정우 본인도 이진용이 코너워크 피칭을 하리라 생각하던 상황.

그 상황에서 모두의 예상을 깨고 정말 기가 막힐 정도로 몸쪽으로 완벽하게 제구가 되어 들어오는 놀라운 무브먼트의 투심 패스트볼을 최정우는 쳐냈다.

-큽니다, 타구가 높이 뜹니다.

높이 그리고 멀리.

다른 타자라면 내야수 너머로도 보내지 못했을 공을 최정우는 외야수를 뒷걸음질 치게 만들 정도로 먼 곳까지 보냈다.

하지만 거기까지였다.

예상치 못한 상황에서 이루어진 타격은 최정우가 가진 전력을 오롯하게 발휘하지 못하게 했다.

-좌익수가 워닝 트랙 앞에서 잡습니다.

최정우의 공은 펜스를 아슬아슬하게 넘지 못한 채 좌익수의 글러브에 그대로 들어갔다.

최정우는 그 타구를 보는 순간 쓴웃음을 머금었다.

'좋은 공은 절대 안 준다고 생각했는데…… 거기서 설마 공격적으로 들어올 줄이야.'

허를 찔린 이가 지을 법한 미소였다.

'그보다 투심 패스트볼도 장난이 아니야. 심지어 코스는…… 내가 가장 약한 코스였어.'

하지만 그 누구도 그런 최정우의 미소에 관심을 가지지 않았다.

언제나 그렇듯 사람들은 패자가 아닌 승자만을 기억하는 법.

"호우!"

지금 이 순간 사람들이 기억하는 건 마운드 위에서 이진용이 일곱 번째 환호성을 내질렀다는 사실뿐이었다.

"호우!"

이진용이 최정우 다음으로 올라온 4번 타자 게리 필더를 상대로 삼진을 잡는 순간, 황선우의 스마트폰이 짧게 울었다.

문자 도착을 알리는 그 알림에 황선우가 문자를 확인했다.

문자 내용은 담백했다.

[이도섭 발목에 금, 최소 8주]

후배 기자가 보낸 그 소식에 황선우는 쓴웃음을 머금었다.

'엔젤스 입장에서는 악재 중의 악재로군.'

최소 8주, 부상에서 회복하고 컨디션을 되찾는 데에는 두 달 이상 걸린다는 의미였다.

사실상 이도섭의 2017시즌 전반기는 사라지는 상황.

그런 이도섭의 부재는 엔젤스 입장에서도 충분히 긴급 사태였다.

'이도섭이 아무리 못한다고 해도 기회를 받을 가치가 있는 투수인 건 분명했지.'

이도섭이 6점대 방어율로 처참한 모습을 보여줬지만, 그럼에도 그는 선발 출전 기회를 받을 가치가 있는 선수였으니까.

애초에 이도섭을 대신해서 선발 로테이션에서 5점대 방어율 정도를 해주며 이닝을 소화해 줄 투수가 있었다면 봉준식 감독이 바보도 아니고 그 선수를 선발 로테이션에 포함시켰을 것이다.

없으니까 이도섭이 그 자리를 차지했던 것이다.

'그게 아니더라도 지금 1군과 2군을 포함해서 엔젤스의 선발 로테이션을 책임질 투수는 없다.'

더 나아가 엔젤스는 이번 시즌을 앞두고 딱히 선발투수 육성에 힘을 기울이지도 않았다.

선발투수란 게 키우고 싶다고 해서 키울 수 있는 게 아닐뿐더러, 시즌 시작 전 엔젤스는 거액을 들여 외국인 투수 두 명과 FA로 차운호라는 당시 시장에서 최고로 평가받던 좌완 선발투수를 영입했으니까.

이 셋에 양윤섭을 더하면, 솔직히 굳이 선발 카드를 확보하기 위해 악착같이 더 무언가를 할 필요는 없었다.

오히려 그들의 승리를 지켜줄 보다 확실한 필승조를 구축하는 게 더 중요했다.

'그렇다고 필승조에 있는 투수들을 끄집어다 선발에 놓는 건 말도 안 되는 일이지.'

하지만 사고는 터졌고, 이제 무언가를 해야 할 때가 왔다.

'결국 필승조와 선발 로테이션의 투수를 제외한 투수들을 데리고 시험을 해야지.'

거기까지 생각이 닿았을 때 황선우가 7회 초를 위해 정리되는 그라운드를 바라봤다.

위풍당당함과는 거리게 멀게, 모자를 깊게 눌러쓰고 글러브로 입을 가린 채 중얼거리며 마운드를 내려가는 투수를 바라봤다.

그 투수를 바라보며 생각했다.

'검증은 끝났다.'

2.2이닝 7탈삼진 무실점.

이제 더 이상 이진용에게 검증을 위한 테스트는 필요 없다고.

'다음 5선발 자리는 이진용에게 오겠군.'

그저 결과를 내기 위한 시도만이 남았다고.

여기까지 생각이 미쳤을 때 황선우는 미소를 지었다.

'역시 내 감은 틀리지 않았군.'

그 누구도 찾지 못했던 이진용의 가치를 자신이 먼저 찾아내고, 그의 활약을 예상했다는 사실에 대한 미소였다.

하지만 그런 황선우도 예상하지 못한 게 있었다.

"응?"

"어?"

"더 던질 생각인가?"

7회 말, 이진용이 마운드에 올라왔다.

이진용의 호우주의보는 아직 끝나지 않았다.

선발투수가 예상치 못한 사고로 강판되었을 경우, 그 뒤를 이어 올라오는 투수는 대개 1이닝에서 2이닝 정도만을 소화하고 바통을 다음 투수에게 건네준다.

이유는 여러 가지다.

일단 그런 상황에서 올라오는 투수가 제대로 된 준비를 한 채 마운드에 오르는 경우는 없다는 것.

말 그대로였다.

갑작스러운 사고로 마운드로 올라오는 투수는 육체적으로나 정신적으로나 준비가 덜 될 수밖에 없다.

두 번째 이유는 불펜투수는 기본적으로 1이닝 또는 2이닝만 소화하는 보직이라는 점이다.

불펜투수들은 기본적으로 최대 2이닝 정도 던지는 것을 염두에 두고 몸을 만들지, 3이닝을 던질 것을 염두에 두고 몸을 만들진 않는다.

때문에 이진용이 6회 말까지, 2.2이닝을 소화하고 마운드를 내려갔을 때 그가 다시 마운드에 올라오리라 생각하는 이는 없었다.

-이진용 선수가 다시 마운드에 올라옵니다. 이번 7회 말까지 소화하게 되면, 오늘 3.2이닝을 던지게 됩니다.

-이해하기는 조금 힘들군요. 불펜투수가 3이닝 이상 던지는 경우는 없는데 말이지요. 물론 이진용 선수의 피칭이 아주 좋았습니다만, 그렇다고 해서 무리를 시킬 필요는 없는데 말이죠.

그런데 이진용이 7회 말 마운드에 올라왔다.

당연히 모두가 의문을 가졌다.

대체 왜 이런 일이 일어났는지.

"봉 감독이 올린 건가?"

사람들은 일단 봉준식 감독의 의중에 초점을 맞췄다.

선수 기용은 오롯이 그의 몫이니까.

"글쎄, 봉준식 감독이 굳이 여기서 이진용한테 마운드에 오르라고 할 이유가 있을까? 어차피 지는 경기잖아?"

"그렇지. 이미 불펜에서도 이진용이 2.2이닝을 소화해 주는 동안 투수들이 몸도 다 풀었을 테고."

"아니, 애초에 봉준식 감독은 이진용이 이렇게 던져줄 줄 몰랐을걸?"

"하긴, 이런 피칭을 할 줄 알았다면 이진용을 이런 상황에서 이렇게 올릴 일도 없었겠지."

그러나 봉준식 감독의 스타일은 그런 스타일이 아니었을뿐더러, 지금은 그럴 상황도 아니었다.

"봉준식 감독이라면 이 상황에서는 이진용의 의사를 최대한 존중했겠지."

"이진용 본인이 등판을 자처했다고?"

그렇기에 사람들은 초점을 봉준식 감독에서 이진용으로 바꿨다.

이진용이 등판을 자처했다면, 봉준식 감독 입장에서는 허락해주지 않을 이유가 없었을 테니까.

"대체 왜?"

물론 새로운 의문이 생긴다.

이미 보여줄 모든 것을 보여준 그가 굳이 마운드에 다시 올라올 이유가 대체 무엇일까?

이 의문에 대해서는 그 누구도 답을 내놓지 못했다.

그리고 그건 당연한 것이었다.

이진용이 얼마만큼의 탐욕을 가지고 있는지, 지금 이진용을 보는 이들 중 그것을 짐작할 수 있는 사내는 오로지 한 명밖에 없었으니까.

-또라이 새끼.

당연히 그 한 명은 김진호였다.

그만이 이진용이 가진 탐욕의 크기와 갈증의 크기를 알고 있었다.

"이게 다 김진호 선수가 가르쳐 준 것들 아닙니까?"

-그래, 내가 가르쳐 주긴 했지.

그리고 이진용에게 탐욕과 갈증을 해결할 방법을 알려준 것 역시 김진호였다.

-이럴 때는 뽕을 뽑으라고 가르쳐 주긴 했지.

김진호의 가르침 중 하나는 특별한 날이 있다는 것이었다.

3할 타자라면 산술적으로는 매 경기에 나올 때마다 1개의 안타를 치지만, 실제로 나오는 모든 경기에서 안타를 치는 타자는 생각보다 많지 않다.

양키스의 위대한 타자 중 한 명인 조 디마지오의 56경기 연속 안타 기록이 이제까지 깨지지 않는 이유다.

즉, 3할 타자들은 매 경기 안타를 친다기보다는 쳐야 하는 날 잘 치는 경우가 많다.

2안타, 3안타 경기를 만들어낼 줄 알아야 3할 타율을 기록할 수 있는 것이다.

역으로 말하면 안타가 안 나오는 날에는 제아무리 대단한 타자, 리그에서 타격왕 경쟁을 하는 타자라고 해도 진짜 안 나온다.

타자에게는 그야말로 제삿날.

반대로 투수에게는 그 날은 돼지 잡는 날이다.

-오늘 같은 날이 뽕 뽑기 딱 좋은 날이지.

이진용에게는 오늘 경기가 바로 돼지 잡는 날이었다.

오늘 이진용의 피칭 앞에서 샤크스 타자들은 제대로 된 타격을 하지 못하고 있었다.

-굳이 점수가 더 나올 상황도 아니고.

여기에 지금 샤크스는 굳이 더 점수를 낼 상황도 아니었다.

-대타보다는 오히려 대수비로 교체할 가능성이 더 크지. 자기네 투수가 지금 완봉승을 눈앞에 두고 있는데.

알렉스 브레디는 7이닝 무실점 10탈삼진 피칭을 이어가고 있었다.

앞으로 2이닝만 더 무실점으로 막아낸다면, 완봉승이라는 값진 기록을 얻을 수 있는 상황.

그런 상황에서 과연 샤크스 감독은 5 대 0 점수 차에서 추가점을 내기 위해 대타 작전을 남발할까 아니면 타격은 좋지만, 수비가 좋지 못한 타자들을 한두 명씩 교체하며 수비를 단단하게 할까?

타자들에게 모든 집중력을 발휘해서라도 이진용에게 홈런을 뽑으라고 말할까 아니면 다들 수비에 집중하라고, 점수를 주지 않으려고 노력하라고 말할까?

-하물며 평균 타율이 2할밖에 안 되는 하위타순은 그야말로 공짜 점심이지.

결정적으로 7회 말은 5번 타자부터 시작이었다.

그게 이진용은 기꺼이 마운드에 올라오는 걸 자처한 이유였다.

"오늘 두 자릿수 탈삼진 기록해봅시다."

이진용, 그는 김진호의 말대로 오늘 경기에서 뽑을 수 있는 모든 뽕을 뽑을 속셈이었다.

-두 자릿수 탈삼진이라…… 갑자기 느낌 싸하네.

그 순간 김진호가 눈살을 살짝 찌푸렸다.

"느낌이 싸해요?"

-어, 좀 싸하다.

뭔가 안 좋은 느낌을 받은 모양.

-진용아, 그냥 우리 들어가서 쉬지 않을래? 뭔가 등골이 오싹해지는 게 느낌이 안 좋다.

"얼마나 안 좋으신데요?"

-등골도 오싹하고, 목덜미도 오싹하고, 소름도 돋는 거 같다.

"그렇다는 건……."

그런 김진호의 반응에 이진용은 직감했다.

"두 자릿수 탈삼진 기록하면 대박이라는 건데……."

-응? 뭐?

"오늘 무조건 탈삼진 10개 잡겠습니다."

오늘 뭔가 대박이 나올 것 같다고.

그건 결코 깔끔하다고 할 수 없는 피칭이었다

7회 말, 마운드에 올라온 이진용은 위풍당당한 등장과는 다르게 선두타자로 나온 5번 타자와 6번 타자를 상대로 연속 안타를 내주었다.

-이진용 선수가 오늘 첫 안타를 시작으로 연속 안타를 내줍니다.

-슬슬 힘이 빠지는 모양이군요.

무사에 주자는 1,3루.

-이진용 선수가 오늘 첫 위기를 마주합니다.

-역시 3이닝 이상 소화하는 건 무리였던 것 같군요. 여기서 실점한다면 곧바로 강판될 겁니다.

무너지기 일보 직전의 상황.

그 상황 속에서도 이진용은 타협 없이, 삼진을 노리는 피칭을 거듭했다.

"스윙, 스트라이크 아웃!"

그리고 결국 7번 타자와 8번 타자, 두 타자를 상대로 연속 삼진을 잡아냈다.

"저 녀석 두 자릿수 탈삼진 잡으려고 올라온 거야?"

"설마……."

"설마가 아니지. 만약 이닝을 소화하려고 올라온 거면, 여기서 병살타를 노리고 땅볼을 유도했겠지. 1점 더 내준다고 경기가 기울어지는 것도 아니잖아?"

그제야 그 경기를 보던 이들 중 일부는 이진용이 어떤 마음으로 7회 말의 마운드에 올라왔는지 짐작할 수 있었다.

그걸 짐작한 이들은 이진용이 9번 타자와 어떤 승부를 하려는지, 그 역시 짐작할 수 있었다.

"엄청난 또라이 새끼가 등장했군."

그렇게 마주한 9번 타자와의 승부.

안타 하나면 실점인 상황 속에서 이진용은 당연히 욕심을 버리지 않았다.

삼진을 잡기 위해 공을 던졌다.

[79포인트를 획득하셨습니다.]

[삼진을 잡았습니다. 보너스 포인트가 지급됩니다.]

[한 경기 두 자릿수 탈삼진 기록에 성공했습니다. 보너스 포인트가 지급됩니다.]

이진용이 잡은 열 번째 삼진은 그런 삼진이었다.

지독한 갈증을 달래기 위해 고행을 자처한 끝에 얻은 삼진.

제 스스로 사막으로 들어가 사막 속 오아시스를 찾아내 목마름을 달랜 것과 같은 삼진.

[최초로 한 경기 두 자릿수 탈삼진 기록에 성공했습니다. 골드 룰렛 이용권이 지급됩니다.]

[3.2이닝 무실점 피칭 중입니다.]

[현재 누적 포인트는 5,009포인트입니다.]

달콤함을 넘어, 황홀함마저 느껴지는 그 삼진 앞에서 이진용이 토해낸 그건 단순한 환호성이 아니었다.

"호우!"

포효!

지금 자신이 서 있는 마운드가 그 누구도 아닌 이진용, 그의 것임을 나타내는 맹수의 포효였다.

그 포효를 끝으로 마운드를 내려온 이진용은 고개를 돌리지 않았다.

김진호도 그런 이진용을 향해 무어라 말하지 않았다.

김진호는 이진용이 오늘의 이 감정을, 이 느낌을 보다 깊게 음미하도록 놔두었다.

그렇게 더그아웃으로 들어온 이진용에게 투수코치가 다가와 말했다.

"수고했다."

그 투수코치의 말에 이진용은 모자를 벗고, 땀에 흥건하게 젖은 채 열기를 뿜어대는 고개를 숙이며 말했다.

"감사합니다."

"8회에도 올라갈 생각이냐?"

그 질문에 이진용이 고개를 흔들었다.

"이 정도면 충분합니다."

"그래, 삼진을 열 개나 잡았으면 충분하지."

말과 함께 투수코치가 이진용만 들을 수 있을 정도로 나지막한 목소리로 말했다.

"다음에는 4회가 아니라 1회부터다."

그 통보에 이진용이 놀란 표정으로 투수코치를 바라봤다. 투수코치는 그런 이진용에게 표정 대신 어깨만 가볍게 두드렸다.

-1회부터 올라오라니, 그냥 선발로 한다는 말을 굳이 저렇게 돌려서 말해야 하나?

그 모습에 김진호가 실소를 머금었고, 그런 김진호를 뒤로

한 채 이진용이 곧바로 더그아웃 밖으로 나갔다.

-야, 어디 가?

김진호가 그런 이진용을 따라가며 물었다.

"이진용, 어디 가?"

다른 선수 한 명도 갑자기 더그아웃 밖으로 나가는 이진용을 향해 질문을 던졌다.

그 질문에 이진용이 가볍게 말했다.

"화장실 갑니다!"

"화장실?"

"예, 큰 거 하나 뽑으려고요!"

대답하는 이진용에게 더 이상 오늘 승리에 대한 기쁨 같은 건 없었다.

조만간 자신에게 찾아올 기회, 만찬을 마주할 설렘만 있을 뿐.

쿵!

화장실 문이 닫히는 순간, 이진용은 그대로 변기에 앉았다.

동시에 김진호가 화장실 문으로 자신의 머리만을 그대로 쑥 집어넣었다.

-야, 여기서 돌리게?

김진호의 물음에 이진용이 고개를 끄덕였다.

“아끼면 똥 된다, 몰라요?”

-아는데, 똥 싸는 곳에서 쓸 만한 비유는 아닌 것 같다.

그런 김진호의 말에 이진용은 대답 대신 곧바로 포인트 5천을 소모해 실버 룰렛을 활성화했다.

[실버 룰렛을 활성화합니다.]

그렇게 활성화된 은빛 룰렛을 바라본 이진용이 얼굴만 보이는 김진호를 향해 말했다.

“기도 한 번 해주시죠?”

그 부탁에 김진호가 방긋 웃으며 말했다.

-안 해, 새끼야.

“그럼 저주라도 부탁합니다.”

김진호가 대답 대신 자신의 오른손을 화장실 안으로 쑥! 집어넣었다. 그렇게 등장한 김진호의 손은 가운데 손가락만이 꼿꼿했다.

그렇게 김진호의 기도도, 저주도 없이 룰렛이 돌아가기 시작했고, 이내 룰렛이 멈췄다.

[구속이 1 증가했습니다.]

대박은 없었다.

오히려 그건 쪽박이었다.

현재 이진용의 최대 구속은 129킬로미터.

130킬로미터까지는 브론즈 룰렛을 통해서도 올릴 수 있다. 그런데 오히려 실버 룰렛을 돌려서 구속이 1 상승했으니, 사실상 4천 포인트를 낭비한 셈.

-호우!

그 사실에 김진호가 이진용을 향해 전력을 다해 힘차게 전방으로 호우를 발사했다.

그 소리에 이진용이 뚱한 표정을 지었다.

결국 그가 푸념을 내뱉었다.

"제가 잘되는 게 그렇게 배 아파요?"

-응!

김진호가 당연한 걸 질문했다는 듯이 곧장 대답했다.

"그럼 뭐가 나와야 만족하시겠습니까? 예?"

이진용의 푸념 섞인 질문에 김진호는 잠깐 고민하더니 이내 대답했다.

-일단 새로운 스킬이 좀 그래. 완전히 사기잖아?

"스킬 빼고."

-구질 랭크 올려주는 알약도 좀 그렇지. 너무 날로 먹잖아?

"그것도 빼고."

-구속하고 체력도 빼고. 여기에 새로운 구질 습득하는 것도

빼고. 이 다섯 가지만 아니면 뭐가 나와도 진심으로 축하해 줄게. 오냐! 그 다섯 가지 외의 것이 나오면 내가 춤도 춰줄게!

그 말에 이진용이 어처구니없다는 듯한 표정을 지었다.

김진호의 말대로라면 뭘 나오든 그는 축하할 생각이 조금도 없다는 의미였으니까.

"질문한 내가 병신이지."

결국 이진용은 김진호와의 타협을 포기했다.

-병신이라니, 그 정도는 아니지. 그런 좀 격한 표현보단 또라이 정도가 딱 어울려. 또라이진용, 어감도 딱 맞잖아?

이진용은 대답 대신 곧바로 골드 룰렛 이용권을 사용해 골드 룰렛을 활성화했고, 곧바로 룰렛을 돌렸다.

그리고 룰렛이 멈췄다.

멈춘 칸은 백금색의 칸.

또 한 번 대박이 나오는 순간.

"어?"

-응?

그런데 이진용과 김진호, 그 둘의 반응이 평소와 달랐다.

[스킬업(A랭크)]

이번에 새롭게 나온 게 이제까지 나온 것과는 전혀 다른 타입이었기에.

김진호의 언급한 대로 구속 증가도, 체력 증가도, 새로운 구질도, 새로운 스킬도, 구질 랭크를 올려주는 것도 아닌 것이 등장하는 순간이었기에.

"김진호 선수."

그렇기에 이진용은 그 사실을 그냥 넘어가지 않았다.

"축하해 주셔야죠? 분명 춤까지 춘다고 했죠?"

그 말에 김진호가 멍한 눈으로 룰렛을 바라보며 말했다.

-진짜 씨발. 나한테 왜 이래?

To Be Continued

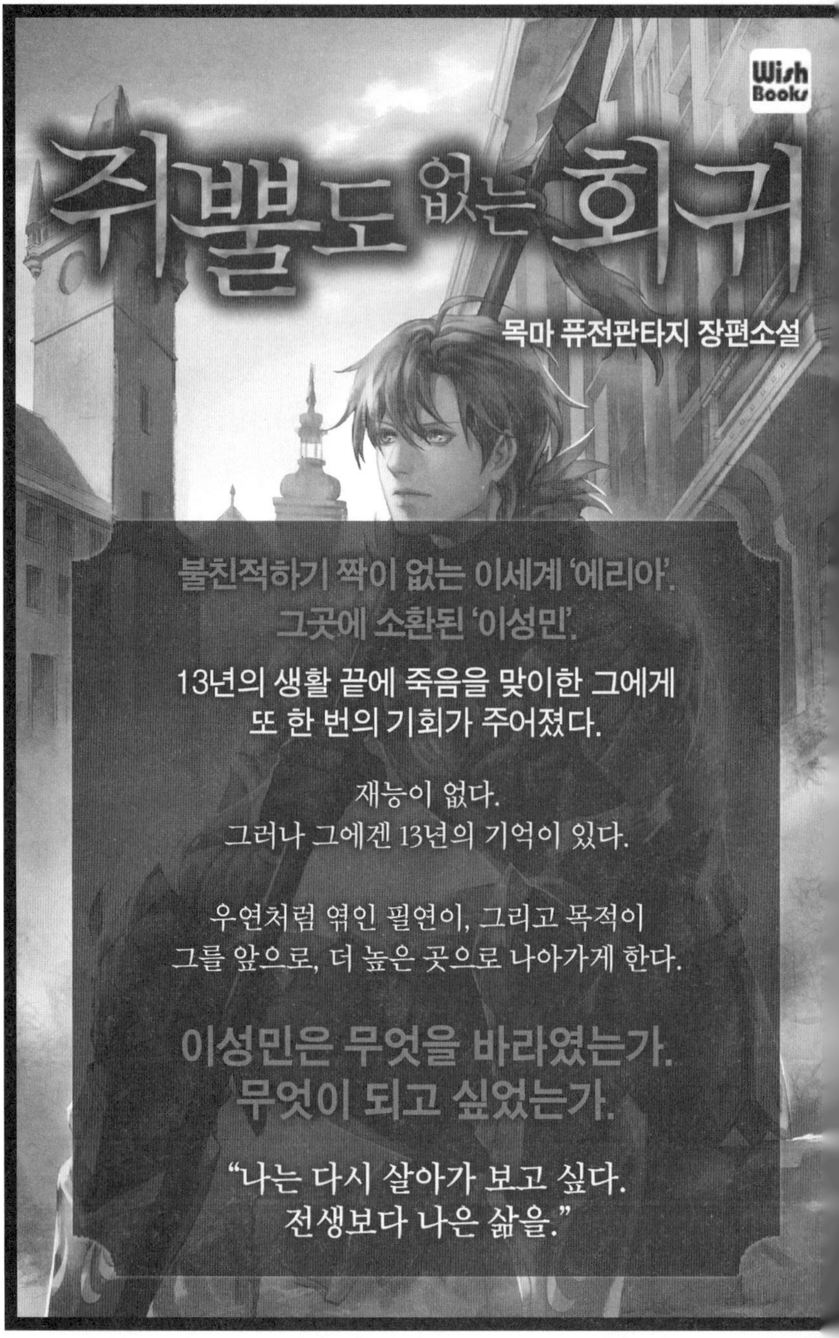
Wish Books
쥐뿔도 없는 회귀
목마 퓨전판타지 장편소설
불친적하기 짝이 없는 이세계 '에리아'.
그곳에 소환된 '이성민'.
13년의 생활 끝에 죽음을 맞이한 그에게
또 한 번의 기회가 주어졌다.
재능이 없다.
그러나 그에겐 13년의 기억이 있다.
우연처럼 엮인 필연이, 그리고 목적이
그를 앞으로, 더 높은 곳으로 나아가게 한다.
이성민은 무엇을 바라였는가.
무엇이 되고 싶었는가.
"나는 다시 살아가 보고 싶다.
전생보다 나은 삶을."

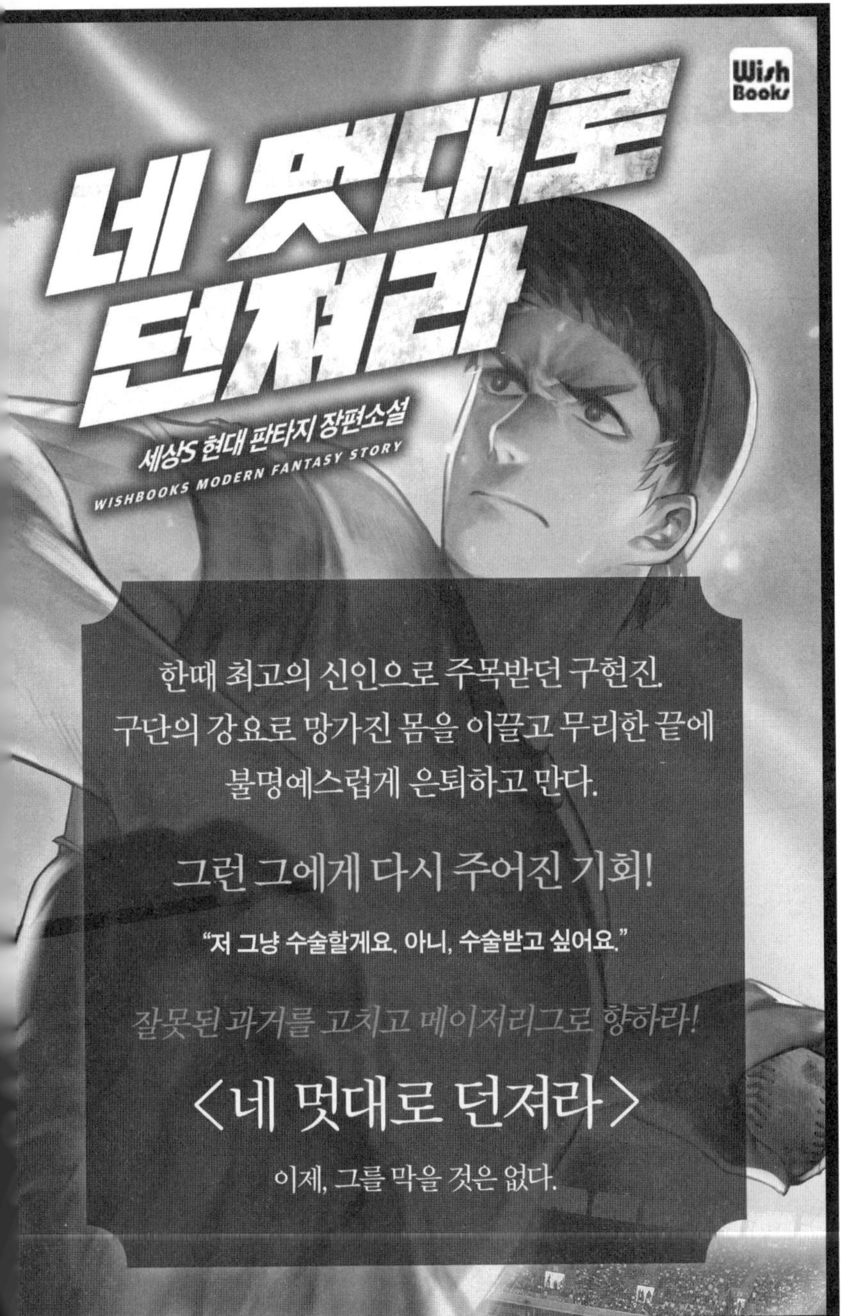
Wish Books
네 멋대로 던져라
세상S 현대 판타지 장편소설
WISHBOOKS MODERN FANTASY STORY
한때 최고의 신인으로 주목받던 구현진.
구단의 강요로 망가진 몸을 이끌고 무리한 끝에
불명예스럽게 은퇴하고 만다.
그런 그에게 다시 주어진 기회!
"저 그냥 수술할게요. 아니, 수술받고 싶어요."
잘못된 과거를 고치고 메이저리그로 향하라!
〈네 멋대로 던져라〉
이제, 그를 막을 것은 없다.

Wish Books
힐통령
태양의 사제
제리엠 게임판타지 장편소설
WISHBOOKS GAME FANTASY STORY
"착하긴 뭐가 착해? 저런 퀘스트를 하는 건 착해서가 아니고
그냥 호구인 거야. 호구."
등 뒤에서 멀어지는 소리에
카이가 슬쩍 그들을 돌아봤다.
'내가 호구라고? 설마.'
[곤경에 처해 있는 NPC에게 선행을 베풀었습니다.]
[선행 스탯이 1 상승합니다.]
착한 일을 하면 보상이 따라온다?!
계산적이지만 그래서 더 선행을 할 수밖에 없는
힐이면 힐, 딜이면 딜.
힐통령 카이의 미드 온라인 정복기!